Aniela Ley

Lia Sturmgold
Die Macht der Kristalle

dtv

Ausführliche Informationen über
unsere Autoren und Bücher
www.dtv.de

MIX
Papier aus verantwortungsvollen Quellen
FSC® C014496
FSC www.fsc.org

Originalausgabe

Dieses Werk wurde vermittelt durch die
Literarische Agentur Thomas Schlück GmbH, 30161 Hannover
Umschlagbild: Max Meinzold
Gesetzt aus der Caslon 12/15,5˙
Satz: Fotosatz Amann, Memmingen
Druck und Bindung: GGP Media GmbH, Pößneck
Printed in Germany · ISBN 978-3-423-76307-3

I.

Blitzeinschlag

Autsch, dachte Lia. Der Puck hat mich voll ausgeknockt. Das hat man davon, wenn man nach dem Sportunterricht noch allein Hockey im Stadtpark übt.

Lia erinnerte sich bloß noch daran, wie ein Blitz in ihren Kopf eingeschlagen hatte. Danach herrschte Sendepause. Der Puck musste von einem Baumstamm abgeprallt und voll gegen ihre Stirn geflogen sein.

Vorsichtig tastete Lia nach einer Beule.

Da war jedoch nichts …

Bestimmt war es nur eine Frage der Zeit, bis sie aussah wie ein Einhorn in der Pubertät.

Jetzt war es erst mal wichtig, wieder in die Senkrechte zu kommen. Lia lag auf dem Rücken, alle viere von sich gestreckt – und das mitten im Stadtpark, am ersten schönen Frühlingstag des Jahres.

Zwar hatte sie sich zum Üben nach dem Schultraining ein ruhiges Plätzchen zwischen alten Bäumen ausgesucht, aber nach Schulschluss trieben sich immer einige Mitschüler im

Park herum. Und wenn sie Lia dann platt wie eine Flunder auf dem Rasen finden würden, niedergestreckt vom eigenen Puck … Urgh. Es würde schon schlimm genug sein zu erklären, warum zwischen ihren Augenbrauen ein Horn wuchs.

Nein, hier rumliegen, das ging gar nicht.

Lia versuchte sich aufzusetzen, aber es klappte nicht. Ihr ganzer Körper fühlte sich an, als sei er falsch zusammengesetzt. Vielleicht hatte es sie doch härter erwischt als gedacht.

Stöhnend tastete Lia nach ihrem Brillenbügel, um daran herumzuruckeln. Was sie immer machte, wenn sie gestresst war.

Nur war da gar keine Brille.

So ein Mist, auch das noch!

Vermutlich war das gute Stück bei ihrem Sturz ins Gras gefallen, und wenn sie jetzt nicht aufpasste, schrottete sie ihre Brille auch noch.

Lia blinzelte und allmählich stellte sich ihr Blick scharf. So scharf, wie sich ihre kurzsichtigen Augen noch nie gestellt hatten. Vielleicht hat so ein Rums gegen den Kopf ja auch was Gutes, dachte sie.

Über Lia strahlte die Sonne hinter einigen Schleierwolken … sie sah das erste Grün an den Bäumen … und ihr Gesicht, das sich in ihr Blickfeld schob.

Ja, das war eindeutig ihr Gesicht.

Es musterte sie aufmerksam durch ihre verschwundene Brille.

Und das mitten in diesem Gesicht war eindeutig ihre Stupsnase mit den Sommersprossen und ihr Mund, von dem ihre Mutter behauptete, er sähe überhaupt kein bisschen so aus, als könne man damit Bananen quer essen.

So breit, wie ihr Mund jetzt von einem Ohr bis zum anderen grinste, würde er vermutlich sogar zwei Bananen auf einen Happs schaffen.

»Alles klar?«, fragte Lias Mund.

»Ich glaube nicht«, antwortete Lia. »Scheinbar habe ich eine schwere Gehirnerschütterung und sehe alles doppelt.« Sie dachte angestrengt nach. Ja, das mit der Gehirnerschütterung klang vernünftig, der Puck hatte sie ausgeknockt und jetzt halluzinierte sie komische Sachen. Andere sahen nach so einer Kopfnuss Sterne, sie blickte sich eben selbst ins Gesicht.

»Mit erschütterten Gehirnen kenne ich mich nicht aus«, sagte die doppelte Lia und ruckelte am Brillengestell, woraufhin es schief saß. »Und mit Dopplungszaubern ganz offensichtlich auch nicht. An deinem Aussehen sollte sich eigentlich nichts verändern, ich wollte es nur kopieren … Schöner Pixie-Kompost.«

Das wurde ja immer verrückter. »Ich muss zum Arzt, und zwar sofort«, murmelte Lia und fand endlich die Kraft, sich aufzusetzen. Dabei knallte sie – Stirn gegen Stirn – mit ihrem Spiegelbild zusammen, was übel wehtat. Jetzt würde aus dem Einhorn ein Zweihorn werden.

»Du bist ja echt«, jammerte Lia.

Ihr Zwilling rieb sich die Stirn. »Klar bin ich das. Was denn sonst?«

»Aber du siehst haargenau so aus wie ich! Du hast sogar das gleiche Knie aufgeschabt und dasselbe Pflaster mit Minnie Maus über der Wunde. Das hat mir Frau Klein vorhin beim Hockeytraining gegeben. Total peinlich.« Lia konnte nicht anders, sie streckte die Hand aus und tippte gegen das

Minnie-Maus-Pflaster des Mädchens, das vor ihr im Gras hockte.

Die doppelte Lia quickte. »Vorsicht, das Knie tut voll weh! Und jetzt beruhig dich mal, wir beide haben einiges zu klären. Als Erstes solltest du kapieren, dass wir nicht gleich aussehen. Kein bisschen, um genau zu sein. Wie gesagt: Ich habe den Dopplungszauber vermasselt – und zwar gründlich. Deshalb steckst du nun im eindeutig besser aussehenden Körper, während ich mich mit so was hier rumplagen darf.« Missmutig strich sie das Minnie-Maus-Pflaster glatt. »Wie heißt du überhaupt?«

»Larissa, aber alle nennen mich Lia«, antwortete Lia automatisch.

Die doppelte Lia kicherte. »Das passt ja wie die Biene auf die Blüte.«

»Was passt?«, fragte Lia verwirrt.

»Dein Name natürlich. Ich heiße nämlich Asalia Laliala Pergusta von Silberhaar, was natürlich viel zu lang ist. Deshalb bestehe ich darauf, nur Asalia genannt zu werden, was man übrigens problemlos in Lia verkürzen kann.« Immer noch schmunzelnd schnappte sich diese Asalia Lias Rucksack und durchwühlte ihn.

»Hey, was soll das?« Lia war noch zu erstaunt, um sich ihren Rucksack zurückzuholen.

»Ich suche nach einem Schminktäschen«, sagte Asalia. »In den Büchern und Zeitschriften habt ihr Menschenmädchen so was immer dabei.«

Lia zuckte mit der Schulter. »Mag sein, aber ich werde im Sommer erst zwölf Jahre alt. Meine Mutter ist schon ausgerastet, als ich farbiges Lipgloss wollte.«

»Wir brauchen aber einen Spiegel. Ah, hier steckt einer im Seitenfach.«

»Echt?« Der kleine Spiegel war Lia gar nicht aufgefallen, aber der Rucksack war auch noch ganz neu. Ihr alter Schulranzen mit den Sternschnuppen war ihr von einem Tag auf den anderen plötzlich kindisch vorgekommen. Und ihre Mutter hatte dem Kauf zugestimmt, weil sie wegen des erneuten Umzugs ein schlechtes Gewissen hatte und Lia den Start an der neuen Schule versüßen wollte. Dabei hatte Lia weder ein Problem mit den ständigen Umzügen noch mit den Schulwechseln. Ganz im Gegenteil, das brachte Farbe in ihr Leben.

»So, jetzt schau dich im Spiegel an. Und zwar gründlich.« Asalia hielt Lia den Spiegel vors Gesicht.

Lia schrie auf.

Ihr blickte eine Fremde entgegen!

Nicht einfach nur ein unbekanntes Mädchen, sondern ein vollkommen fremdartiges Geschöpf mit großen Augen, deren Blau mit funkelnden Kristallen durchsetzt zu sein schien. Es hatte ein überirdisch hübsches Gesicht, eingerahmt von silbern glänzendem Haar mit blauen Strähnen. Und auf dem Kopf saß ein silberner Reif geschmückt mit Kristallen, die wie weiße Sterne flimmerten.

Asalia grinste. »Nicht schlecht, was? Ich sagte doch, du hast den besseren Deal gemacht. Obwohl …« Sie betrachtete sich im Spiegel. »Ich wollte immer schon gesprenkelt sein. Sommersprossen heißen die Pünktchen, richtig? Ich hatte mir mal welche aufgemalt, war aber ein voller Flop.«

»Wer bist du?«, brachte Lia atemlos hervor. »Ich meine: Wer bin ich?«

»Eine Elfenprinzessin aus der ehrenwerten Königsfamilie der Aurelianten. Um konkret zu sein, ich bin die Tochter von Königin Fetania Salira Nox und ihrem Gatten Tetastis Rufur von Silberhaar. Ist doch wohl klar, wer sieht sonst noch so absolut fabelhaft aus in Andersreich? Hast du den edlen Schwung meiner Wangenknochen bemerkt? Oder meinen Kussmund? Dafür würden gewöhnliche Elfen ungelogen ihren Plantling hergeben.«

Elfenprinzessin? Von Silberhaar? Überwältigt von dieser Ladung Ego mit einer Prise geistiger Umnachtung, griff Lia sich ins Haar. Es war viel seidiger und feiner als ihr Lockenhaar. Dann ertasteten ihre Finger den Silberreif.

»Vorsicht mit der Tiara«, mahnte Asalia. »Jetzt sitzt sie schief. Wenn meine werte Frau Mutter das sehen würde, bekämen wir ein Donnerwetter zu hören. Nein, nicht wir. Nur du.« Die Vorstellung schien Asalia zu gefallen.

Lia hingegen freute sich kein Stück, trotz des Krönchens. »Das ist eine Katastrophe«, brachte sie aus ihrem neuen Kussmund hervor. Sogar ihre Stimme klang fremd, viel zu sehr nach Vogelgezwitscher.

»Nun mach mal halblang«, sagte Asalia leichthin. »Du kannst dich glücklich schätzen, dass mein Zauber nicht wie geplant über die Bühne gegangen ist. Dann würdest du immer noch bloß du sein und allein auf dieser langweiligen Wiese rumhängen. Ist wirklich super für dich, jetzt in meinem Körper zu stecken.«

Nach einigem Zögern schaute Lia an sich herab. Nur ganz kurz, ihr wurde nämlich schwindelig.

Keine Ahnung, ob ihre Beine noch ihre Beine waren, auf jeden Fall steckten sie nicht länger in Shorts, sondern in silbrig schimmernden Leggins, über denen sie ein Kleid aus irgendeinem spacigen Material trug. Es endete in einem schrägen Saum, der an der Hüfte verknotet war. Und sie trug auch nicht länger Sneakers, sondern knöchelhohe Boots, die wie Socken aussahen und aus so feinem Leder waren, dass man sie kaum spürte. Vorsichtig warf Lia einen Blick auf ihre Hände. Tatsache, keine einzige Sommersprosse, dafür war die Haut so hell schimmernd wie Mamas gutes Porzellan.

Lia war froh, dass sie auf dem Hosenboden saß. »Mir wird übel.«

»Weil du dich so freust?«, fragte Asalia, die angebliche Elfenprinzessin.

»Nein, weil ich die schwerste Gehirnerschütterung aller Zeiten habe.«

Immer noch wackelig, stand Lia auf und schulterte ihren Rucksack. Dann sah sie sich um, bis sie ihren Hockeyschläger gefunden hatte. Der blöde Puck konnte bleiben, wo er war.

»Was machst du denn, du kannst doch nicht einfach abhauen! Wir müssen überlegen, was wir jetzt machen.« Asalia wedelte mit ihrer Hand vor Lias Gesicht herum. »Hallöchen? Ich spreche mit dir!«

Lia drehte den Kopf weg. »Ich spreche aber nicht mit Halluzinationen.«

»So ein Unsinn. Die Kopfnuss eben hat doch total weggetan. Warum sollte ich denn nicht echt sein?«

»Weil du behauptest, eine Elfe zu sein!« Lia schrie fast. »Und Elfen gibt es nur in Märchen.«

Ungläubig starrte Asalia sie durch die Brillengläser an. »Ihr Menschen wisst ganz genau, dass es uns Elfen gibt.

Sonst würdet ihr ja wohl keine Elfenfiguren in eure Gärten stellen und ganze Bücher über uns schreiben. Ihr seid Fans!«

»Sorry, aber Elfen sind reine Fantasieprodukte.«

Asalia winkte ab. »Die meisten Menschen sind nur zu unterentwickelt, um durch den Schleier zu blicken, der unsere Welt, das Andersreich, beschützt. Vielleicht sind eure Gehirne nicht nur leicht erschütterbar, sondern auch etwas zu klein geraten.«

»So eine Frechheit«, sagte Lia. Das reichte jetzt aber wirklich.

Mit langen Schritten ließ Lia die Baumlichtung hinter sich und eilte quer durch den Park. Asalia folgte ihr auf dem Fuß und redete ununterbrochen auf sie ein. Lia beachtete sie nicht. Sie ignorierte auch die Kids aus der Nachbarklasse, die auf einer Parkbank saßen und heftig zockten. Nicht einmal die Vorstellung, dass der Jahrgangsfiesling Lars sie entdecken und »Hey, du Vogel! Bis zum Fasching dauert es noch Monate« brüllen könnte, kratzte sie.

Als die ersten Spaziergänger ihren Weg kreuzten, beruhigte sich Lia. Niemand starrte sie an, was bedeutete, dass ihr verrücktes Aussehen mit Glitzerfummel und silbernblauer Haarmähne genauso Einbildung war. Sie hatte eine Gehirnerschütterung und bestimmt war es nur eine Frage der Zeit, bis die plappernde Asalia sich einfach in Luft auflöste.

Nachdem sie den Park verlassen hatten und durch die vom Feierabendverkehr verstopfte Innenstadt liefen, stellte Asalia ihr Gerede tatsächlich ein. Allerdings nur, um »Wahnsinn« und »Wie im City-Style-Magazin, nur soooo viel cooler« zu hauchen, bis ihr nur noch der wirklich sehr breite

Mund offen stand. Es war so still, als wäre Lias Doppelgängerin verschwunden. Ein schöner Gedanke! Als Lia einen Kontrollblick riskierte, entdeckte sie in einer Schaufensterscheibe jedoch die Spiegelbilder zweier Mädchen. Dort ging Lia in Shorts und den zu einem Messy Bun hochgebundenen braunen Haaren – und vor ihr schwebte ein zierliches Geschöpf, das wie eine Tänzerin in einem Fantasykostüm aussah. Inklusive spitzer Ohren.

Nur leider trug eben genau dieses Spitzohr mit der Funkel-Tiara auf dem Kopf den Schulrucksack und den Hockeyschläger.

Das war sie, Lia Dornmeier. Seit Neuestem Elfenprinzessin.

2.

Donnerknall

Das Schloss klickte leise, als Lia die Wohnung aufschloss. Ansonsten machte die Tür kein Geräusch, dafür war sie zu neu. Lia war mit ihrer Mutter vor knapp vier Monaten eingezogen, kurz nachdem der Wohnblock fertiggestellt worden war. Es roch alles so neu, als würde man eine Möbelausstellung betreten und nicht sein Zuhause.

Lia wollte einen Blick auf ihre Smartuhr werfen, um zu checken, wie viel Zeit sie noch hatten, bis ihre Mutter von der Arbeit nach Hause kam. Bloß war da keine Uhr, sondern nur ein Ornament oberhalb ihres Handgelenks. Es sah aus, als habe jemand mit einem goldenen Kajalstift ein schnörkeliges Muster in einem Oval aufgemalt. Mit ihrer Freundin Smilla hatte Lia sich in der fünften Klasse mit Filzstift ähnliche Muster auf die Handrücken gemalt, was echt gut ausgesehen hatte. Leider hatte Smillas Haut mit roten Pusteln reagiert.

Prüfend rieb Lia an dem Ornament, das prompt sein Muster veränderte.

»Lass den Blödsinn! Du darfst das Fendrill nicht aktivieren«, rief Asalia.

Nur hörte Lia sie kaum, denn plötzlich ertönte noch eine andere, sehr viel lautere Stimme: »Wo, in aller Dornkröten Namen, steckst du Nebelsuppenhirn?«

»Da ist eine Jungenstimme in meinem Kopf«, sagte Lia erschüttert.

Asalia blinzelte panisch hinter den Brillengläsern. »Bloß nicht antworten. Und stell das Fendrill ab, vielleicht ist es noch nicht zu spät.«

»Wie macht man das denn?« Lias Herz klopfte wie wild.

»Berühre das Fendrill leicht und denk ›Verbindung beenden und beendet lassen‹. Das ist ganz wichtig, sonst geht das Gemecker gleich wieder los.«

Obwohl Lia so ihre Zweifel hatte, legte sie ihre Finger auf das goldene Ornament. Sofort regten sich die Schnörkel.

»Asalia, du fieses Früchtchen. Wag es ja nicht, die Verbindung zu kappen«, drohte die Jungenstimme.

Lia zuckte zusammen, dann flüsterte sie: »Verbindung beenden und beendet lassen. Bitte, bitte, bitte. Auf jeden Fall beendet lassen.«

Wie von Zauberhand kehrten die Muster auf ihrer Haut in ihre ursprüngliche Form zurück.

»Zum Sternenzauber, das war knapp.« Asalia wischte sich über die Stirn.

Lia stand immer noch unter Strom. »Was genau ist eben passiert? Und wer hat mich als fieses Früchtchen beschimpft?«

»Du hast eine Verbindung zu meinem älteren Bruder Dorient hergestellt. Hört sich ganz so an, als wäre er ziemlich sauer, weil ich mich ohne ein Wort abgesetzt habe.« Asalia zuckte mit den Schultern. »Egal, sein Problem.«

»Ehrlich gesagt klang dieser Dorient so wütend, dass er schnell unser Problem werden könnte.« Lia dachte nach. »Nein, es ist allein dein Problem. Du wirst sofort dafür sorgen, dass jede von uns wieder in ihrem Originalkörper steckt. Und dann gehst du schleunigst dorthin zurück, wo du hergekommen bist.«

Asalia verschränkte die Arme vor der Brust. »Vergiss es, schließlich habe ich mir nicht die ganze Mühe mit dem Dopplungszauber gemacht, um gleich beim ersten Mini-Hindernis aufzugeben. Ich habe das Andersreich verlassen, um mir die Menschenwelt anzuschauen, anstatt auf diese langweilige Schule zu gehen und mich mit meinen noch langweiligeren Mitschülern herumzuplagen. Schließlich bin ich eine Prinzessin!« Sie stampfte mit dem Fuß auf, was wegen der Sneaker nicht besonders beeindruckend klang. »Ich will ein Handy, einen eigenen Instagram-Account, Veggie-Burger mit Jalapeños, jede Menge Beauty-Kram, bunte Strähnen im Haar …«

»Die hast du bereits.« Lia hielt eine bläulich schimmernde Haarsträhne auf ihrem Kopf in die Höhe.

Davon ließ sich Asalia jedoch nicht beirren. »Und zweitens habe ich nicht die leiseste Ahnung, wie man den Zauber rückgängig macht. Ist ja alles schiefgelaufen. Mein ursprünglicher Plan sah vor, dein Aussehen zu kopieren, weil wir ungefähr gleich groß und gleich alt sind. Außerdem siehst du cool aus, besonders mit dieser tollen Brille. Die ist der Hit.« Asalia ruckelte am Bügel, bis die Brille erneut schief saß.

»Vorhin meintest du noch, dass ich mit deinem Körper den besseren Deal gemacht hätte«, sagte Lia.

Asalia verdrehte die Augen. »So ein Elfenkörper ist einem Menschenkörper eben meilenweit voraus, vor allem wenn er von einer echten adeligen Aureliantin stammt. Merkst du den Unterschied etwa nicht?«

Bislang hatte Lia es vermieden, genauer in sich hineinzuhorchen, schließlich gehörte ihr dieser Körper nicht, genau wie das Bauchblubbern und der komische Geschmack im Mund. Mit Grauen dachte sie an den Moment, in dem der erste Toilettenbesuch anstand. Allerdings musste sie zugeben, dass sie sich in Asalias Körper sehr viel leichter fühlte, beinahe als würde sie schweben. Und, nun ja, seit Lia denken konnte, saß die Brille auf ihrer Nase, weil ohne sie alles verschwommen war. Zum ersten Mal erblickte sie die Welt durch Elfenaugen und musste zugeben: Es war der Wahnsinn!

Neugierig ließ Lia ihren Blick durch den Flur schweifen. Alles wirkte viel bunter und sah irgendwie auch nach mehr aus. Allein die Rankenpflanze auf der Anrichte! Ihre Blätter hatten nicht länger ein schlappes Grün, sondern schimmerten, als wären sie mit Smaragdsplittern bestäubt.

Während Lia noch staunte, streckte sich ihr die Ranke entgegen und wackelte mit den Blättern.

»Hilfe! Die Pflanze hat sich bewegt! Ohne Mist!«

Asalia verzog keine Miene. »Die Tiefhinab wollte halt Hallo sagen, schließlich hast du sie angestarrt. Was übrigens unhöflich ist.«

Lia klappte die Kinnlade runter. »Die Pflanze hat mir zugewunken?«

Nachdenklich zog Asalia ihre Brauen zusammen, dann lachte sie. »Ich hab ganz vergessen, dass die Sinne von euch Menschen zu unterentwickelt sind, um Pflanzen-, Stein- und Tierreich so zu sehen, wie sie wirklich sind.« Dann schüttelte sie den Kopf, dass der Messy Bun wackelte. »Ganz schön arm, wenn man drüber nachdenkt.«

»Und trotzdem hast du dir so viel Mühe gemacht, ein unterentwickeltes Menschenkind zu werden«, hielt Lia dagegen.

»Wie gesagt: Ich will ein Handy, einen Instagram-Account, pinke Donuts …«

»Schon gut, ich weiß Bescheid.« Lia seufzte. »Du willst einen Ausflug in die aufregende Glitzerwelt der Großstadt machen und Menschenmädchen spielen. Meinetwegen. Aber was mache ich inzwischen? Ich werde wohl kaum mit der Ausrede durchkommen, dass ich meinen Look gewechselt habe.«

»Nimm dir doch auch eine Auszeit«, schlug Asalia vor. Es war ihr anzusehen, dass sie Lias Problem nicht sonderlich interessierte. Stattdessen betrachtete sie sich neugierig im Spiegel, der neben der Garderobe angebracht war.

Drohend hob Lia den Zeigefinger. »Du kannst dich hier nicht einfach so aus der Affäre ziehen. Du hast den Schlamassel angerichtet und deshalb wirst du ihn auch wieder in Ordnung bringen.«

»Das werde ich ja auch«, winkte Asalia ab. »Nach *meiner* Auszeit.«

»Nein, jetzt!«

Aus Lias Zeigefinger schoss ein goldener Miniblitz, schlug in die Wand und hinterließ dort eine Rußspur.

Während die beiden Mädchen erschrocken zusammenzuckten, dröhnte aus dem angrenzenden Wohnzimmer ein Knall.

»War der Donner auch von mir?«, fragte Lia.

»Nee, du hast nur die Sache mit dem Blitz gemacht.« Asalia wirkte nicht weniger entsetzt über dieses Kunststück. »Ich wusste gar nicht, dass ich das kann. Das Blitzrufen gilt in unserer Familie als ausgestorben. Was den Knall anbelangt … Das war auf keinen Fall der Donner, der auf den Blitz folgt. Ist wohl bloß was runtergefallen. Habt ihr Katzen?«

»Nein, meine Mutter hat eine Tierhaarallergie.« Lia wurde immer mulmiger zumute.

»Dann weiß ich es auch nicht«, sagte Asalia. »Sollten wir uns deshalb Sorgen machen?«

»Du offenbar nicht«, murmelte Lia. Laut sagte sie: »Ich schaue mal nach.« Vorsichtig lugte sie um die Ecke – und fuhr sofort zurück, Schrecken ins Gesicht geschrieben.

3.

Krawall mit Erdbeereis

Vor Lia stand ein Junge, der sie einen Kopf überragte und seinem Gesichtsausdruck nach *sehr* sauer war. Erst auf den zweiten Blick bemerkte sie den Wuschelkopf von der Farbe eines Sturmhimmels, aus dem spitze Ohrzipfel herausragten. Hinter ihm lag Lias Notenständer auf dem Boden. Er musste umgefallen sein, als der Junge die Balkontür geöffnet hatte.

»Du bist wohl noch ein Elf auf Auszeit«, platzte es aus Lia heraus. »Was steht auf deiner Wunschliste? Ein Skateboard, Vans und Pizza Diabolo endlos?«

Der Junge mit den Sturmhaaren überhörte ihre Fragen, stattdessen knurrte er: »Asalia Laliala Pergusta, du verrückter Kugelblitz, warum bist du kurz vorm Schulportal abgehauen? Ich hatte meine liebe Mühe, unserer Reisebegleitung eine passende Ausrede zu servieren, warum unsere erlauchte Hoheit schwuppdiwups verschwunden ist.«

»Also …«, versuchte Lia seinen Redefluss zu unterbrechen.

»Komm mir jetzt bloß nicht mit einer deiner typischen Ausreden«, schnauzte der Junge sie an. »Es ist deine Schuld, dass wir uns gleich zu Schulbeginn verspäten werden. Dir ist das vielleicht egal – mir aber nicht! Du weißt genau, dass ich mich nach dem Missgeschick im letzten Jahr zusammenreißen und an die Regeln halten muss.«

»Ehrlich gesagt habe nicht die geringste Ahnung, wovon du redest«, gab Lia wahrheitsgemäß zu.

»Weil du dich nur für dich selbst interessierst. Du bist egoistischer als jeder Grottenkobold.« Die dunkelblauen Kristallaugen des Elfenjungen funkelten wütend.

Lia wich zurück.

Asalia stellte sich zwischen Lia und den aufgebrachten Jungen. »Spiel dich nicht so auf, Dorient. Du bist die totale Dramaqueen.« Sie machte einen Schmollmund, wodurch sie aussah, als wolle sie dem Jungen einen Kuss geben, anstatt ihm Paroli zu bieten.

So sehe ich also aus, wenn ich wütend bin: wie eine verschnupfte Emily Erdbeere, dachte Lia. Sie kratzte sich am Kopf, stieß aber prompt gegen die Tiara. Dann doch lieber Emily Erdbeere als eine aufsässige Elfenprinzessin, deren Krone nicht richtig sitzen wollte.

Asalia kümmerte sich nicht darum, wie sie rüberkam. Sie war sauer auf ihren großen Bruder. »Bevor du hier einen Aufstand machst, mein lieber Dorient, denkst du besser mal drüber nach, was ich dir und jedem, der es hören wollte, glasklar gesagt habe: Ich habe keine Lust auf diese blöde Schule! Und die Wünsche einer Prinzessin sollten anerkannt werden. Punkt.«

Wäre Lia von dem großen Elfenjungen namens Dorient

nicht so beeindruckt gewesen, hätte sie schallend gelacht, so verdattert, wie er von Asalia zu ihr und wieder zurück blickte. Dann schnappte er sich Lias Unterarm und begutachtete das goldene Ornament.

»Sag mir, wem du gehörst«, forderte Dorient das Fendrill auf.

Die Schnörkel veränderten sich wie durch Zauberei, was Lia als ein feines Kitzeln auf der Haut wahrnahm.

Was auch immer das Fendrill durch das veränderte Muster mitteilte, Dorient sah zufrieden aus. Dann forderte er das Ornament auf: »Und jetzt sag mir, wer dein Träger ist.«

Das Zeichen veränderte sich erneut.

Dieses Mal zuckte Dorients Braue in die Höhe. »Wer bei Flechtenbarts Namen ist Larissa Dornmeier?«

»Das bin ich«, fiepte Lia. »Aber du kannst mich ruhig Lia nennen.«

Doch Dorient beachtete sie nicht. Dafür starrte er seine Schwester an, als würde er ihr am liebsten den Hintern versohlen. Mindestens. Gut möglich, dass Lia es sich einbildete, aber sein Haar sah so aus, als puste der Wind hinein. Der ganze Junge wirkte wie ein Sturm, der jeden Augenblick auszubrechen drohte.

»Deshalb wolltest du unbedingt die Wasserfälle im Zaarz-Tal besuchen!«, schimpfte Dorient. »Ich hatte mich schon gewundert, woher dein plötzliches Interesse an Elfengeschichte kommt. Dabei hast du nur Taukristalle für einen Körperwechselzauber sammeln wollen, um deine schwachsinnige Idee, Menschenkind zu spielen, in die Tat umzusetzen.«

»Es sollte ein Dopplungszauber werden, wenn du es genau wissen willst«, hielt Asalia dagegen.

Dorient schlug sich mit der flachen Hand gegen die Stirn. »Na, dann ist ja klar, warum es schiefgegangen ist. Du hättest entweder die doppelte Portion Taukristalle verwenden oder bis zum Sommer warten müssen, wenn die Sonne im Zenit steht. Nur dann reicht die Kraft der Taukristalle von einer Portion für etwas so Schwieriges wie einen Dopplungszauber. Schließlich legst du eine Körperkopie über deinen eignen. Zwei Körper miteinander zu vertauschen ist dagegen ein Klacks.« Er stöhnte. »Lass mich raten, Schwesterherz: Du hast es nicht für nötig gehalten, die komplette Zauberanleitung durchzulesen.«

Asalia schnaufte nur, aber ihre Wangen verfärbten sich rot.

»So weit, dass etwas an Asalias Elfen-Hokuspokus schiefgegangen ist, waren wir auch schon«, mischte Lia sich ein. »Können wir den Zauber jetzt bitte rückgängig machen? Meine Mutter kommt bald nach Hause, und ich habe keine Ahnung, wie ich ihr erklären soll, dass ich wie eine Elfe aussehe, aber ansonsten noch ganz die Alte bin.«

Dorient nickte, dann wendete er sich an seine Schwester, die immer noch einen beleidigten Flunsch zog. »Hoffentlich hast du genug Kristalle eingepackt, um den Zauber rückgängig zu machen.«

»Selbstverständlich, schließlich habe ich nicht vor, den Rest meines Lebens in diesem unzulänglichen Körper zu bleiben«, sagte Asalia.

»Dann rück die Dinger endlich raus, Schwesterchen.«

Asalias Kinn begann zu beben. »Ich habe die Kristalle nicht bei mir, sie liegen gut verstaut in meinem Gepäck.«

»Anders ausgedrückt, hast du Luftkopf vergessen, das Rückreiseticket in deinem eigenen Körper mitzunehmen.

Warum überrascht mich das nicht?« Dorient verdrehte die Augen. »Inzwischen dürfte dein Gepäck samt unserer Reisegesellschaft in Springwasser angekommen sein.«

In Lias Bauch breitete sich ein flaues Gefühl aus. »Wo genau liegt denn dieses Springwasser?«

»Springwasser ist kein Ort, sondern das Internat, zu dem meine dusselige Schwester und ich unterwegs sind. Das ist die einzige Schule in Andersreich, an der alle Elfen willkommen sind und an der man eine umfassende Ausbildung in den Künsten unseres Volkes erhält. Die *Formidable & Allgemeine Elfenschule Springwasser* ist einzigartig in Andersreich und man muss eins der Schulportale nehmen, um dorthin zu gelangen.«

»Dann könnt ihr mich nicht jetzt sofort zurückverwandeln? Oh bitte!« Lia schrie, sie konnte nicht anders. Die Tiara rutschte ihr in die Stirn. »Wie soll ich denn in der Zwischenzeit in diesem Körper ein normales Leben mit Schule, Hockey und Kinobesuchen hinbekommen? Wir Menschen sind aus Elfensicht vielleicht nicht besonders hoch entwickelt, aber selbst wir bemerken es, wenn jemand Ornamente auf der Haut hat, die ein Eigenleben führen, oder goldene Blitze mit den Fingern abschließt.«

»Du hast dich im Blitzrufen geübt?«, fragte Dorient beeindruckt. »Ich hab mich schon gewundert, warum die Luft so energiegeladen ist.«

»Das ist doch komplett egal. Ich will jetzt meinen Körper zurück!« Lia wusste nicht, ob sie einen Wutanfall bekommen oder in Tränen ausbrechen sollte. Bevor sie sich entscheiden konnte, erklangen Schritte im Flur.

Dann rief ihre Mutter: »Süße, ich bin wieder da. Was sagst

du zu Erdbeereis mit Käsekuchenkrümeln auf dem Balkon? Wir müssen unbedingt die neuen Gartenmöbel einweihen und heute ist dafür der perfekte Tag. Und bevor du Einwände wegen deiner Höhenangst erhebst, vergiss nicht: Unsere Wohnung liegt im ersten Stock. Es gibt also keine Ausreden.«

Eine Sekunde später stand Lias Mutter auch schon glücklich lächelnd in der Tür zum Wohnzimmer.

Lia rechnete damit, dass ihr beim Anblick des seltsamen Besuchs die Gesichtszüge entgleisen und sie verblüfft zurückweichen würde. Oder ihre Mutter zumindest streng fragen würde, was das hier bitte schön zu bedeuten habe. Besuch in ihrer Abwesenheit war nämlich nur erlaubt, wenn Lia vorher gefragt hatte. Doch ihre Mutter tat nichts dergleichen, stattdessen kam sie lächelnd auf Asalia zu und gab ihr einen Kuss auf die Stirn.

»Schau mal an«, sagte Andrea Dornmeier. »Kaum steht der Frühling vor der Tür, sind auch schon deine Sommersprossen da. Niedlich.«

Asalia blinzelte, dann breitete sich ein Grinsen auf ihrem Gesicht aus. »Ich stehe auch total auf die Sommersprossen, das ist so viel cooler als langweilige Alabasterhaut«, jubelte sie. »Und Erdbeereis klingt echt super, davon habe ich schon so viel gehört. Könnte es sein, dass ich Hunger habe? Jedenfalls fühlt sich mein Bauch ganz komisch an … so grummelig. Ist das Hunger?«

Lias Mutter schüttelte lachend den Kopf über den vermeintlichen Witz ihrer Tochter. »Hilf mir rasch, die Balkonmöbel abzudecken, dann machen wir es uns so richtig gemütlich.«

»Und schießen ein paar Fotos von uns, die wir dann posten. Das wird mega. Es heißt doch mega … oder megi? Egal!« Asalia sprühte vor Begeisterung, während sie Lias Mutter auf den Balkon folgte.

»Mama … Bitte warte«, rief Lia. »Wir müssen dringend was besprechen.«

Pfeifend zog ihre Mutter die Plastikfolien von den Möbeln und faltete sie mit Asalias Hilfe zusammen.

Lia wollte zu ihr laufen, doch Dorient hielt sie zurück. »Nun denk mal nach«, sagte er. »Wenn deine Mutter dich in einem Elfenkörper nicht sieht, dann wird sie wohl auch kaum deine Stimme hören. Richtig?«

»Meine Mama kann mich nicht sehen? Bist du dir auch wirklich sicher?« Die Vorstellung wollte Lia nicht in den Kopf, obwohl ihre Mutter sie keines Blickes würdigte. Und auch auf ihren Ruf hin hatte sie nicht einmal gezuckt, was ganz und gar untypisch war. Gleichgültig, wie viel ihre Mutter um die Ohren hatte, sie war immer für Lia da. Außer jetzt, wo sie sie mehr denn je brauchte.

»Tut mir leid«, sagte Dorient.

4.

Die unsichtbare Tochter

Lia saß neben Dorient auf der Balkonbrüstung.

Was wirklich etwas zu bedeuten hatte, denn normalerweise mied sie Höhen, wo es nur ging. Aber dafür hatte sie jetzt keinen Sinn, sie sah ihrer Mutter und Asalia nämlich angespannt beim Eisessen zu. Gelegentlich grinste die Elfenprinzessin zu ihnen rüber, aber ansonsten tat sie so, als würden die beiden Zaungäste nicht existieren.

»So prächtig, wie Asalia sich amüsiert, werden wir sie den Weg nach Springwasser hinter uns herzerren müssen«, sagte Lia.

Dorient schwieg.

»Stimmt was nicht?«

»Na ja …«, setzte der Elfenjunge an. »Es ist nur so, dass kein menschliches Wesen Springwasser betreten kann. Es befindet sich sozusagen außerhalb dieser Welt, und zwar in Andersreich, das uns Elfen gehört. Es wäre also ziemlich sinnlos, Asalia mitzunehmen, sie würde keine einzige Pforte passieren können. Besser, wir lassen sie hier bei deiner

Mutter, dann kann sie uns auch keine Schwierigkeiten machen.«

»Ich habe eine noch bessere Idee«, sagte Lia. »Ich bleibe ebenfalls hier und du gehst allein an diesen megageheimen Elfenort, um die Kristalle zu holen. Schließlich bist du der Bruder von dieser Verrückten.«

»Kann es sein, dass ich da eine Kröte ganz hässlich quaken höre?«, sagte Asalia, wobei sie Lia einen säuerlichen Blick zuwarf.

»Hier in der Stadt gibt es keine Kröten, Liebling«, sagte Lias Mutter, die es offensichtlich genoss, mit einer Schüssel Eiscreme auf dem Bauch in der Nachmittagssonne zu entspannen.

»Ignorier den Giftpilz einfach«, sagte Dorient. »Asalia wäre uns auch dann keine Hilfe, wenn sie es versuchen würde. Sie hat ein Händchen für Katastrophen, wie sie gerade mal wieder bewiesen hat. Vergisst einfach, die Kristalle einzustecken. Unfassbar.«

»Da quakt eindeutig noch eine zweite, bestimmt mordshässliche Kröte«, nuschelte Asalia gerade so laut, dass es nur spitze Elfenohren hören konnten.

Dorient kümmerte sich nicht um die auf ihn gemünzte Gemeinheit, sondern holte einen weißen Kristallstab hervor, der in ein feines Geflecht aus silbernen Ranken gefasst war. Nachdenklich ließ er den Kristall durch seine Finger gleiten.

»Besser, wir ziehen den Springwasser-Besuch zu zweit durch«, sagte er zu Lia. »Und bevor du in Protestgebrüll ausbrichst: Du musst mit zur Schule kommen, weil nur du Asalias Koffer öffnen kannst. Wir Aurelianten führen wertvolle Erbstücke mit uns, deren Hüter wir sind. Unser Gepäck ist eine Spezialanfertigung aus Immertreu-Esche und persönlich auf uns geeicht, niemand sonst kann es öffnen.«

Lia winkte ab. »Vergiss es, ich fliege doch sofort auf. Schließlich habe ich nicht die geringste Ahnung, wie es in der Elfenwelt abläuft.«

»Hat Asalia als verwöhnte Prinzessin auch nicht, deshalb haben unsere Eltern sie ja gegen ihren Willen nach Springwasser geschickt«, sagte Dorient. »Asalia macht ihr eigenes Ding, das war schon immer so. Seit ich denken kann, interessiert sie sich nur für eure Welt, obwohl ihr unsere Eltern das Lesen von Menschenbüchern verboten haben. Außerdem muss sich jeder Neuankömmling erst mal in Springwasser einleben. Schließlich führen Feuerelfen ein komplett anderes Leben als die Nymphen vom See. In dem bunten Zirkus von Springwasser fällst du gar nicht weiter auf. Glaub mir, ich spreche aus eigener Erfahrung. Als ich vor zwei Jahren an die Schule kam, habe ich Ewigkeiten gebraucht, um zu kapieren, dass ich trotz meines Adelsstands wie alle anderen pünktlich zum Unterricht auftauchen muss. Und dass ich den Lehrkräften auch nicht befehlen kann, sich zurückzuziehen, wenn mich ihr Gerede langweilt. Davon abgesehen habe ich in den Pausen ständig auf einem Stein gesessen, bis der sich als schüchternes Steinmännchen herausgestellt hat. Von so einer Elfensorte hatte ich noch nie was gehört. Es war hochgradig peinlich.«

»Mag ja sein«, sagte Lia. »Trotzdem werde ich bestimmt sofort als Mensch entlarvt. Ich kann ja nicht mal eure Sprache.«

»Aber du sprichst doch schon die ganze Zeit Grauelbisch.«

»Grau… was?«

»Grauelbisch, die gemeinsame Elfensprache. Und vorhin

hast du dich mit Asalia sogar auf Aurelisch unterhalten, das nur Luftelfen und ihre Untergebenen sprechen. Ist dir das gar nicht aufgefallen?«

Lia wollte einen Fluch ausstoßen, bei dem ihre Mutter sie jedes Mal schmallippig darauf hinwies, dass sie so etwas nicht mal mit dem Kopf unter Wasser sagen sollte. Aber es kam nur ein »Verrottete Albenbrut« dabei heraus – was auch immer Albenbrut bedeuten mochte. Außerdem klang es, als würde sie singen. O nein, Dorient hatte recht, ihr Mund formte ganz von allein Worte in der Elfensprache!

»Hey«, sagte Dorient. »Nun mach nicht so ein Gesicht, sondern sei froh. So, wie es aussieht, weiß Asalias geborgter Körper über viele Sachen automatisch Bescheid. Das macht die Sache doch viel leichter. Wir beide gehen zusammen nach Springwasser, du holst die Kristalle und schneller als der Blitz sind wir wieder hier und haben den Rückkehrzauber durchgeführt. Mach es wie meine versponnene Schwester, sieh deinen Aufenthalt in Springwasser einfach als einen spannenden Ausflug an.«

Ergeben sank Lia in sich zusammen. »Mir bleibt wohl nichts anderes übrig.«

Wenn ihr vor ein paar Stunden jemand angeboten hätte, für einige Tage in die Haut einer Elfenprinzessin zu schlüpfen und eine vor der Menschenwelt versteckte Schule mit dem magischen Namen Springwasser zu besuchen, wäre sie vor Begeisterung bestimmt ausgeflippt. Ein Abenteuer, yeah! Danach sehnte sich schließlich jedes Kind, auch wenn Lia ihr Leben gefiel. Sie hatte sich an der neuen Schule eingelebt, fand die Stadt hübsch und vor allem war sie froh, dass der Umzugsmarathon der letzten Jahre vorbei war. Ihre Mutter hatte nämlich eine Festanstellung an der Universität bekommen. Aber es war auch ein bisschen langweilig, trotz der vielen Umzüge. Denn egal wo Lia bislang gewohnt hatte, irgendwie war es immer gleich: Es gab Zankereien unter den Schülern, den üblichen Schulstress, schon wieder Tiefkühlpizza zum Abendbrot, Handys, die aus der Jeanstasche ins Klo fielen … Wie unsagbar viel abgefahrener wirkte dagegen die Aussicht auf eine komplett andere Welt, in der es Pflanzen gab, die Hallo sagten, und Koffer mit geheimnisvollem Inhalt, die sich nur von ihren Besitzern entriegeln ließen? Allein die Tatsache, dass sie Miniblitze aus ihren Fingern abschießen konnte, war tausendfach besser als Hockey im Park. Doch jetzt, wo sich Lia die Möglichkeit auf ein solches Abenteuer bot, wollte sie bloß, dass es vorbei war.

»Muss ich wirklich mit nach Springwasser?«, vergewisserte sich Lia.

Dorient zuckte mit den Schultern. »Du kannst auch hierbleiben und zuschauen, wie Asalia Menschenmädchen spielt, bis unsere königlichen Eltern auftauchen und die Sache in die Hand nehmen.«

Das klang beunruhigend. »Wie sind eure Eltern denn so? Nett und nachsichtig mit ihrem Nachwuchs?«

»Königseltern, die nett und nachsichtig sind … Ich weiß nicht, ob es so etwas gibt. Unsere Mutter ist die Herrin des Mistrals, eines Windes, der recht ungemütlich werden kann. Und unser Vater … Tja, er ist der Hüter jener Himmelsschichten, die dafür sorgen, dass es gelegentlich so richtig knallt, stürmt und wie aus Eimern gießt. Kannst du dir ungefähr vorstellen, was für ein Temperament die beiden haben, wenn sie sauer sind?«

Ein frostiger Wind schien über Lia hinwegzufegen und sie bekam eine Gänsehaut. »Klingt nicht so, als ob ich es gern herausfinden möchte.«

»Dann kommst du also mit?«, fragte Dorient. »Du brauchst dir auch keine Sorgen zu machen, dass wir zu lange unterwegs sind. In eurer Welt laufen die Uhren anders als in Springwasser. Was im Elfenreich ein ganzer Tag ist, sind hier höchstens ein oder zwei Stunden. Sieh deine Reise als ein spannendes Abenteuer, das du erlebst, während Asalia auf eurem Balkon rumhängt und sich bestimmt schon bald zu langweilen anfängt.«

»Toll, ich würde mich jetzt gern langweilen.« Bevor Lia in Trübsinn versank, lenkte sie Asalias Stimme ab.

»Zu blöd, ich hab das Passwort für mein Handy vergessen«, jammerte die Elfenprinzessin.

»Soweit ich mich erinnere, war das Passwort deine Lieblingsfarbe«, antwortete Lias Mutter, wobei sie sich tiefer in die Polster kuschelte, die Augenlider bereits auf Halbmast.

Entsetzt stellte Lia fest, dass Asalia ihr Handy aus dem Rucksack geholt hatte und darauf herumtippte.

»Zitronengelb ist es nicht«, stellte Asalia fest.

»Finger weg von meinem Handy!«, rief Lia so laut, dass es eigentlich sogar ihre Mutter hören musste. Doch Andrea Dornmeier blickte nur verträumt in den wolkenlosen Himmel.

Mit Krauselstirn zupfte Asalia an dem Shirt, das Lia heute Morgen aus dem Schrank gefischt hatte. Es war ihr Lieblingsteil, weil es knalllila war. Die Elfenprinzessin lächelte, als ihr klar wurde, welche Farbe Lia am liebsten hatte, dann machte sie sich erneut am Display zu schaffen.

Eine Sekunde später jauchzte Asalia auf. »Ich bin drin! Jetzt steht mir die Internetwelt offen und ich werde sie im Sturm erobern. Hier kommt eure neue Prinzessin, huldigt mir, ihr Sterblichen.«

»Herzlichen Glückwunsch, Schätzchen«, sagte Lias Mutter, schon kurz vorm Eindösen.

Lias Fingerspitzen begannen zu britzeln und dann stoben auch schon goldene Blitzchen davon, die winzige Löcher in die Bezüge der neuen Sitzmöbel brannten.

»Ho-ho, mal schön ruhig, sonst verkohlst du dir noch die Finger«, sagte Dorient. »Die Blitzkunst will geübt werden.«

»Asalia soll mein Handy weglegen. Sofort«, beharrte Lia.

»Gegenvorschlag: Lass sie mit dem Ding spielen, sie weiß doch eh nicht, wie der kleine Kasten funktioniert. Menschentechnik ist nichts für Elfen. In zwei, höchstens drei Stunden kannst du ihn ihr ja wieder abnehmen. Selbst wenn Asalia in der Zwischenzeit den für sie typischen Unsinn veranstaltet, ist es die Sache wert, weil sie dann wenigstens beschäftigt ist. Wer weiß, was sie sonst anstellt?«

»Okay, was soll's«, stimmte Lia widerwillig zu. »Je schneller wir aufbrechen, umso besser.«

»Meine Rede«, sagte Dorient. Dann begann er, den länglichen Kristall zwischen seinen Fingern immer schneller zu drehen, bis helle Lichtstrahlen von ihm ausgingen, die in alle Richtungen davonschossen. Die Strahlen wurden breiter und hüllten die beiden Elfenkinder in einen gleißenden Lichtball.

Es kam Lia so vor, als würde sich alles um sie herum in dem Licht auflösen. Dann verlor sie die Orientierung und stürzte haltlos in ein blendend helles Nichts.

5.

Wildwald

Zum zweiten Mal an diesem Tag fand Lia sich am Boden liegend wieder, alle viere von sich gestreckt und mit dröhnendem Kopf.

Der Puck muss mir echt superhart einen mitgegeben haben, dachte sie benommen. Filmschnipsel von Elfenkindern, die bei ihr zu Hause Eis aßen und über die Qualität von Taukristallen fachsimpelten, geisterten durch ihre Erinnerung.

Stöhnend drehte Lia sich auf den Bauch und setzte sich auf.

Die Bäume, die um ihren Hockey-Übungsplatz standen, ragten so hoch auf, dass sie den Kopf in den Nacken legen musste, um einen Blick auf den Himmel zu erhaschen.

Es dämmerte bereits.

O ja, es hatte sie wirklich hart erwischt. Offenbar hatte sie mehrere Stunden bewusstlos im Gras gelegen.

»Geht's wieder?«, fragte eine Jungenstimme. »Es ist nicht gerade die angenehmste Art, durch das Reiseportal die Reiche zu wechseln.«

Lia kniff ihre Augen ganz fest zusammen. »Bitte sag mir, dass du bloß eine Stimme in meinem angeschlagenen Kopf bist.«

Einen Moment lang herrschte Stille, dann räusperte sich die Jungenstimme. »Klingt so, als wärst du noch nicht ganz da. Ich will ja nicht drängeln, aber wir sollten nicht allzu lange auf der Lichtung bleiben. Es wird allmählich dunkel, außerdem stimmt hier was nicht.«

Lia wollte gar nicht wissen, was diese Worte bedeuteten. Ihre Gedanken fuhren ohnehin Karussell. Als sich eine Hand auf ihre Schulter legte, zuckte sie zusammen – und verschoss mit ihren Fingern goldene Funken.

Jemand schrie auf.

Lia beeilte sich, auf die Beine zu kommen. Hinter ihr stand der Elfenjunge mit dem Sturmhaar … Dorient … und hielt sich mit schmerzverzerrtem Gesicht den Bauch.

»So eine Trollscheiße, du hast mir einen Schlag verpasst!«

»Ich habe dich überhaupt nicht berührt«, versicherte Lia und hielt ihre Finger zum Schwur hoch. Ihre Fingerspitzen glühten noch verdächtig, deshalb nahm sie sie schnell runter.

»Deiner Meinung nach ist ein Blitzeinschlag voll in den Magen nichts?« Dorient schnaufte. »Du solltest besser aufpassen, was du mit deinen Händen anstellst, solange du diese Kunst nicht beherrschst. Ich bin schließlich kein Blitzableiter.«

Schuldbewusst blickte Lia auf ihre Hände. Oder vielmehr auf die Hände der Elfenprinzessin Asalia mit den babyblau lackierten Fingernägeln. Jedenfalls nahm Lia an, dass es sich um Lack handelte und nicht um die echte Nagelfarbe, aber sicher war sie nicht. Schließlich hatte Asalia ja auch Silberhaar. Es half nichts, die Sache zu leugnen: Sie, Larissa Dornmeier, steckte in dem Körper einer Elfenprinzessin. In diesem Zustand konnte sie nicht nur das Eigenleben von Pflanzen beobachten, sondern scheinbar auch Elektroschocks verteilen. Und das hier war auch ganz sicher nicht der Stadtpark und das Gras unter ihren Füßen kein Gras, sondern dichtes Moos. Es bedeckte sogar die Felsen, die inmitten der Lichtung lagen wie überdimensionale Kiesel. Außerdem gab es im Stadtpark keine faustgroßen Käfer, die ein lustiges Liedchen pfeifend an einem vorbeikrabbelten.

»Hat uns dieser Käfer eben einen schönen Tag gewünscht?«

Dorient grinste. »Gutes Benehmen wird unter Käfern großgeschrieben. Ist das in eurer Welt etwa nicht so?«

Lia schüttelte den Kopf. »Vielleicht liegt es daran, dass wir Menschen bereits auf den Käfer treten, bevor er etwas sagen kann. Wieso sieht alles so viel größer aus?«

»Wir haben die klassische Elfen-Reisegröße für Wildwald angenommen, was bedeutet, dass du nicht mal halb so groß bist wie als Menschenmädchen«, erklärte Dorient.

Anders ausgedrückt, war Lia auf knapp achtzig Zentimeter eingeschrumpft. Wann war sie bitte schön zum letzten Mal so klein gewesen, als Schnullerkind vielleicht?

»Klasse«, sagte Lia. »Fehlt nur noch, dass wir von einer Horde Kaninchen über den Haufen gerannt werden.«

»Ich mache mir mehr Sorgen, weil unsere Reisegruppe allem Anschein nach übereilt aufgebrochen ist.« Dorient deutete auf eine zerbrochene Schale, die am Fuß der Felsengruppe lag.

»Das kann doch auch ein Missgeschick gewesen sein.«

Trotzdem sah Lia sich unbehaglich um. Sie saßen hier wie auf einem Präsentierteller und die Bäume am Waldesrand schienen ihr meilenweit weg, wenn man bedachte, dass sie auf Kleinkindbeinen unterwegs waren.

Dorient hob die Scherben auf. »Kein Reisender hinterlässt normalerweise Spuren in Wildwald, das gilt den Naturgeistern gegenüber als unhöflich und verstößt obendrein gegen die Regeln, die für diesen Ort gelten. Bemerkst du diesen verdächtigen Geruch?«

Lia wollte schon »Ich rieche nichts außer Moos« sagen, als sie einen Hauch von verbranntem Schwarzpulver wie zu Silvester wahrnahm. »Hat die Reisegruppe ein Leuchtfeuer gezündet?«

»Genau das. Damit wollte sie jemanden verscheuchen, der kein Licht mag«, sagte Dorient. Seine Ohrspitzen zuckten vor Anspannung. »Wenn wir nicht herausfinden wollen, welcher unliebsame Besucher hier aufgekreuzt ist, sollten wir schleunigst aufbrechen.«

»Dann mach uns größer, damit wir überhaupt von der Stelle kommen«, schlug Lia vor.

»Das geht nicht, solange wir in Wildwald zur Pforte des Westens unterwegs sind. Hier gelten die Regeln: Sei als Gast nicht größer als ein Luchs, hinterlasse keine Zeugnisse und vermeide um jeden Preis den Einsatz von für Wildwald unüblicher Magie – was übrigens auch für Blitzentladungen gilt.« Dorients dunkle Brauen fuhren zusammen. »Nun fällt mir auch wieder ein, warum die Anwendung von Magie verboten ist. In Wildwald gibt es Dunkelbolde, die Fremdmagie ausgesprochen lecker finden. So lecker, dass sie die Elfe in ihrer Gier gleich mit auffressen.«

Dunkelbolde ... In Lias Fantasie tauchten unzählige Gesichter zwischen den Bäumen auf, die nur aus Schatten bestanden – einmal abgesehen von den rasiermesserscharfen, funkelnden Zähnen, die dicht an dicht aus den hungrigen Mäulern ragten.

Panisch sprintete Lia los.

»Warte!«, rief Dorient ihr hinterher.

»Auf keinen Fall, ich will nicht gefressen werden!«

»Aber du läufst in die falsche Richtung. Zur Pforte geht es durch den Wald.«

Trotz ihrer kurzen Beine hatte Lia mittlerweile dermaßen beschleunigt, dass der Wind in ihren Ohren rauschte. Lauf weiter!, schien er zu rufen. Sie musste sich zu einer Kehrtwende zwingen, weil sie das Tempo nur ungern drosselte.

Und dann war auch schon Dorient neben ihr.

Für seinen Geschmack liefen sie wohl noch zu langsam, denn er glitt hinter sie und schob sie zusätzlich an. Lia spürte kaum noch, wie ihre Füße in den samtigen Stiefeletten den Boden berührten. So laufen also Elfen, schwerelos und ohne zu ermüden. Allerdings kam jetzt der Waldrand so schnell auf sie zu, dass Lia aus Sorge, gleich gegen einen Baumstamm zu rennen, die Arme ausstreckte.

»Wie stoppt man diese Lauferei?«, schrie sie gegen den Wind an.

»Gar nicht«, antwortete Dorient. »Wir müssen schleunigst weg, wir sind nämlich nicht mehr allein.«

Tatsächlich bemerkte Lia in der aufziehenden Dunkelheit zwischen den Bäumen herumwuselnde Schatten, die mit jeder Sekunde mehr an Festigkeit gewannen. Als müssten sie die Abwesenheit des Lichts abwarten, um Gestalt anzunehmen. Lange magere Gliedmaßen zuckten zwischen den Zweigen, gelbe Augen blitzten. Lia glaubte ein Zischeln zu hören, ganz nah. Sie riss den Kopf herum, doch es war nur eine Eule, die im Gleitflug an ihr vorbeiflog. Trotzdem legte Lia noch einen Zahn zu, um im nächsten Moment mit der Fußspitze an einer Wurzel hängen zu bleiben. Gemeinsam mit Dorient ging sie zu Boden, und obwohl sie beide gleich wieder auf die Beine sprangen, nahm die Dunkelheit um sie herum schlagartig zu, umkreiste sie regelrecht. Es stank nach verrottetem Laub und modrigen Ecken, die kein Sonnenstrahl je erreichte.

»Mach das noch mal, kleines Elfending«, flüsterte eine raue Stimme.

»Ja, mach Blitzmagie«, kam es aus einer anderen Richtung.

Lia zog Dorient zu sich. »Benutz deinen Kristall, um uns von hier wegzubringen. Ich will sofort zurück nach Hause.«

»Das geht nicht«, gab Dorient zu. »Mehr als zwei Sprünge pro Tag schafft so ein Reiseportal nicht. Und ich habe wegen der Sache im letzten Schuljahr striktes Flugverbot.«

Verzweifelt klopfte Lia ihre Kleidung ab. »Habe ich denn nicht auch so einen Kristall?«

»Bestimmt ist er beim Rest deines Gepäcks. Asalia ist so eine Schusseltante.« Trotz ihrer düsteren Lage klang Dorient wie ein schwer genervter großer Bruder.

»Dann müssen wir eben Magie einsetzen, um diese Dunkelbolde zu verscheuchen«, schlug Lia vor.

»Magie? Ja, Magie!«, echote es aufgeregt aus der Dunkelheit zwischen den Bäumen. »Her mit der Magie. Lecker, lecker.«

»Das war eine ganz dumme Idee«, knurrte Dorient.

Lia verkniff sich den Hinweis, dass sie bloß ein elfjähriges Menschenmädchen war. Wenn man im Hockey von der gegnerischen Mannschaft überrannt wurde, half auch kein Jammern. »Was schlägst du stattdessen vor?«

»Was wohl?«, sagte Dorient. »Kämpfen natürlich.«

»Gegen die Wesen in den Schatten?« Lia schüttelte ungläubig den Kopf. »Vergiss es, lass uns um Hilfe rufen.«

Dorients Lippen wurden schmal. »Im Bitten sind wir Aurelianten nicht besonders gut.«

»Dann haben wir ja Glück, dass ich in meinem Inneren ein Mensch bin.« Und ganz leise sagte sie: »Wenn mich jemand hören kann: Bitte, bitte, mach, dass die Dunkelheit verschwindet.«

Wie auf einen geheimen Befehl hin leuchtete ein Licht auf und sie standen mitten in einem Scheinwerferkegel. Nur war das Leuchten nicht grell, sondern ganz weich und golden.

»Bei allen grünen Wichteleiern, du sollst doch keine Magie verwenden«, raunte Dorient, der immer noch mit erhobenen Fäusten dastand. »Was hast du getan?«

»Keine Ahnung … Vielleicht Menschenmagie entfacht?«

Das Licht wurde immer heller und strahlender. Es bestand aus einem Meer winziger Leuchtpunkte.

Das Wispern der Dunkelbolde erstarb für einen Moment. Dann knurrten sie wütend, während sich der Ring aus Dunkelheit um die Luftelfen weitete.

Dorient beugte sich vor und betrachtete die Lichtpunkte genauer. »Das sind Schwebekinder, die kleine Feuer entzündet haben. Normalerweise leben sie in den Baumkronen und lassen das Laub so schön rascheln. Sie sind entfernte

Verwandte von uns Aurelianten. Vielen Dank, ihr Blätterfächler«, sagte er ehrfürchtig.

»Das ist keine Magie«, kam es jaulend aus der Dunkelheit. »Das ist Betrug.« Ein Dunkelbold wagte sich hinter einem Baumstamm hervor und stieß mit seinem dürren Arm nach Lia. Seine Finger ähnelten spitzen Wurzeln. Eine Schar von Schwebekindern wich aus und ließ vor Schreck ihre winzigen Feuer fallen. Sie erloschen, noch während sie zu Boden fielen. Die anderen Schwebekinder brachten sich mit ihren Funken zwischen den Baumkronen in Sicherheit.

»Pfoten weg!« Dorient schlug den Arm des Dunkelbolds beiseite. »Ich bin Dorient Feniris, Spross der königlichen Familie der Aurelianten. Wenn ihr diese Belagerung nicht sofort aufgebt …«

Dorient kam nicht dazu, seine Drohung auszusprechen, denn er wurde sofort von schmatzenden und kichernden Dunkelbolden übertönt. »Hört ihr, Brüder und Schwestern? Luftelfen. So ein edles Mahl hatten wir schon lange nicht mehr. Ihre Magie schmeckt ganz wunderbar leicht und ist doch zugleich so nahrhaft. Was für ein Fest!«

»Von wegen«, rief Lia. »Wenn ihr uns zu nah kommt, grille ich euch.« Obwohl ihr das Herz bis in die Kehle schlug, streckte sie ihre Hände vor und schleuderte kleine Blitze in die Dunkelheit.

»Blitzmagie! Lecker«, schallte es ihr entgegen.

Der Kreis aus Dunkelheit zog sich wieder enger. Lia konnte kaum noch atmen, so sehr drückte ihr das dichte Schwarz auf die Brust. Gelbe Augen starrten sie aus formlosen Gesichtern an und dürre Finger kamen wie dichtes Wurzelwerk auf sie zu.

»Können wir noch was anderes machen zu unserer Verteidigung als nur treten und beißen?«, erkundigte sich Lia.

Dorient lachte heiser. »Ich bin für alle Vorschläge offen.«

»Wir könnten uns ergeben«, schlug Lia vor.

Erneut ging ein Raunen durch die Dunkelbolde.

Zuerst dachte Lia, die Unholde seien von ihrem Vorschlag beeindruckt. Dann bemerkte sie, dass die Schattenwesen sie gar nicht mehr beachteten. Wie benommen wichen die schwarzen Geschöpfe zurück, bis eine Lücke im Kreis entstand, durch die ein goldener Hirsch mit prächtigem Geweih trat.

Lia traute ihren Augen kaum. »Der Hirsch strahlt, als wäre er mit Gold überzogen. Ist er eine Erscheinung?«

»Nein«, flüsterte Dorient. »Das ist ein ganz normaler Hirsch, der von einer Schar Schwebekinder beleuchtet wird. Los, komm, bevor die Dunkelbolde den Trick bemerken.« Er zog Lia an der Hand hinter sich her bis zu dem riesenhaft wirkenden Hirsch.

Dorient deutete eine Verbeugung an. »Darf ich bitten?«

Der Hirsch senkte seine Vorderläufe, sodass die beiden Elfenkinder auf seinen Rücken steigen konnten. Kaum hatte Lia ihren Platz hinter Dorient eingenommen, preschte der Hirsch los, hinein in den Wald, einer Spur aus funkelnden Schwebekindern folgend, die ihnen den Weg leuchteten, während die zurückgelassenen Dunkelbolde wütend aufheulten.

6.

Pfützenspringen

Lia war in ihrem ganzen Leben erst einmal geritten. Nein, eigentlich war das schon zu viel gesagt. Sie hatte auf dem Reiterhof ein Pony namens Willi mit Möhren gefüttert und dann auf seinem Rücken gesessen, während Willi verträumt über die Koppel gewackelt war. Aber selbst wenn sie ihr halbes Leben in Reitschulen verbracht hätte, wäre sie null auf die Erfahrung vorbereitet gewesen, auf einem Hirsch durch einen im Dämmerlicht liegenden Wald zu preschen. Ohne Sattel und vor allem ohne etwas zum Festhalten, abgesehen von einem Elfenjungen, der sich an den Hals des Hirsches klammerte und bei jedem Sprung ein Stück abhob. Und so ein Hirsch sprang oft, wenn er in halsbrecherischem Tempo durchs Dickicht lief und dabei Haken schlug und plötzlich auftauchenden Baumriesen erst in letzter Sekunde auswich. Zu gern hätte Lia die Augen geschlossen, nur waren selbst ihre Augenlider in Angststarre verfallen. Es wurde nicht besser, als hinter ihnen ein wildes Heulen ertönte.

Die Dunkelbolde hatten ihre Fährte aufgenommen, offenbar fest entschlossen, sich ihr Abendessen nicht entgehen zu lassen.

»Die Magiefresser sind uns auf den Fersen«, schrie Lia. »Ist es noch weit bis zur Pforte des Westens?«

»Keine Ahnung, bei diesem Höllentempo ist es unmöglich, das Fendrill zu befragen. Wir müssen uns auf die Schwebekinder verlassen.« Dorients Worte verloren sich fast im Lärm der schlagenden Hufe und dem Gebrüll der Dunkelbolde.

»Du musst doch wissen, wo die Pforte ist, du warst doch schon im letzten Jahr auf der Elfenschule.«

Dorient riskierte einen Blick über seine Schulter, wodurch er beinahe das Gleichgewicht verlor. »Die Pforte wandert aus Sicherheitsgründen ständig. Ist doch klar, oder?«

Lia verkniff sich eine Antwort, dafür fasste sie den festen Entschluss, Springwasser noch in demselben Moment, in dem sie die Taukristalle in der Hand halten würde, wieder zu verlassen. In einer Welt mit Unholden, die sie als Snack ansahen, und Schulen, die aus Sicherheitsgründen ihre Zugänge verbargen, wollte sie nicht einmal Gast sein – zauberhafte Schwebekinder hin, im Rettungsdienst beschäftigte Hirsche her.

Ohne Vorwarnung legte der Hirsch eine Vollbremsung hin, sodass die beiden Elfenkinder über seinen Kopf geflogen wären, wenn Dorient sich nicht in letzter Sekunde am Geweih des Tieres festgehalten hätte. Dann senkte der Hirsch seine Vorderläufe, damit sie absteigen konnten.

Lia brauchte einen Augenblick, bis sie ihr Gleichgewicht wiederfand und der Boden unter ihren Füßen nicht mehr nachzugeben drohte.

Sie standen auf einer kleinen Lichtung, die von den Schwebekindern beleuchtet wurde. Außer dem beeindruckenden Hirsch und zwei Elfenkindern mit windzerzausten Haaren war jedoch nichts zu entdecken.

»Hier ist keine Pforte«, stellte Lia fest.

»Doch, sie muss hier sein«, versicherte Dorient. »Die Pforte kann alles sein, ein Schneckenhaus, ein Loch im Baumstamm …«

»Was sagt dein Fendrill?«

Dorient schob den Ärmel seiner Jacke zurück, um das goldene Ornament auf seinem Unterarm freizulegen. »Es sagt nur, dass die Pforte hier ist.«

»Wo hier?« Lia drehte sich im Kreis. Es gab nur eine Wiese und rundum standen Bäume mit jeder Menge Schatten dazwischen, in dem sich etwas bewegte. »O-oh, wir haben Besuch.«

In diesem Moment senkte der Hirsch sein Geweih und verpasste Lia einen Schubs.

»Vorsicht bitte, deine Geweihspitzen sind ganz schön scharf.« Lia versuchte, dem zudringlichen Hirsch auszuweichen. »Außerdem bin ich jetzt in eine Pfütze gelatscht.«

»Eine Pfütze?«, fragte Dorient.

»Genau. Mein Stiefel ist klitschnass.«

Dorient schlug sich mit der flachen Hand vor die Stirn. »Das ist sie. Rein da!«

Lia stand reglos da.

»Komm schon, wir haben keine Zeit«, drängelte der Elfenjunge.

»Die mächtige Pforte des Westens, der geheime Zugang ins sagenumwobene Springwasser ist eine Pfütze?«

»Können wir das später diskutieren? Du musst mit beiden Füßen reintreten.«

»Mit dem Ergebnis, dass das Abendessen der Dunkelbolde einen Schnupfen hat? Nein danke.«

Während die Dunkelbolde sie erneut in einem schwarzen, immer enger werdenden Ring umkreisten und der Hirsch angriffslustig sein Geweih senkte, streckte Dorient seine Hand aus. »Bitte.«

Lia zögerte, dann nahm sie mit einem ergebenen Seufzen seine Hand. Gemeinsam versenkten sie ihre Füße im knöcheltiefen Wasser der Pfütze.

Nichts geschah.

In Dorients Gesicht zuckte ein unheilvolles Licht auf, als würde in der Ferne ein Unwetter aufziehen.

»Das ist nicht die Pforte, richtig?«, fragte Lia, während ihr vor Angst ganz kalt wurde.

»Doch«, sagte Dorient, »das ist sie, aber dein Körper hat scheinbar gerade keine Lust, sie zu durchqueren. Typisch Asalia, sie macht nie, was von ihr erwartet wird.«

Lias Herz begann, vor Panik wild zu schlagen. »Gegen Asalias sturen Körper kann ich nichts machen, Dorient. Und jetzt? Ich kann hier auf keinen Fall zurückbleiben.«

»Das würde ich auch nie zulassen.« Dorient trat dicht neben Lia, den Mund zu einer Linie zusammengepresst. »Dann eben auf die harte Tour, wie in unserer Kindheit. Da hat Asalia auch immer so einen Aufstand gemacht, wenn sie eine Pforte durchqueren sollte.«

Bevor Lia nur einen Pieps von sich geben konnte, hatte Dorient sie umarmt und riss sie in einem unnatürlich kraftvollen Sprung mit in die Höhe.

Viel zu hoch für jemanden mit Höhenangst!

Lia sah unter sich das vorstürmende Gewirr aus Dunkelbolden, den Hirsch, der sich auf den Hinterläufen aufrichtete, und aufgeregt umherschwirrende Schwebekinder, die den Angreifern ihre Funkenglut entgegenschleuderten.

Einen Herzschlag lang standen Dorient und Lia in der Luft, dann schoss der Boden heran. Dorient lachte auf, als wäre all das ein Riesenspaß.

Wie von selbst lösten sich Blitze von Lias Fingerspitzen, doch sie verpufften, ohne etwas auszurichten.

Schon spürte Lia die Kälte des Wassers. Sie machte sich bereit für den Schmerz, der sie bei der Landung durchzucken würde. Stattdessen glitt die Kälte beißend an ihr empor, umschlang ihre Beine, ihren Oberkörper und schließlich ihren Kopf – um sie in der nächsten Sekunde auch schon wieder freizugeben.

Einen Augenblick lang war Lia erleichtert, dann schlugen ihre Füße hart auf festen Grund.

7.

Elfenzauberschön

»Jetzt habe ich Plattfüße«, keuchte Lia. Ansonsten schien aber alles okay zu sein. Ein Wunder, nach so einem Sprung, aber allem Anschein nach hielten die so zart aussehenden Elfenkörper ordentlich war aus. »Haben wir es geschafft?«, fragte sie.

»Aber hallo.« Das Glücksgefühl in Dorients Stimme war nicht zu überhören, er stand wohl auf diese Art von Bungeejumping, bei dem es von unten nach oben ging. Verrückte Elfenwelt.

»Meinst du, die Dunkelbolde werden dem Hirsch oder den Schwebekindern etwas antun?«

»Ich bezweifle, dass irgendwer in Wildwald es wagt, sich mit diesem Hirsch anzulegen. Und die Schwebekinder müssten die Dunkelbolde erst einmal erwischen, was ziemlich unwahrscheinlich ist. Mach dir keine Sorgen, sondern freu dich, dass du wohlbehalten durch die Pforte geflutscht bist.«

»Das war echt eine Erfahrung«, nuschelte Lia, das Gesicht in den samtigen Stoff von Dorients Jacke gepresst. »Du kannst mich jetzt übrigens wieder loslassen.«

»Bist du dir sicher? Du wirkst noch etwas wackelig«, sagte der Elfenjunge.

Sicher war sich Lia nicht, trotzdem sagte sie: »Es wird schon gehen.«

Als Dorient seine Arme zurücknahm, pflanzte Lia fast eine Zwiebel, weil ihre Knie plötzlich ganz weich waren. Das lag aber nicht nur an dem überraschenden Rutsch durch die Westpforte alias Pfütze, bei dem witzigerweise nur ihre Stiefeletten nass geworden waren. Es lag an der Welt hinter der Pforte: Rosiges Dämmerlicht umhüllte sie und in der noch sonnenwarmen Luft lag der betörende Duft nach einem ganzen Wildblumenmeer. Sie standen auf einem Plateau, unter dem sich ein Tal ausbreitete. Auf den Berghängen, die das Tal umrundeten, gab es Bäume und blühende Wiesen. Für Lia sah es aus wie ein Gemälde, eigentlich zu schön, um wahr zu sein. Und trotzdem wirkte jede Pusteblume überaus echt und lebendig, fast so, als würde Lia zum ersten Mal wahrhaftige Natur erleben.

»Herzlich willkommen in Andersreich«, sagte Dorient.

Das träume ich doch, dachte Lia, als sie sich staunend umsah. Neben ihnen schlängelte sich ein schön gepflasterter Pfad den Berg entlang. An seiner Seite plätscherte ein Bach, dessen Lauf man bis hinunter ins Tal verfolgen konnte. Dort unten lag nicht weit entfernt eine Ansammlung aus roten Backsteinhäusern, aus deren Schornsteinen einladend Rauch aufstieg.

»Ist das da unten Springwasser?«, fragte Lia.

Dorient winkte ab. »Die paar Häuschen? Nicht doch,

Springwasser ist die größte Elfenschule, die es in Andersreich je gegeben hat. Sie liegt weiter oben auf dem Berg, dort, wo die Quelle des Baches entspringt. Von ihm hat die Schule ja auch ihren Namen.«

Als Lia sich umdrehte, zuckte sie zusammen. Da kamen zwei hochgewachsene Gestalten auf sie zu!

Bei ihrem Anblick rückte Lia wieder enger an Dorient heran. Die großen Elfen trugen silbern schimmernde Rüstungen und kunstvoll geschnitzte Lanzen, deren Spitzen in scharf zugeschliffenen Kristallen endeten. Obwohl ihre Gesichter alterslos schienen, waren es eindeutig Erwachsene. Vielleicht Zwillinge, denn es war unmöglich, sie auseinanderzuhalten. Tatsächlich hätte Lia glatt geschworen, dass es Klone waren, sogar ihre Bewegungen waren aufeinander abgestimmt.

»Werden wir jetzt etwa fürs Zuspätkommen verhaftet oder haben die Wind davon bekommen, wer ich in Wirklichkeit bin?«, flüsterte Lia.

Dorient lachte. »Entspann dich, das ist die Begrüßungsgarde. Die beiden stolzen Birkenritter werden uns nach Springwasser begleiten, schließlich sind wir der königliche Nachwuchs der Aurelianten. Übrigens: Deine Tiara ist verrutscht.«

Lia ruckelte an dem Reif herum, ohne viel auszurichten. »Toll. Früher saß ständig meine Brille schief, jetzt dieser verflixte Silberreif. Kann ich das Teil nicht abnehmen?«

»Klar«, sagte Dorient. »Zum Schlafen. Und jetzt lächle huldvoll, wie man es von einer Prinzessin der edlen Himmelsreiche erwartet.«

Als die Ritter näher kamen, wurde klar, woher sie ihren

Namen hatten: Ihre Brustharnische und Beinschützer waren aus samtig grauer Birkenborke gearbeitet. Und was Lia für Helme gehalten hatte, waren Kränze aus begrünten Zweigen. Trotzdem sah alles so aus, als würde es mühelos einem Schwerthieb standhalten.

Elfenzauber, klang es durch Lias Kopf. So etwas lernt man hier in Springwasser.

Wie praktisch, hielt Lias gesunder Menschenverstand dagegen. Dann kann ich damit später ja meine Schienbeinschützer fürs Hockeyspielen verstärken.

»Seid gegrüßt, Aurelianten, Sprösslinge der ehrenwerten Familie von Silberhaar. Wir freuen uns, Euch nun doch noch zu unerwartet später Stunde in Springwasser begrüßen zu dürfen.« Die beiden Ritter sprachen gleichzeitig, aber nun ließ sich endlich ein Unterschied erkennen: Es gab eine männliche und eine weibliche Stimme. Welche aber zu wem gehörte, blieb ein Geheimnis.

»Vielen Dank für den freundlichen Empfang.« Dorient machte eine elegante Verbeugung.

Lia versuchte sich noch zu merken, wie die Verbeugung ging, als sich ihre Beine wie von Zauberhand zu einer komplizierten Stellung verknoteten, während ihr Mund die grauelbischen Worte »Sehr zuvorkommend« formte. Scheinbar wusste ihr Körper tatsächlich, was zu tun war. Allerdings wusste sie ebenfalls, was gute Manieren sind, denn auf so etwas legte ihre Mutter Wert. Deshalb sagte Lia: »Tut uns echt leid mit der Verspätung, wir wurden von ein paar Dunkelbolden aufgehalten. Und dann hatte sich die Westliche Pforte auch noch in eine unpraktische Pfütze verwandelt …«

Dorient stieß Lia den Ellbogen in die Rippen, während er

aus dem Mundwinkel zischte: »Prinzessinnen entschuldigen sich niemals und um keinen Preis offiziell – und das mit den Dunkelbolden behalten wir lieber für uns.« Zu den Birkenrittern sagte er: »Bitte seht es meiner Schwester nach, sie leidet noch unter den Nachwehen der Pfortendurchquerung, das nimmt sie jedes Mal mit.«

Während Lia sich ihre schmerzende Seite rieb, nickten die Ritter im Gleichtakt. Dann schnipsten sie und an den Spitzen ihrer Lanzen leuchteten kreisförmige Lichter auf, sodass es aussah, als würden sie Laternen an langen Stöcken tragen. Da das Abendlicht nun rasch schwand, war das eine gute Idee.

»Wenn Ihr uns dann freundlicherweise folgen würdet? Ihr werdet auf Springwasser bereits dringlich erwartet, mit dem Mondaufgang soll nämlich das Schulfest beginnen. Und Eure Einheiten können unmöglich ohne Euch aufbrechen.« Damit drehten die beiden sich um und marschierten im Gleichschritt den Weg hinauf. Die Elfenkinder mussten sich beeilen, wenn sie bei diesem Tempo mithalten wollten.

»Was ist eine Einheit?«, fragte Lia.

Dorient räuspert sich professorenhaft. »Wie gesagt, ist Springwasser die größte Schule dieser Art. Aus dem ganzen Andersreich kommen Elfenkinder, um hier zu erlernen, was die verschiedenen Völker an Künsten entwickelt haben. Du besuchst die 1. Klasse, auch Bergkristall-Liga genannt, und du könntest bis zur 7. Klasse, der Obsidian-Liga, bleiben und das Elfendiplom in den Großen Künsten erlangen.«

»Was ich definitiv nicht vorhabe«, warf Lia ein.

»Ich sag das nur, damit du eine Vorstellung davon bekommst, was in Springwasser los ist: An der Schule wimmelt es nur so von Elfenkindern. Und untergebracht sind wir in verschiedenen Einheiten, in denen auch du dir ein Zimmer mit anderen Mädchen teilst. Das war übrigens einer der Gründe, warum Asalia sich in die Menschenwelt abgesetzt hat: Ein Gemeinschaftszimmer ist für sie voll das Letzte. Ihrer werten Einschätzung nach ist sie viel zu besonders, um irgendeiner Waldelfe, die sonst in hohlen Baumstämmen haust, beim Schnarchen zuzuhören.«

»Deine Schwester ist ein ganz schöner Snob«, sagte Lia.

Dorient lächelte verlegen. »Wir Luftelfen stehen in dem Ruf, das hochnäsigste unter allen Völkern zu sein. Das ist wahrscheinlich auch der Grund, warum wir uns für die ungekrönten Kaiser von Andersreich halten. Auf solche Ideen kommen Elfen, die hoch über allen anderen in Glaspalästen leben, vermutlich zwangsläufig.«

Bei dem Wort Glaspalast klappte Lia beinahe der Mund auf, aber dann fiel ihr etwas ein. »Du bist kein Stück hochnäsig.«

»Kann sein.« Dorient sah noch verlegener aus. »Vermutlich habe ich meine Arroganz im letzten Jahr verloren, als ich fast von der Schule geflogen bin. Das hat mein Mütchen ganz schön gekühlt. Außerdem komme ich mir nur noch wie ein halber Luftelf vor, weil ich seitdem striktes Flugverbot habe.«

»Stimmt, das hast du gesagt. Aber bedeutet das, dass wir Luftelfen fliegen können? So wie Superman?«

Dorient zog die Stirn kraus. »Wie wer?«

»Ich meine: Strecke ich meinen Arm in die Luft und denke *fliegen* und ab geht's?«

Einen Moment lang schien vor Dorients geistigem Auge

ein Film abzulaufen, dann schüttelte er sich. »Klingt stark, aber bei uns läuft das ganz altmodisch mit Flügeln und Unterricht.«

»Heißt das … Ich habe Flügel? Wahnsinn!« Lia verrenkte sich beinahe, als sie beim Laufen ihren Rücken abtastete.

»Das ist in deinem Alter ganz unterschiedlich, bei manchen sind die Flügel schon aufgeblüht, bei anderen knospen sie erst. Asalia hat nie ein Wort darüber verloren, also tippe ich darauf, dass von den Flügeln noch nicht viel zu sehen ist. Das wird mein liebes Schwesterherz ganz schön gefuchst haben.«

In diesem Augenblick fand Lia tatsächlich eine kleine Beule neben ihrem Schulterblatt, genau wie auf der anderen Seite. Bevor sie jedoch weiter darüber nachdenken konnte, lichtete sich das Wäldchen, durch das sie liefen, und gab den Blick frei auf den Berghang, an den sich die *Formidable & Allgemeine Elfenschule Springwasser* schmiegte.

Die Schule war eine in den Felsen geschlagene Burg mit Wehrgang, mit Zinnen und pompösen Toren. Aber Springwasser war auch ein riesiger Baum, dessen gewundene Äste und mächtige Wurzeln das Gebäude halb überwuchert hatten, sodass nur Teile des Schlosses aus dem Baum mit seiner riesigen Laubkrone herausschauten. Unter einer Luftwurzel, die wie ein mit Laternen geschmückter Torbogen aussah, entsprang die namensgebende Quelle aus dem Gebirgsgestein. Als funkelnder Wasserfall ergoss sie sich in ein steinernes Becken, von wo aus sie über kunstvoll angeordneten Kaskaden ins Flussbett strömte.

Es war einfach umwerfend! Der Anblick von Springwasser verschlug Lia den Atem. Erst als Dorient ihr mitfühlend die Schulter tätschelte, löste sie sich aus ihrer Starre.

»Ich bin platt«, gab Lia zu. »Das sieht aus, als habe ich mein Lieblingsmärchenbuch aufgeschlagen und sei geradewegs in ein Bild hineinspaziert. Wenn ich die Hand ausstrecke, zerplatzt Springwasser dann wie eine Seifenblase?«

»Bei uns Elfen ist alles möglich.« Dorient grinste. »Aber weißt du, was wirklich spannend ist? Du siehst im Augenblick nur einen kleinen Ausschnitt von Springwasser. Die Schule ist nämlich noch viel größer. Einige Flügel des Gebäudes und Teile seiner Umgebung werden von einem Schleier bedeckt, der sich für die Schüler erst lüftet, wenn sie eine entsprechende Einladung erhalten oder eine Prüfung bestanden haben. Je mehr du lernst, desto größer und aufregender wird Springwasser.«

»Mir schwirrt der Kopf«, sagte Lia.

Dorient nickte verständnisvoll. »Beruhigt es dich, wenn ich dir sage, dass es allen Neuankömmlingen so geht? Ehrlich gesagt, bin ich immer noch ganz erschlagen, wenn ich die Schule sehe. Sie ist echt sternenflug großartig. Außerdem frage ich mich ständig, was es noch alles Abgefahrenes zu erforschen gibt. Springwasser ist halt *die* Schule in Andersreich. Schade, dass nicht alle Elfenvölker das so sehen. Manche verbieten ihrem Nachwuchs sogar den Besuch, obwohl bestimmte Begabungen nur hier richtig ausgebildet werden können.«

Obwohl Lia sich in Elfenangelegenheiten nicht auskannte, kam ihr das verkehrt vor. »Warum machen manche Eltern das denn?«

Bevor Dorient ihr antworten konnte, traten die beiden Gardisten mit ihren leuchtenden Lanzen vor die Elfenkinder. »Wenn Ihr dann so weit wärt, Springwasser zu betreten?«

Dorient sah Lia fragend an. Sie nickte. Vermutlich konnte sie die ganze Nacht herumstehen und würde den Anblick der Schule nicht verdauen.

»Dann geleiten wir Euch jetzt direkt in Eure Waben, damit Ihr es noch rechtzeitig auf das Fest schafft«, verkündeten die Ritter und pochten im gleichzeitigen Takt mit ihren Lanzen auf den Boden.

Lia blinzelte und spürte, wie sich die Welt um sie herum zu drehen begann. Offenbar würde sie Springwasser nicht auf normale Weise betreten. Aber das hatte sie auch nicht wirklich erwartet.

8.

Die Nachtflugwabe

Lia blinzelte.

Dann noch einmal.

Die Schule mit dem majestätischen Eingangstor, das sich unter einer gewölbten Baumwurzel erhob, und den zwischen Laub hervorschauenden Burgzinnen, war verschwunden. Stattdessen stand Lia in einem Raum, dessen Wände sich nach außen wölbten, als wäre sie im Inneren einer ausgehöhlten Frucht mit purpurfarbener Schale. Durch ein Bogenfenster blinkten einige frühe Sterne am Abendhimmel. Sie befand sich also in einem erhöht liegenden Zimmer, vielleicht sogar ganz oben in der Baumspitze. Besser nicht drüber nachdenken, beschloss Lia.

Aber dazu kam sie ohnehin nicht, denn plötzlich hallte das Stimmenduo der Birkenritter durch ihren Kopf: *Wir wünschen einen erfolgreichen Aufenthalt in Springwasser und dass die Herrscher über die Elemente mit Euch sein mögen. Nehmt Euren Platz in der für Euch auserwählten Wabe im Kreis Eurer Einheit ein und dann schleunigst zum Fest. Gehabt Euch wohl.*

Verblüfft stellte Lia fest, dass die Zwillinge in ihrer Birkenuniform es nicht für nötig gehalten hatten, sie persönlich abzuliefern. Leider hatte sie auch keine Ahnung, wie man das Gedankentelefon benutzte, deshalb nuschelte sie nur ein »Danke«.

Dieser rundliche Raum war also ihr Heim in Springwasser.

Fasziniert streckte Lia die Hand aus, um die lila Wände zu berühren. Es fühlte sich an wie samtiges Silikon, bloß ganz natürlich, irgendwie lebendig und wohlig warm.

»Cool«, entfuhr es Lia.

»Hör mal, Silberschnalle«, sagte eine tiefe Mädchenstimme. »Du kannst später mit der Wabenwand auf Kuschelkurs gehen. Jetzt mach dich endlich fertig, wir müssen los zum Fest. Deinetwegen sind wir eh schon spät dran.«

Lia drehte sich um.

Die Stimme gehörte einer blassen, grünlich schimmernden Elfe, die sie aus ihren pechschwarzen Augen anfunkelte. Das Elfenmädchen war eindeutig älter als Lia. Um ihren Hals hing eine Kette mit einem runden Glasflakon, in dem ein Stück Alge in einer trüben Flüssigkeit schwamm. Der absolute Hingucker war jedoch ihr Kleid, das in einer Schleppe endete und dessen Material verdächtig nach meergrünen Fischschuppen aussah. Ihr schwarzes Haar glänzte wie feuchter Tang und war zu einer komplizierten Flechtfrisur verschlungen. Witzigerweise waren ihre Füße trotz der Aufmachung nackt ... und nicht besonders sauber, sondern eher so, als sei sie durch Matsch gewatet.

»Lass mich raten, du bist eine Sumpfelfe«, sagte Lia.

Die Schuppenkleidelfe schnappte empört nach Luft. »So eine Frechheit, ich habe mit stinkenden Tümpeln so was von überhaupt nichts an der Muschel! Rieche ich etwa nach Modder?«

»War nur so eine Idee«, beeilte sich Lia, die Sache geradezubiegen. »Aber du hast was mit Wasser zu tun, und zwar nicht mit so hübschen kleinen Bachläufen oder Seen, bei denen man bis auf den Grund blicken kann.«

»Natürlich nicht, bei Hekate!«, schimpfte das aufgebrachte Elfenmädchen. »Diese zahmen Gewässer sind was für Kaulquappen und Nymphen, aber nicht für eine Undine wie mich.«

»Verstehe, eine Undine also.« Lia kramte panisch in ihrer Erinnerung, denn gehört hatte sie dieses Wort schon einmal. »Eine Art Nixe, ja?«

»Willst du mich ärgern, Luftschnepfe?« Die Undine ballte ihre schlanken Hände zu Fäusten.

»Tut mir leid, euer charmantes Kennenlernen zu unterbrechen, aber für weitere Höflichkeitsbekundungen haben wir jetzt keine Zeit.« Eine gerade mal handgroße Elfe mit Libellenflügeln flatterte zwischen Lia und der wütend schnaufenden Undine auf der Stelle. Trotz ihrer Winzigkeit stemmte die Elfe ihre Ärmchen in die Hüften und machte ganz den Eindruck, als plane sie, die beiden Streithähne notfalls mit purer Muskelkraft auseinanderzubringen. »Wir machen das jetzt mal im Schnelldurchlauf: Das Wassermädchen müsste eigentlich schon zwei Schuljahre weiter sein, aber sie hat erst jetzt den Weg aus ihrem Meeresreich nach Springwasser gefunden. Ihr Name ist Serafina – und fang jetzt ja nicht an, dich auch noch darüber lustig zu machen«, drohte sie Lia.

»Ich wüsste gar nicht, warum«, sagte Lia wahrheitsgemäß.

»Dann ist ja gut.« Die Minielfe nickte zufrieden. Sie hatte

ein dreieckiges Gesicht und raspelkurzes pinkes Haar. »Weiter im Text: Ich bin Blo, eine Pixie, wie unschwer zu erkennen ist. Irgendwelche Fragen, die auf keinen Fall bis nach dem Fest warten können?«

Lia musterte das kleine Geschöpf, das direkt vor ihrer Nase in der Luft stand und dessen Flügel ein feines Klirren von sich gaben. Blo trug über einer lindgrünen Tunika einen Brustharnisch und geschnürte hohe Sandalen, aber der Knaller war ein fingernagelgroßer Dorn, der wie ein Schwert an ihrer Seite hing. Sie sah aus wie die Winzausgabe eines römischen Soldaten, allzeit bereit zum Gefecht.

»Kann es sein, dass dein Brustharnisch aus Gänseblümchenblütenblättern besteht?« Lia konnte nicht widerstehen und stupste die weißen Platten mit der Fingerspitze an.

»He! Nicht antatschen«, rief Blo und schlug mit ihrem Minischwert nach Lias Zeigefinger.

»Wenn es dich interessiert: Diese verrückte Pixie will später mal allen Ernstes Walküre werden«, sagte die Undine namens Serafina. In ihrer Stimme lag Spott, aber sie war doch merklich beeindruckt von so viel Selbstbewusstsein. »Ich gebe Blo maximal ein Jahr, dann verknallt sie sich in die erstbeste Blüte und will nichts anderes mehr, als viele kleine Blumen mit ihr zu züchten. Ist doch immer dasselbe mit Pixies, nur Blütenstaub im Kopf.«

»Vielleicht hättest du das mit dem An-Land-Kommen besser unterlassen, Undine«, knurrte Blo, ehe sie sich wieder Lia zuwendete. »Die letzte Zimmergenossin, die wir im Angebot haben, sitzt dort drüben und ist ein Wildmädchen. Vermutlich die Einzige ihrer Art in Springwasser, Wildlinge interessieren sich ansonsten ja nicht für Schulen.«

Lia entdeckte in der Richtung, in die Blo zeigte, nur eine Felldecke, die über einem Stuhl hing. Plötzlich kam Bewegung in den zottigen Pelz und ein paar wunderschöne bronzefarbene Augen tauchten auf. »Hallo, ich bin Merla. Schön, dass du da bist«, sagte das Wildmädchen schüchtern.

»Hallo, freut mich, dich kennenzulernen.« Lia winkte der pelzigen Gestalt zu. »Ich bin Lia, eine Luftelfe.«

»Nun staple mal nicht so tief«, sagte Serafina. »Du bist doch nicht irgendeine Luftelfe, sondern der königliche Nachwuchs der Aurelianten. Als wir Neuankömmlinge uns zum Willkommensgruß vor dem großen Wurzeltor eingefunden haben, wurde über nichts anders getuschelt. ›Bei Pans Ziegenbart‹«, äffte sie in einem hohen Ton nach. »›Wisst ihr schon, wer unseren Jahrgang besuchen wird? Eine waschechte Prinzessin! Und dann auch noch aus den Hohen Lüften, so aufregend, so schick! Das Aureliantische Königspaar schickt nach ihrem Sohn nun auch ihre Tochter nach Springwasser. Wie toll ist das denn?‹« Serafina klatschte mit schlecht gespielter Begeisterung in die Hände, während sie gleichzeitig ein Gesicht wie sieben Tage Regenwetter machte.

Lias Kopf war wie leer gefegt. Ihr war schon klar, dass sie sich von der älteren Undine nicht in die Ecke drängen lassen durfte. Nur war sie noch nie so offen angezickt worden, obwohl sie wegen der häufigen Umzüge mit ihrer Mutter schon oft die Neue gewesen war. Vermutlich fühlten sich sogar scharfzüngige Menschenmädchen eher selten herausgefordert von Hockeyfans mit Brille und Wuschelmähne. Der Undine hingegen war es scheinbar wichtig, die Neue gleich auf ihren Platz zu verweisen, bevor sie sich als Prinzessin aufspielte.

Leider ermutigte Lias Schweigen Serafina erst recht »Und da ist sie jetzt endlich, das werte Fräulein Prinzessin. Viel zu spät übrigens, falls dein großartiges Fendrill dir das zu sagen vergessen hat. Ich habe wirklich keine Ahnung, warum die halbe Elfenwelt verrückt ist nach diesen Dingern, die sehen doch nur schön aus.«

»Fendrills werden aus Strömungsmagie geschmiedet, das macht sie so gut wie unbezahlbar. Außerdem sind nur wenige Völker dazu in der Lage, sie zu tragen, ihre Schwingung ist einfach zu hoch. Für eine gewöhnliche Undine wäre ein Fendrill deshalb völlig ungeeignet«, erklärte Merla hilfsbereit.

»Danke für die Aufklärung«, knurrte Serafina, dann wendete sie sich wieder Lia zu. »Aber deine angeberische Krone, die hättest du ruhig zu Hause lassen können.«

Lias Mund ging von ganz allein auf. »Dafür steht mir meine Tiara viel zu gut«, sagte sie im besten Asalia-Style mit extraviel Prinzessinnen-Schnippischkeit. Offenbar übernahm der Elfenkörper das Kommando, wenn Lia nicht weiterwusste.

Schnell schlug Lia sich die Hand vor den Mund, doch die überhebliche Antwort war bereits draußen. Serafina schnappte empört nach Luft, während von der pelzigen Merla ein Giggeln zu hören war.

Auch Blo kicherte. »Pusteblume abgefeuert und versenkt.«

Serafina funkelte die Pixie an, dann zuckte sie mit den Schultern. Offenbar war sie eine gute Verliererin. »Und wie heißt du, Luftelfe?«

»Lia Do…« Fast hätte Lia sich mit ihrem menschlichen

Nachnamen verplappert. »Also, natürlich habe ich einen langen, sehr hoheitlich klingenden Namen, aber ich bevorzuge die Kurzform Lia.« Als es in Serafinas Augen aufblitze, zeigte Lia drohend mit dem Finger auf sie. »Wenn du dich nicht über meinen Namen lustig machst, reiße ich auch keine Witze über deinen.«

Serafina nickte. »Einverstanden.«

Erleichtert nutzte Lia die Gelegenheit, sich umzusehen.

Die Wabe sah tatsächlich wie eine ausgehöhlte Frucht aus, vielleicht eine Traube oder Kirsche. Doch die Fenster bestanden aus gebogenen Baumzweigen, die an einigen Stellen grüne Blätter austrieben. Lia glaubte, draußen sogar einen Balkon zu erkennen, aber es war bereits zu dunkel, um Genaueres auszumachen. Die Einrichtung selbst bestand aus drei Himmelbetten mit einem meerblauen, einem dunkelgrünen und einem silbernen Baldachin. Und dann war da noch ein Zweig, der durch die Wand gewachsen war und an dessen Ende eine kleine Hängematte hing. Darüber lag schützend ein Blätterdach. Es war keine große Herausforderung, zu erraten, für wen welche Schlafstätte vorgesehen war.

Als Lia zu dem Bett mit dem silbernen Baldachin ging, entdeckte sie gleich daneben einen schlichten viereckigen Holzwürfel ohne Schloss oder Griff.

»Wenn du dich umziehen willst, dann jetzt«, sagte Blo, die neben Lias Kopf schwebte.

Ratlos blickte Lia auf die Kiste, die offensichtlich ihr Gepäckstück war. Sie hatte keine Ahnung, wie sie diesen Würfel aufbekommen sollte. »Vielleicht bleib ich einfach so, wie ich jetzt bin.«

»Du willst *so* auf das Fest gehen, in deinem Reiseoutfit?« Die Art, wie das Wildmädchen Merla es sagte, machte deutlich, dass »so« gar nicht ging. »Am Hof der Luftelfen feiert man ja vielleicht rund um die Uhr, aber ich würde drauf wetten, dass auch für euch das berühmte Springwasserfest etwas Besonderes ist.«

»Schon überzeugt, ich schlüpf in was Schickes.« Lia ging in die Hocke und beugte sich über den Holzwürfel. »Geh auf«, flüsterte sie.

Doch nichts geschah.

»Nur so nebenbei: Wir werden erwartet. Oder willst du unbedingt zu spät kommen, damit dir die allgemeine Aufmerksamkeit sicher ist?«, knurrte Serafina, die vor einem Wandspiegel ihre Frisur kontrollierte.

Lia verkniff sich den Hinweis, dass die Undine sich vielleicht lieber mal die Füße waschen sollte.

Blos Libellenflügel klirrten vor Aufregung. »Stimmt was mit deinem Fendrill nicht, dass deine Truhe nicht aufgeht?«, fragte die Blumenelfe.

»Kann sein«, nuschelte Lia, während sie in Rekordtempo nachdachte. Das Fendrill war dieses goldene Ornament auf ihrem Unterarm – und wenn sie sich richtig erinnerte, konnte sie ihm Anweisungen geben. »Öffne meinen Koffer«, flüstere sie.

Und tatsächlich veränderten sich die Schnörkel des Ornaments.

Begeistert kieksend hielt Lia das Fendrill vor den Holzwürfel, bei dem augenblicklich eine Fuge sichtbar wurde. Dann schob sich wie von Zauberhand ein Deckel zurück und gab den Blick frei auf das reinste Chaos aus Glasdosen,

Seidensäckchen und Flakons mit verschiedenfarbigen Flüssigkeiten, die Lia vor Rätsel stellten. Für Kleidung war schlicht kein Platz in diesem Wirrwarr.

»Das ist ja eine Sauerei«, stellte Blo fest. »Hast du einfach alles reingeschmissen?«

»Sieht so aus.« Was sollte Lia auch schon sagen? Asalia, die die Truhe gepackt hatte, war zweifelsohne eine kleine Chaotin. Was Lia daran erinnerte, dass irgendwo in dem Durcheinander der Kiste die Taukristalle waren. Wenn sie die nun in die Finger bekäme, brauchte sie sich nicht weiter mit dieser Posse herumzuplagen und die verwöhnte Prinzessin zu spielen. Bevor sie jedoch eine Entscheidung treffen konnte, landete Blo auf dem Truhenrand und durchwühlte den Inhalt.

»Unter dem Netz mit getrockneten Löwenzahnpollen sehe ich einen Kleiderschrank, bestimmt ist da ein Ballkleid drin. Eine Prinzessin reist doch nie ohne passende Garderobe.« Die Pixie deutete auf die Ecke einer Silberschatulle.

Ungläubig holte Lia Schatulle hervor. Das sollte also ein Kleiderschrank sein. Nun gut. Auf dem Deckel waren Edelsteine in unterschiedlichen Farben und Formen eingefasst. »Ballkleid«, flüsterte Lia, doch das Fendrill reagierte nicht.

»Du hast keinen Schimmer, wo du welches Kleidungsstück reingepackt hast, richtig?«, fragte Blo.

»Um so etwas kümmert sich sonst immer meine Zofe«, flunkerte Lia verlegen.

Von Serafina kam ein abfälliges Zungenschnalzen.

Inzwischen hatte sich Merla neben Lia gehockt. Das Wildmädchen roch nach Kräutern und frisch gemähtem Rasen. »Ich würde den edelsten Stein aus dem Besatz drücken.«

Lia konnte sich gerade noch rechtzeitig die Frage verkneifen, warum sie irgendwelche Steine berühren sollte. Damit hätte sie vermutlich endgültig verraten, dass sie keine Ahnung hatte, was sie mit der Silberschatulle anfangen sollte. Stattdessen drückte sie einen großen klaren Stein, den sie am hübschesten fand.

Die Schatulle sprang auf – und ehe Lia wusste, wie ihr geschah, flog etwas aus dem Inneren des Kistchens heraus und stülpte sich über sie, während gleichzeitig etwas von ihr runtergerissen wurde. Es passierte schneller, als sie blinzeln konnte.

»Das ist kein Ballkleid, sondern ein Schwimmoutfit«, stellt Blo fest.

Es gelang Lia, einen Blick in den Wandspiegel zu werfen. Tatsächlich, sie trug einen engen Body mit Beinen in schillerndem Weiß samt himmelblauen Kringeln, über ihrem Arm hing ein Tuch mit Wellenmuster und ihre Haare waren in eng anliegenden Zöpfen zurückgeflochten. Der Brüller waren die froschgrünen Flossen an ihren Füßen, auf die Serafina prompt deutete.

»Sag bloß, du brauchst im Wasser solche Dinger, um von der Stelle zu kommen.«

»Nein, damit trete ich nach Undinen, die an allem was rumzumeckern haben«, sagte Lia. »Dieser Kleiderschrank funktioniert nicht.«

»Doch, tut er, du hast bloß den Aquamarin gedrückt«, erklärte Merla. »Der kleine hier, das ist ein Diamant. Nimm den.«

Lia zögerte bei der Vorstellung, beim Umkleiden gleich noch einmal durch die Mangel gedreht zu werden.

Serafina beugte sich über sie. »Soll ich den Diamanten für dich drücken, weil das sonst auch immer deine Zofe macht?«

»Vielen Dank, aber heute erledige ich das mal ganz allein«, sagte Lia.

Sie drückte den Diamanten.

Und im nächsten Moment kam eine Wolke aus Seidentüll auf sie zugeflogen und verschlang sie.

Dieses Mal dauerte das Ziehen und Zerren ein paar Herzschläge länger, und als es vorbei war, musste Lia erst mal Luft holen.

»Bei allen Ley-Linien, das ist mal ein Ballkleid«, raunte Merla.

Blo pfiff anerkennend. »Superrosenblütenstark.«

Serafina schwieg – aber dass es der Undine die Sprache verschlagen hatte, verriet ja auch etwas.

Mit einem flauen Gefühl im Magen wendete Lia sich dem Spiegel zu. Dann stieß sie einen Pfiff aus.

Sie trug ein wunderschönes Kleid, das am Oberkörper hellsilbern funkelte, als wäre es mit unzähligen winzigen Sternen besetzt. Nach unten hin veränderte sich die Farbe in Nachthimmelblau. Ihr Haar war zu einem schlichten Pferdeschwanz gebunden, sodass die Tiara zur Geltung kam. Und unter dem aufwendig mit Kristallen bestickten Saum ihres Kleides schauten samtig schimmernde Schuhspitzen heraus – in Knalllila, ihrer Lieblingsfarbe. Als habe der Kleiderschrank sich nicht nur nach ihrem Aussehen, sondern auch nach ihrem Geschmack gerichtet.

»Ich glaube, ich bürste schnell noch mal meinen Pelz durch«, sagte Merla. »Irgendwie komme ich mir plötzlich nicht mehr aufgestylt genug vor.«

»Unsinn«, sagte Serafina. »Wir haben uns alle in Schale geschmissen – und jetzt geht es ab aufs große Willkommensfest.«

Lia schielte auf die Truhe aus Immertreu-Esche, deren Deckel sich gerade wie von selbst über der Silberschatulle und dem sonstigen Durcheinander schloss. Die Taukristalle!, schoss es ihr durch den Kopf. »Geht ihr schon mal vor, ich brauche noch einen Moment.«

»Nichts da«, entschied Serafina und hakte sich bei Lia unter, was sich allerdings mehr wie ein Sicherheitsgriff anfühlte. »Wir von der Nachtflugwabe gehen gemeinsam auf das Fest, wie es sich gehört. Wir sind jetzt ein Team, richtig?«

»Richtig«, murmelte Merla aufgeregt.

»So isses!« Blo stach mit ihrem Schwert in die Luft.

»Also, wie sieht es aus, Luftprinzessin?«, fragte Serafina. »Bist du dabei?«

Lia löste ihren Blick von der Truhe. »Natürlich bin ich dabei, ich wäre doch verrückt, eine Elfenparty sausen zu lassen«, sagte sie. »Und dann noch in solch umwerfender Gesellschaft.«

9.

Verschlungene Pfade

»Und ihr seid euch sicher, dass dieser seltsame Gang unser Gewicht aushält? Oder hängt der immer so durch?«, erkundigte sich Lia.

Der Gang vor ihrer Wabe ähnelte eher einem komplett mit Moosteppich ausgelegten Schlauch und Lia sackte der Magen zwischen die Knie, als der Boden unter ihren Füßen nachgab. Und das himmelhoch über der Erde. Lieber nicht drüber nachdenken, wies Lia sich an. Eine Luftprinzessin mit Höhenangst gab es wahrscheinlich genauso selten wie eine Undine mit Wasserallergie oder eine Pixie in der Wüste.

»Keine Sorge, diese Stängel halten ordentlich was aus«, erklärte Blo fachmännisch. »Ich bin extra ein paar Tage früher nach Springwasser angereist, um das Gelände zu erkunden, und hatte Gelegenheit zu ein paar Tests. Falls mal jemand zu schwer ist, schlingt der Stängel einfach einen Knoten um ihn. Dann dürfen die diensthabenden Floraflüsterer zeigen, was sie so draufhaben.«

»Dieser Stängel, durch den wir gerade laufen, führt also

ein Eigenleben. Toll. Wirklich toll.« Jetzt machte Lias Magen einen Hopser nach oben. Was wohl passierte, wenn sie sich vor Stress übergab? Zog der Stängel sich dann zusammen und spuckte sie angewidert aus?

So weit kam es jedoch nicht, denn der Stängelgang weitete sich und ging in einen Saal in Form einer extragroßen Beere über. Der Boden war durchzogen mit Wasserläufen, an deren Ufern Sessel in Blumenform standen. In den bunten Sitzgelegenheiten hatte jemand, vermutlich irgendwelche Schüler, Bücher und Kinkerlitzchen zurückgelassen. Riesige verschiedenfarbige Achatscheiben bedeckten die Wände wie Gemälde. Auf einem Tisch, der sich beim genauen Hinsehen als Baum erwies, auf dessen flach gewachsener Krone eine Steinscheibe lag, standen Schalen mit Feuer. Als Lia näher trat, züngelten die Flammen wie zur Begrüßung hoch und ihr Licht spiegelte sich in den Achatscheiben an den Wänden.

»In den Schalen leben Feuersalamander, sie stammen aus dem Reich der Feuerelfen«, sagte Merla, die dicht neben Lia stand. »Nicht, dass man bei uns im Wald viel darüber weiß.«

»Was für ein wunderschöner Festsaal«, hauchte Lia.

Serafina verdrehte die Augen. »Verquirlter Fischsalat. Das ist doch bloß der Gemeinschaftsraum von der Einheit Hochhinaus. Was dir auffallen sollte, ist, dass niemand außer uns da ist. Die anderen sind nämlich schon längst auf dem Fest. Wir müssen echt mal einen Knoten zulegen. Also, mach dich nützlich und ruf den Stängelwärter, Blo. Und du, Prinzessin, hör auf, die Feuersalamander in den Schalen dazu anzuspornen, alles in Brand zu stecken. Diese fiesen Feuerzüngler gehören meiner Meinung nach eh verboten.« Bevor Lia protestieren konnte, glitt die Undine hinter sie und begann, sie zu schieben.

»Hey! Ich kann sehr wohl allein geeee… Hilfe! Da ist ein Loch im Boden!«

Die Öffnung im moosigen Grund klaffte noch weiter auseinander und ein Kobold mit haarigen Zipfelohren steckte seinen Kopf heraus.

»Wohin darf es gehen, Eure Ladyschaft?«, fragte der Kobold und tippte gegen seine Schirmmütze, die ein Emblem mit einer Traube schmückte.

»Zum Festsaal bitte«, wisperte Merla.

»Und zwar sofort.« Serafina verpasste Lia einen Stoß, sodass sie in das Loch stolperte und auf dem Kopf des Kobolds gelandet wäre, wenn der nicht mit einem höflichen »Bitte tretet ein« zur Seite geglitten wäre. So landete Lia auf dem Hintern und wollte sich schon berappeln, als der moosige Schlauchflur plötzlich abknickte und sie auf ihm wie auf einer Rutsche hinabsauste.

Blo flog direkt vor Lias Gesicht, den Arm ausgesteckt, und rief: »Tiefflug!«

»Weg da, sonst landest du noch in meinem Mund«, jammerte Lia. »O nein, da kommt eine Kurve!«

»Dann werd schneller, ich bin nämlich direkt hinter dir«, rief Serafina.

Lia schlug sich die Hände vor die Augen, schielte aber zwischen den Fingern hindurch. Dann war die Kurve auch schon da und Lia zweifelte nicht daran, endgültig die Kontrolle zu verlieren und ins Schlittern zu kommen. Doch der Moosgrund bildete die perfekte Rinne, um durch die enge

Kurve zu glitschen. Und auch durch die dahinterliegende Kurve und die Loopings, nach denen es immer noch weiter abwärtsging, bis sie in einem weichen Moosbecken landeten.

Der Kobold half Lia, sich aus dem grünen Naturbällebad zu befreien. »Ich hoffe, Euer Ladyschaft hat die Beförderung mit der Stängelpost gefallen. Beehrt uns bitte bald wieder.« Damit verschwand er auch schon im flauschigen Grün.

Lia kämpfte mit ihrer Tiara, die ihr auf den Nasenrücken gerutscht war. Dann fischte sie ihren linken Schuh aus dem Moos.

»Sind noch alle Kristalle an deinem Kleid?«, fragte Blo, die neben ihr in der Luft stand. »Kobolde lieben nämlich Dinge, die glänzen.«

Hastig begutachtete Lia ihr Kleid. »Scheint noch alles dran zu sein.«

»Ich habe eine Fischschuppe verloren«, sagte Serafina, während sie ihr Kleid glatt strich.

Lia rümpfte die Nase. »Geschieht dir recht. Mich einfach so in diesen Abgrund zu stoßen.«

»Schimpfen kannst du später«, unterbrach Blo Lias Beschwerde. »Jetzt sind wir nämlich da. Das ging wirklich pollenflugfix.«

In der Wand öffnete sich ein länglicher Spalt, durch den schimmerndes Licht eindrang.

Lia wollte auf den Spalt zugehen, doch Merla zupfte an ihrem Arm.

So, wie das Wildmädchen schlotterte, war sie das reinste Nervenbündel aus Zottelfell. »Ich will da nicht reingehen«, wisperte sie.

»Warum nicht?«, fragte Lia.

»Ich habe Herzrasen, Atemnot und Schweißhände«, zählte Merla auf. »In diesem Zustand sollte ich den Ball besser nicht besuchen. Der Kobold kann mich ja zurückbringen und ich gehe einfach zeitig zu Bett.«

Bevor Merla sich absetzen konnte, hielt Lia sie fest. »Was macht dir denn solche Sorgen?«

»Wildlinge besuchen eigentlich keine Schulen. Alle werden mich deshalb anstarren, ganz bestimmt. Es wird schrecklich«, hauchte Merla mit letzter Kraft.

»Niemand wird dich anstarren«, sagte Serafina gereizt. »Im Festsaal ist die komplette Schüler- und Lehrerschaft von Springwasser versammelt. Das sind einfach zu viele Elfen, um aufzufallen. Sogar unsere Prinzessin wird im Trubel untergehen, es sei denn, sie macht es wie ihr großer Bruder und jagt die Festtafel in die Luft.«

Das also hat Dorient angestellt, dachte Lia. »Keine Sorge, das große Funkenfeuerwerk hebe ich mir für ein anderes Mal auf«, sagte sie.

»Wenn wir dann so weit wären? Ich habe vor, mich blattrankgrünheftig zu amüsieren.« Blo straffte im Flug ihre kleine Gestalt.

»Wir sind so weit«, entschied Lia und drückte Merlas verschwitzte, aber überraschenderweise kein bisschen bepelzte Hand.

Dann schlüpften die vier Elfenmädchen durch den Spalt und fanden sich vor zwei riesigen Flügeltüren wieder.

»Das sind die berühmten Spiegeltüren«, sagte Serafina. »Die Wellenherrinnen vom Nordkap haben sie erschaffen, als noch alle Undinen Springwasser besuchten.«

Die sogenannten Spiegeltüren sahen aus wie poliertes Eis, über das jemand Schlieren aus flüssigem Silber gewischt hatte. In der Tiefe der Tür ließen sich sogar Silberadern entdecken. Das Eis musste sehr dick sein, denn obwohl es hell erleuchtet war, ließ sich nicht erkennen, was hinter den Türen lag. Nicht einmal ein Laut drang hindurch, dabei fand dahinter ein rauschendes Fest statt.

Während Lia noch die Türen bewunderte, entdeckte sie in der glatten Oberfläche ein Mädchengesicht mit weit aufgerissenen Augen, die wie blaue Diamanten strahlten. Es dauerte einen Moment, bis sie begriff, dass es ihr Gesicht war – oder vielmehr das, mit dem sie vorerst herumlief. Es würde noch eine Weile dauern, bis sie sich daran gewöhnt hatte. Was ihre Mutter wohl zu diesem Abenteuer sagen würde? Vermutlich so was wie: »So ein ausgemachter Blödsinn, du hast wohl zu lang in der Sonne gesessen.« Aber sie würde sich auch darüber freuen, dass Lia die Chance bekam, endlich mal ein paar Mädchen näher kennenzulernen, wenn auch nicht ganz freiwillig. »Du wärst so eine gute Freundin«, sagte Andrea Dornmeier immer. Aber welchen Sinn machte es, sich auf andere Mädchen einzulassen, wenn man doch eh schon bald weiterzog, weil die Mutter nur zeitlich befristete Arbeitsverträge bekam?

Während Lia noch grübelnd dastand, schoben sich vier Birkenritter in ihr Blickfeld. Ob die beiden, die sie und Dorient nach Springwasser begleitet hatten, darunter waren, ließ sich unmöglich sagen, denn die Ritter sahen bis auf ein paar Winzigkeiten komplett gleich aus. Ihre Speere hielten sie schräg vor sich, als solle bloß niemand auf die Idee kommen, sich zwischen ihnen durchzudrängeln.

»Wir heißen Euch willkommen, ehrenwerte Nachtflugwabe.« Erneut sprachen die Birkenritter wie aus einem Mund, was schon abgefahren geklungen hatte, als sie zu zweit waren. Aber bei vieren erzeugte die Gleichzeitigkeit bei Lia eine Gänsehaut. »Bevor wir Euch Eintritt gewähren, gäbe es noch eine Sache zu erledigen.«

»Es tut uns echt megaleid, dass wir zu spät sind. Das ist allein meine Schuld«, platzte es aus Lia raus. »Wie kann ich das wiedergutmachen?«

Doch die Garde beachtete sie überhaupt nicht. Stattdessen waren vier graue Augenpaare auf Blo gerichtet und ein Hauch Rosenröte huschte über die Wangen der Pixie, bevor sie eine trotzige Schnute zog.

»Waffenrock und Schwert haben nichts auf einem Fest verloren«, verkündete die Garde. »Wenn wir also bitten dürften?« Alle vier streckten ihre behandschuhten Hände aus.

Blo verschränkte demonstrativ ihre Arme vor der Brust. »Eine Walküre trennt sich niemals und unter keinen Umständen von ihren Waffen.«

»In diesem Fall können wir den Zutritt nicht gestatten.«

»Nur damit ich das richtig verstehe«, erkundigte sich Lia. »Wir reden über ein paar Gänseblümchenblütenblätter und ein Akaziendornschwert, das nicht mal richtig dolle pikst. Hier«, zum Beweis hielt sie ihren Finger hoch, an dem Blos Waffe sie getroffen hatte. »Der Stich, den sie mir beigebracht hat, ist kaum noch zu sehen.«

»Du hast jemanden mit deinem Schwert angegriffen?« Die Garden klangen ernsthaft entsetzt.

»Nicht angegriffen, sondern nur gepikst«, sagte Lia. »Es hat kaum wehgetan.«

»Doch, das hat es, schließlich habe ich meine Ehre verteidigt«, verkündete Blo mit breiter Brust.

Am liebsten hätte sich Lia vor die Stirn gehauen. Statt zu helfen, machte sie alles nur schlimmer. Mit ihrem Gerede würde sie ihnen allen noch ihren ersten Tag in Springwasser verderben.

Doch so weit kam es nicht.

Plötzlich kam ein kühler Nachtwind auf, ließ die Garden erzittern und Blo in der Luft flattern.

Silbrige Nebelschwaden zogen an den Mädchen vorbei, kräuselten sich und bildeten Tentakelschnörkel, während ein Geräusch wie von fern erklingenden winzigen Glöckchen ertönte.

»Das ist Madame Mab Nachtalbe«, hauchte Merla. »Was für ein Auftritt.«

Serafina und Lia wechselten einen fragenden Blick, dann drehten sie sich um.

Hinter ihnen trat aus einer Nebelwolke eine Gestalt, die man tatsächlich nur als Dame bezeichnen konnte, weil man schlicht zu viel Respekt hatte, um auch nur etwas anderes zu denken. Madame Nachtalbe gehörte zu jenen seltenen Personen, vor denen man instinktiv einen Knicks machen wollte. Sie war auf eine irritierende Art schön. Tatsächlich hatte Madame sogar nur noch ein Auge, das andere verbarg sie unter einer Augenklappe, sie hatte eine Habichtsnase und rauchgraues Haar, das sich hoch über ihrem Kopf auftürmte und von zahlreichen Perlennadeln gehalten wurde. Ihr Körper wirkte hager und kraftvoll zugleich, soweit das Kleid aus mattem Schwarz, geschmückt mit Rabenfedern und Perlen, ein solches Urteil zuließ. Ihre Hände steckten in langen engen Handschuhen, doch vorne schauten spitze violette Fingernägel hervor.

Lia wusste nicht, ob sie sich fürchten und begeistert sein sollte. Auf jeden Fall war sie schwer beeindruckt.

»Wer genau ist sie?«, fragte Lia im Flüsterton.

»Die berühmteste Lehrerin von Springwasser, sie unterrichtet das gigantisch aufregende Fach Verdunklungs- und Entschleierungskunde. Total lavamäßig, das steckt einen echt in Brand.« Merlas Stimme war nur noch ein schwaches Fiepen.

»Ich weiß, ich weiß, werte Garde, ich habe mich verspätet«, erklärte Madame Mab Nachtalbe mit einer angenehm tiefen Stimme. »Aber an der Pforte des Westens gab es Unruhe, weil einige Dunkelbolde eindringen wollten. Offensichtlich bin ich jedoch nicht als Einzige spät dran. Darf ich fragen, warum die Mädchen draußen vor der Tür stehen, anstatt sich im Saal zu vergnügen?«

Die Garde wollte zu einer gemeinschaftlichen Erklärung ansetzen, doch Lia war schneller.

»Eine von uns soll wegen ihrer Blumenblattrüstung und einem Akaziendorn nicht eingelassen werden.« Als Madame Nachtalbes scharf geschwungene Braue zuckte, hob Lia rasch die Hände. »In einer kriegerischen Aufmachung hat man nichts auf einem Ball zu suchen, schon klar. Aber Blo möchte nun mal mit Herz und Seele Walküre werden und eine echte Walküre legt ihr Schwert nicht ab, nur weil es zum Tanz geht.«

»Dann sollte sie mit ihrem Akaziendorn vielleicht lieber die Stellung in der Wabe halten«, schlug Madame Nachtalbe vor.

»Natürlich«, sagte Blo mit bitterernster Miene. »Wenn es gewünscht wird, ziehe ich mich selbstverständlich zurück.«

Lias Schultern sanken nach unten. »Ich begleite dich, nicht dass du unterwegs noch von einer fremden Zimmerpflanze angesprochen wirst.«

»Merla und ich kommen auch mit«, sagte Serafina in einem Ton, der keinen Zweifel aufkommen ließ. »Dann machen wir halt unsere eigene Party, in meinem Reisegepäck ist noch eine Tafel Seegrasschnuck und ich habe eine Meermuschel, die ein paar echt gute Melodien auf Lager hat.«

»Wenn niemand zuguckt, kann ich richtig gut tanzen«, sagte Merla.

»Nun mal ganz ruhig«, mischte Madame Nachtalbe sich ein. »Vielleicht sollten wir die Angelegenheit so sehen, dass sich in dieser Wabeneinheit ein junges Mitglied des Königlichen Hauses der Aurelianten befindet, das bei einer solch großen Veranstaltung gut eine aufmerksame Begleitung gebrauchen könnte. Eine, die gut genug ist, um einen Akaziendorn nicht einzusetzen.«

Blo verbeugte sich so tief, dass ihre Nase die Spitze ihrer Sandalen berührte. »Ich werde über die Aureliantische Prinzessin wachen, ohne dass es jemandem auf dem Fest auffallen wird. Bei meiner Ehre, Madame.« Damit ließ sie ihr Schwert in ihrem Waffenblümchenrock verschwinden.

»Und der Rosendorndolch, dessen Klinge in Mückengift getaucht wurde?«, fragte die Lehrerin.

Serafina klappte das Kinn runter. »Diese verrückte Pixie hat auch einen Dolch?«

Verlegen nestelte Blo in ihrem Waffenrock. »Sicher verstaut«, sagte sie dann.

»Das soll mir reichen«, erklärte Madame Nachtalbe. »Und Sie, werte Birkenritter, dürften nun gewiss auch zufrieden sein.« Ohne eine Antwort abzuwarten, schritt sie auf die Garde zu, die sich gerade noch rechtzeitig vor ihr teilte.

Wie auf einen Befehl hin schwangen die Flügel der Spiegeltür auf.

Musik erschallte.

Gelächter und Gejohle.

Bögen aus blauen und grünen Funken schossen durch die Luft.

Ein schmaler, in einen purpurroten Umhang gehüllter Elf mit langem Gesicht und zurückgestrichenem Haar erschien. In der langgliedrigen Hand, die aus dem Umhang herausragte, hielt er einen Stab, der von einer Glaskugel gekrönt wurde. »Herzlich willkommen auf dem Großen Fest von Springwasser, ehrenwerte Madame Nachtalbe samt Eurer treuen Schülerinnenschaft. Tretet bitte ein.«

»Vielen Dank, mein lieber Herr Zeremonienmeister.« Madame Nachtalbe, unter deren Rocksäumen sich ringelnde Nebelschwaden aufstiegen, warf einen Blick über die Schulter. »Worauf wartet ihr, Mädchen?«

Ohne eine weitere Sekunde zu verlieren, stürmten die vier Elfenmädchen den Festsaal.

10.

Feierrausch

Lia fühlte sich wie im Auge eines Tornados: Sie schwebte wie in einer Blase, während um sie herum alles in atemberaubender Geschwindigkeit herumgewirbelt wurde. Wären da nicht ihre Zimmergenossinnen gewesen, die sie mitschleiften, wäre sie vermutlich in der Spiegeltür stehen geblieben und aus dem Staunen nicht mehr herausgekommen.

Es gab einfach zu viel zu sehen!

Allein der Festsaal war umwerfend mit seinen Spiegelwänden, die all die unzähligen Lichter tausendfach zurückwarfen. Die Decke war so hoch, dass sie in der Dunkelheit verschwand. Obwohl der Saal größer als ein Fußballfeld war, gab es kein Fleckchen, auf dem sich nicht eine Elfe tummelte. Durch den gesammten Saal zogen sich längliche Stehtische, die von den kleinwüchsigeren Elfen wie Laufstege benutzt wurden. Hier liefen die nach Wurzelgemüse aussehenden Beetzauberelfen nicht Gefahr, in dem Getümmel zertreten zu werden, und auch die Mineralelfen, die auf den ersten Blick wie Kieselsteine mit Glupschaugen aussahen, konnten so für niemanden zu Stolperfallen werden. Die meisten Elfen jedoch waren ungefähr so groß wie Lia, nur dass jede von ihnen völlig anders aussah. Auch in der Luft herrschte Gedränge, sie war voll mit Schwaden winziger Glitzerelfen, deren Flügelschlagen wie Musik klang, schwebender Cliquen schon älterer Elfenkinder, die für dieses Kunststück nicht einmal Flügel brauchten, und dazwischen fröhlich umherflatternder Vögel mit farbenprächtigem Gefieder. Zumindest vermutete Lia, dass es sich um Vögel handelte.

Es gibt wohl mehr Elfenvölker als Blumen auf einer Wiese, dachte Lia mit schwirrendem Kopf. Aber vielleicht lag das auch an Blos Libellenflügeln, deren Flirren sie unentwegt blendete. Die Pixie flog nämlich mit grimmigem Gesichtsausdruck direkt vor ihre Nase herum.

»Gleich kommt die Ansprache!«, jubelte Merla, die ihre anfängliche Schüchternheit im Elfenbad des Festsaals vergessen hatte. Es war schlicht unmöglich, aufzufallen in diesem Tohuwabohu aus rankenden Blumenhüten, mit funkelnden Regentropfen geschmückten Ballroben und Fledermausumhängen, die einen im Vorbeigehen anniesten. Nur manchmal bemerkte Lia eine Elfe, die sie – oder vielmehr die Tiara auf ihrem Kopf – ehrfürchtig anstarrte oder mit der Elfe neben sich aufgeregt tuschelte und auf sie zeigte. Andererseits tuschelte man auch über eine dünne, akrobatisch biegsame Elfe in einem Schlangenlederanzug, die laut Serafina eine Lehrkraft für Elfensprache war. Es gab mehr als genug zu sehen und zu bestaunen. So ging es wohl allen der heutigen Neuzugänge in Springwasser und Lia konnte es ihnen nicht verübeln.

Inzwischen sammelten sich wie auf einen geheimen Befehl hin die Vögel und stimmten einen Gesang an, der das allgemeine Geplaudere verstummen ließ. Alle Blicke richteten sich auf die Wand am Kopf des Saals, die nicht mit Spiegeln geschmückt, sondern von schweren Vorhängen verdeckt war. Als diese nun beiseitegezogen wurden, kam ein Gebilde aus knorrigen Wurzeln zum Vorschein. Als Lia vor Verwunderung die Hand vor den Mund schlug, verpasste sie Blo versehentlich einen Stupser, der die Pixie einen Luftpurzelbaum machen ließ.

Lia bot der Flatterelfe ihre Hand als Landefläche an. »'tschuldigung, das war ungeschickt von mir.«

»Habe alles unter Kontrolle«, behauptete Blo, obwohl sie etwas blümerant aus der Wäsche guckte.

»Ruhe jetzt, ihr beiden Plappergeister. Der Gründer von Springwasser, Vidilis Feingrün, spricht.« Serafinas Ton ließ keine Widerrede zu.

Lia verschlug es gerade ohnehin die Sprache, denn aus dem Wurzelgewirr löste sich ein riesiges Wesen, dessen Haut aus spröder Baumrinde und dessen langer Bart eindeutig aus feinem Wurzelgeäst bestand. Vidilis Feingrün trug einen langen Mantel aus Blattwerk und an seinen knochigen Händen schimmerten schwarze Edelsteinringe. Alles an ihm wirkte uralt, doch seine Augen waren von einem hellen, überaus lebendigen Grün. Der Gründer von Springwasser ließ seinen Blick durch den Saal schweifen und auf seinem Gesicht zeichnete sich eine Freundlichkeit ab, die sich wie ein wärmendes Feuer in Lias Brust ausbreitete.

»Meine lieben Freunde«, eröffnete Vidilis Feingrün seine Rede. »Ja, richtig gehört: Freunde. Das sage ich nicht nur so, denn das seid ihr, viel mehr noch als Schüler und Lehrer. Egal, in welchem der sechs Elemente – Feuer, Wasser, Erde, Luft, Äther und Magie – ihr euch zu Hause fühlt, hier in Springwasser seid ihr alle willkommen. Wir fühlen uns geehrt von jedem Einzelnen, der sich dazu entschieden hat, an diesem Ort die Allgemeinen Elfenkünste zu erlernen. Denn so vielfältig, wie unsere Völker sind, so vielfältig ist auch die Kunst, die wir wirken. Es ist ein Geschenk für alle Elfen, in den Reichtum unserer Welt einzutauchen. Und was könnte diesen Reichtum schöner darstellen als unser heutiges Fest?«

Vidilis Feingrün öffnete seine Arme und wie durch Zauberhand dehnten sich die Spiegelwände aus. Auf der rechten Seite kam eine Tanzfläche aus spiegelndem Eisglas zum Vorschein, an dessen Rand eine Feuerelfen-Combo mit lodernden Haarschöpfen darauf brannte, mit ihren Instrumenten loszulegen, während eine Sängerin in einem Flammenkleid unter beglücktem Aufstöhnen des Publikums ein Podest betrat. Auf der linken Seite hingegen erschien ein Büfett, das genauso lang wie der Raum war und sich unter Köstlichkeiten bog.

»Ich wünsche viel Vergnügen. Heute Abend – und in dem wundervollen neuen Schuljahr, das uns erwartet«, sagte der Gründer. »Feiert nach guter alter Elfenmanier, als gäbe es kein Morgen.«

Lia wollte schon in die Hände klatschen, als sie bemerkte, dass keine der Elfen zum Applaus ansetzte. Stattdessen summten sie eine Melodie, ehe sie in Gelächter und Gejohle ausbrachen.

»Der erste Flechten-Kristall-Pop auf der Platte dort drüben gehört mir, du nimmst den mit Minze«, verkündete Merla und zog an Lias Arm.

Doch Serafina zog bereits an der anderen Seite. »Bei der schäumenden Gischt, die Sängerin ist die berühmte Kerosina! Selbst bis ins Reich der Undinen haben wir von ihren Gesangskünsten gehört. Wir müssen unbedingt in der ersten Reihe stehen.«

»Urgs«, brachte Lia hervor.

Blo zog ihr Akazienschwert. »Gebt sofort die Prinzessin frei oder ihr werdet es bereuen!« Bevor die Pixie jedoch ernst machen konnte mit ihrer Drohung, wurde sie von hinten beiseitegeschoben.

Dorient stand mit einem breiten Grinsen vor Lia, das Haar so sturmzerzaust wie eh und je. »Respekt. Wie ich sehe, hast du dich innerhalb kürzester Zeit so beliebt gemacht, dass man sich um dich reißt.«

Serafina gab demonstrativ Lias Arm frei. »Also, ich reiß mich nicht um das Prinzesschen.«

»Ein Junge!« Merla verwandelte sich in einen Fellball.

Blo brachte vor Zorn, wie eine lästige Fliege weggefegt worden zu sein, kein Wort heraus.

»Mädels, das ist mein großer Bruder Dorient«, beeilte sich Lia klarzustellen, bevor die wütende Pixie zum Angriff blies. »Dorient, das sind meine Mitbewohnerinnen. Das ist Blo, eine angehende Walküre, die auf mich aufpasst.«

Blo ignorierte Dorients leichte Verbeugung, obwohl es zweifelsohne Balsam für ihre Seele war, als künftige Walküre vorgestellt zu werden.

»... und das hier ist Serafina. Und, falls du das vorhaben solltest, keine Sprüche über ihren Namen.«

»Auf keinen Fall«, versprach Dorient und verneigte sich auch vor der Undine.

Serafina musterte Dorient mit unleserlicher Miene, nickte aber wenigstens.

»Tja, und das Pelzknäuel ist Merla.« Lia wartete einen Moment, doch nichts geschah. »Merla? Möchtest du nicht aufstehen?«

»Auf keinen Fall«, kam es aus den Tiefen des Zottelfells.

»Ist das eine allergische Reaktion auf Jungs?«, erkundigte sich Dorient.

Lias Antwort ging in Kerosinas einsetzendem Gesang und dem begeisterten Gesumme ihrer Fans unter.

»Warum machst du nicht einen Rundgang mit deinem Bruder und wir kümmern uns um Merla?«, schlug Serafina vor.

Lia seufzte. »Einverstanden, wir sehen uns dann später.«

Damit zog Lia ihren angeblichen Bruder hinter sich her, der immer noch neugierig die zusammengekugelte Merla beäugte. Sobald allerdings das Büfett vor ihnen auftauchte, war das schüchterne Wildmädchen vergessen und Dorient stieß einen anerkennenden Pfiff aus.

»Perlglanzbowle! Und da drüben gibt es Beerenpulver, absoluter Blitzeinschlag.«

Dorient war nicht mehr zu halten, und ehe Lia sich versah, hatte er sich eine Handvoll von dem dunkelroten Beerenpulver geschnappt und über ihnen in die Luft geschmissen. In Zeitlupe breitete sich das Pulver zu einer Wolke aus.

»Ist das Konfetti?«, fragte Lia.

»Nur, wenn Konfetti großartig schmeckt. Leg den Kopf in

den Nacken und mach den Mund auf, es rieselt gleich runter. Na los, sonst landet alles in deinem Haar.«

Hastig machte Lia den Mund auf und tatsächlich schwebte ein Teil der Pulverwolke zu ihrem Mund und bestäubte ihre Zunge mit einem prickelnd beerigen Geschmack.

Dorient grinste sie an. »Gleitflugmäßig lecker, oder? Schnappen wir uns eine Schale mit gefüllten Schleimpilzen.«

Das klang in Lias Ohren allerdings wenig verlockend. »Verschieben wir die Schleimpilze auf später, hier soll es nämlich auch Minz-Pops geben.«

»Minz-Pops? Nicht wirklich, will ich hoffen.« Ein Elfenmädchen mit einem umwerfend hübschen Gesicht, Amethystaugen und einer Haarmähne, die an einen rosa-goldenen Sonnenaufgang erinnerte, hob ungläubig eine Augenbraue. »Welche Luftelfe, die etwas auf sich hält, isst so etwas Gewöhnliches wie Minz-Pops?«

»Valmariana, nett, dich zu sehen«, begrüßte Dorient das Elfenmädchen, das allem Anschein nach auch aus den Himmelsreichen stammte, obwohl sie duftmäßig in einer Wolke aus Vanille stand. »Kennst du meine Schwester Lia?«

»Dann hast du eine Schwester? Davon wusste ich ja gar nichts.« Valmariana klimperte mit den Wimpern. »Vermutlich hast du sie wegen ihres schrecklichen Namens verschwiegen.«

Da passt das hübsche Aussehen aber so gar nicht mit dem Mundwerk zusammen, stellte Lia fest. Glücklicherweise hatte sie nach der Feuerprobe mit Serafina schon etwas Übung mit unfreundlichen Begrüßungen. »Wenn es dir lieber ist, darfst du mich auch mit meinem vollen Titel ansprechen: Prinzessin Asalia Laliala Pergusta von Silberhaar, gern begleitet von einem begeisterten Summen. Aber Lia klingt meiner Meinung nach …« Sie suchte nach einem Wort, das Dorient vorhin benutzt hatte. »… gleitflugmäßiger.«

Valmariana rümpfte die Nase, vermutlich war »gleitflugmäßig« etwas, das Jungen mit wilden Haaren sagten, aber auf keinen Fall eine Prinzessin. »Fein, dann also Lia. Ich werde mich schon daran gewöhnen, dass gerade die als am vornehmsten geltenden Luftelfen sich wie gewöhnliche Blatt- und Wiesenelfen aufführen. Vielleicht ist das ja sogar der neue Trend, ich werde wohl besser meine Großmutter Vesperiana, ihres Zeichens die Großfürstin des Monsuns, darüber unterrichten.«

»Mach das – und richte deiner Omi einen schönen Gruß aus«, sagte Dorient. »Wenn du uns jetzt entschuldigen würdest? Die Minz-Pops warten schon viel zu lang auf mich und meine Schwester. Du darfst dich zurückziehen.«

Ein empörtes Zittern durchfuhr Valmariana, doch sie lächelte und deutete einen Knicks an. »Wie Ihr wünscht, Eure Majestät.«

11.

Ein Tänzchen gefällig?

»Was war das denn?«, fragte Lia, kaum dass der Abstand zu der Luftelfe mit dem wunderschönen Haar groß genug war. »Die Mädchen in meiner Wabe haben mich zwar auch nicht mit offenen Armen begrüßt, aber diese Valmariana hat mir ja gar keine Chance gegeben.«

»Das wird sie auch nicht. Die Monsun-Familie ist nicht nur machtgierig, sondern auch ziemlich etepetete. Diese Dumpfelfen glauben, dass wir Luftelfen das vornehmste unter den Elfenvölkern seien, wobei die adeligen Familien noch mal besonders hervorstechen.« Er schüttelte den Kopf. »So ein Krötengesabber. Seit unsere … ich meine: Seit meine Eltern auf ein freundschaftliches Miteinander der Völker setzen, ist die Monsun-Familie, zu der Valmariana gehört, schwer angefressen, auch wenn sie vorgeben, dem Kurs des Königshauses zu folgen.«

»Kein Wunder, dass Valmariana es auf mich abgesehen hat, wenn das so ist«, sagte Lia. Bei den Elfen war vieles genauso kompliziert und verfahren wie bei den Menschen.

Dorient grinste schelmisch. »Vermutlich glaubt Valmariana in ihrer Selbstverliebtheit, dass der Prinzessinnentitel ihr viel besser stehen würde. Allein wie sie ständig mit ihrer Großmutter angibt – nicht auszuhalten. Und dann muss sie dank der neuen Politik im Himmelsreich auch noch Springwasser besuchen, anstatt, wie ihre älteren Geschwister, privat von exquisiten Lehrern unterrichtet zu werden. Ich sage es nicht gern, aber bei Valmariana solltest du vorsichtig sein. Wenn sie eine Schwachstelle findet, wird sie die ohne Zögern ausnutzen. Sie ist so eiskalt wie der Nordwind.«

Lia musste sich räuspern, denn ihre Kehle war plötzlich viel zu eng. »Für solche Kämpfe bin ich nicht der Typ. Ich wäre vorhin schon bei Serafinas Herausforderung abgeschmiert, wenn meine Elfenzunge mich nicht gerettet hätte. Am besten kehre ich gleich in meine Wabe zurück und suche in der Reisetruhe nach den Taukristallen, bevor ich Opfer einer Mobbingattacke werde.«

Dorient wollte anscheinend etwas sagen, aber ein heller Flötenton kam ihm zuvor. »Das ist das Signal«, rief der Elfenjunge begeistert. »Vergiss Valmariana, jetzt wird getanzt!«

Tanzen? Kreisch!!!

Lia wich zurück. »Mal davon abgesehen, dass ich nur allein in meinem Schlafzimmer tanze, ist es hier zu eng für so viele Elfen zum ...« Sie brach mitten im Satz ab.

Die Fläche aus Eisglas dehnte sich an ihren Rändern und breitete sich zu einem großen Kreis aus, der sich langsam zu drehen begann. Schon sprangen die ersten Elfen los, drehten Pirouetten, vollführten Luftsprünge und bewegten sich anmutig zu den Liedern der Flammen-Combo.

Dorient hielt Lia die Hand hin. »Wenn ich bitten darf?«

Lia zögerte. »Es gibt einen Grund, warum ich nur allein tanze … und das auch nur im Dunkeln. Ich bin nicht besonders gut darin, ehrlich gesagt, sogar ziemlich schlecht.«

»Vertrau mir: Elfen, die nicht tanzen, gibt es nicht«, sagte Dorient lachend. »Sogar deine pelzige Freundin tanzt.«

Tatsächlich stand Merla am Rand der Tanzfläche und wiegte sich verträumt zur Musik. Um sie herum schwebte und drehte sich Serafina, als wäre sie eine lebendig gewordene Wasserströmung. Von Blo war nichts zu sehen, aber Lias Bauchgefühl sagte ihr, dass sich sogar die Pixie vergnügte.

Mit einem Seufzen nahm Lia Dorients Hand. »Wenn ich über meine eigenen Füße stolpere und das Königshaus der Luftelfen beschäme, ist das allein deine Schuld.«

Dorient grinste. »Ich bin es gewohnt, dass meine kleine Schwester aus der Rolle fällt. Egal, was du anstellt, du kannst unmöglich Asalias Level des absoluten Zwergenstepptanz-Wahnsinns toppen.« Damit bahnte er ihr einen Weg durch die feierfreudigen Elfen.

Je näher sie der Tanzfläche kamen, desto stärker wurde ein Kribbeln in Lias Füßen. Ihr freier Arm begann sich von allein zum Takt der Musik zu schlängeln. Dann bemerkte sie, dass sich auch ihre Körpermitte ohne ihre Erlaubnis wiegte. Offenbar meinte der Elfenkörper, in dem sie steckte, dass Tanzen etwas ganz Selbstverständliches sei. Er reagierte auf die Musik, so wie man automatisch das Gesicht dem Sonnenlicht zuwendet oder lacht, wenn man gekitzelt wird.

Vielleicht wird das ja doch was, dachte Lia.

Genau in diesem Moment sagte Dorient »Rein ins Vergnügen« und schleuderte Lia schneller als jeder Windstoß über die Tanzfläche.

»Dorieeeent!«

Während Lias Körper begeistert mitmachte, kam es ihr vor, als würde der Lia-Anteil vor Verblüffung noch am Rand stehen, keineswegs bereit, seine Bedenken aufzugeben. Es war ein Wunder, dass sie bei dieser Herumwirbelei nicht mit anderen Tänzern zusammenkrachten. Es raunzte sie auch niemand an, dass sie sich zu wild aufführten. Ganz im Gegenteil, man warf ihnen freundliche Blicke zu, und ein paar bläuliche Elfen, die wie Rauch aussahen, umkreisten sie mit Gelächter.

Mitten in einer loopingartigen Drehung landete etwas auf Lias Kopf und hielt sich an ihrer Tiara fest.

»Ich bin's, Blo«, krakeelte die Pixie ausgelassen. »Gleich kommt der Mondscheintanz, zu dem sollten wir als Einheit antreten. Kannst du dich von deinem Bruder losreißen?«

Dorient verzog zwar mürrisch das Gesicht, kam aber zum Stehen und verneigte sich vor Lia. »Danke für den Tanz, das war nicht schlecht. Du bist mir fast gar nicht auf die Füße getreten. Dann noch viel Spaß, Schwesterchen.«

Lia schlug sich vor die Stirn. »Moment, Dorient. Du musst mir noch sagen, wo du untergebracht bist. Du weißt schon … Falls ich deine Hilfe brauche oder so.«

»Im Alten Turm, Kammer Tropfsteintropf«, rief Dorient ihr noch schnell im Gehen zu. Ein Stück entfernt wartete bereits eine Gruppe älterer Elfenjungen auf ihn, die bei der Nennung der Kammer Tropfsteintropf in ein dröhnendes Summen ausbrach, so wie Menschenjungen in ein Gejohle ausbrechen, sobald ihr Verein genannt wird. Einer von ihnen, ein Feuerelf mit lodernd rotem Haar, winkte Lia sogar zu, ehe er Dorient freundschaftlich auf die Schulter klopfte.

»Jetzt aber schnell, der Mond geht schon auf.« Blo benutzte Lias Kopf als Startrampe, um abzuheben. »Wir stehen dort drüben, folg mir, Prinzessin Wirbelwind.«

Das war leichter gesagt als getan, denn inzwischen fanden sich alle Feiernden zu Grüppchen zusammen. Ohne Dorient fiel es Lia gar nicht so leicht, ohne anzuecken durch die Menge zu kommen, aber dann entdeckte sie auch schon Serafinas schimmerndes Schuppenkleid. Neben der Undine stand Merla, deren Pelz nach dem Tanzen in alle Richtungen abstand. Als sie Lia bemerkte, begann sie aufgeregt zu winken.

»Ich habe bislang nur mit meiner engsten Familie den Mondscheintanz begangen«, sagte das Wildmädchen. »Wenn wir jetzt gemeinsam tanzen, dann sind wir wirklich eine Einheit.«

Lia stutzte. »Ist das wichtig mit der Einheit?«

»Schon klar«, sagte Serafina. »Bei euch Luftelfen legt man nicht so viel Wert auf Gemeinschaft wie bei den Elfenvölkern, die dem Erd- und Wasserelement angehören. Eine Einheit bedeutet, dass wir von der Nachtflugwabe nicht nur Zimmergenossinnen sind, sondern auf Zauberstaubweise zusammengehören. Deshalb hat die Quellenhüterin uns ja auch in eine Wabe gesteckt, obwohl wir auf den ersten Blick grundverschieden sind. Sie kennt sich als Fachfrau für Schicksalsfadennetze mit solchen Verbindungen aus.« Als Lia bloß große Augen machte, zuckte die Undine die Schultern. »Ach ja, du warst ja bei der Zeremonie mit der Quellenhüterin nicht dabei, du hattest ja deinen verspäteten Extraauftritt.«

»Klingt, als habe ich bei dieser Zeremonie etwas Tolles verpasst.« Verstehen tat Lia zwar nichts, aber es klang beeindruckend. Schicksalsfadennetze, wiederholte sie in Gedanken. Und Asalia hielt die Idee von Mitbewohnerinnen für nervig, dabei warteten hier in Springwasser vielleicht Freundinnen fürs Leben auf sie. Schade, dass es Zeremonien, bei denen man die zu einem passenden Mädchen fand, in der Menschenwelt nicht gab.

Die Lichter im Saal erloschen und alle Blicke gingen nach oben zur Decke, die mit einem Mal durchsichtig wurde und den Blick auf den Nachthimmel freigab. Der Mond stand voll am Firmament wie eine polierte Münze aus Weißgold. Sein Schein flutete den Saal und tauchte alles in ein geheimnisvolles Licht: Es war, als könnte man den Mondschein einatmen, vielleicht sogar anfassen.

»Äthermagie«, seufzte Merla. »Was die Elfen dieses Elements zu spinnen verstehen, ist einfach nur zauberhaft. Ich würde ja zu gern wissen, wie sie aussehen, ganz bestimmt noch viel schöner als ihre Magie. Sag mal, Lia, es heißt doch, ihr Luftelfen könntet die Ätherelfen sehen.«

»Dafür muss man einen bestimmten Reifegrad erreicht haben«, flunkerte Lia, weil ihr nichts Besseres einfiel. Schließlich wusste sie ja nicht einmal, dass es ein Elfenvolk gab, das für die anderen unsichtbar war.

»Ihr müsstet mal einen Mondscheintanz im Reich der Undinen erleben, wenn das Mondlicht sich über dem nächtlichen Meer ausbreitet. Das schönste Ereignis in ganz Andersreich.« Serafinas sonst so hartes Gesicht wirkte plötzlich ganz weich. »Sollen wir uns bei den Händen fassen?«

Sie nahmen Merla in die Mitte und Lia streckte ihre Hand aus, damit Blo darauf landen konnte.

Dann setzte der Gesang der Feuerelfe Kerosina ein und der Mondscheintanz begann.

12.

Tanz im Mondschein

Als Dorient sie zum Tanz aufgefordert hatte, war Lia noch voller Sorge gewesen, sofort über ihre eigenen Füße zu stolpern. Oder, noch schlimmer, keine Ahnung zu haben, wohin mit Armen und Beinen. Glücklicherweise hatte ihr Elfenkörper es besser gewusst. Jetzt wiegte er sich zwar zur Musik, allerdings so unbeholfen und einfallslos, wie Lia sich fühlte. Es brauchte einen Moment, bis sie kapierte, warum ihr Elfenkörper im Leerlauf war: Asalia hatte den Mondscheintanz vermutlich noch nie im Kreis von Freundinnen getanzt.

Nicht weiter schlimm, dachte Lia. Schließlich ist es auch für die anderen Mädels aus der Nachtflugwabe ihr erster Tanz als Einheit.

Ein Blick auf Serafina bestätigte Lias Vermutung. Die sonst so selbstbewusste Undine trat von einem nackten Fuß auf den anderen und Merla war damit beschäftigt, Knoten aus ihrem Fell zu zupfen. Bloß Blo drehte einen überdrehten Überschlag nach dem nächsten, bis sie mit ziemlich wirrem Grinsen vor Lia anhielt.

»Hauen wir jetzt rein, oder was?«, fragte die Pixie.

Lia erstarrte. »Warum fragst du ausgerechnet mich?«

»Du bist die mit der Krone, falls du es vergessen hast. Wenn sich eine von uns mit tollen Tänzen auskennt, dann doch wohl die Elfe vom Hohen Hof des Himmelsreichs.«

»Vielleicht denkt die Prinzessin ja, dass wir nicht mithalten können«, vermutete Serafina. »Die Luftelfe dort drüben lässt ihre Einheit jedenfalls wasservulkanheftig gut aussehen.« Sie zeigte auf eine Gruppe Elfenmädchen, die einen Reigen aus Sprüngen, Drehungen und komplizierten Schritten tanzte. Obwohl die verschiedenen Einheiten ganz in ihren Gemeinschaftstänzen im seidigen Mondlicht aufgingen, wurden diesen Tänzerinnen Kusshände zugeworfen.

Vielleicht lag es an der puppenhaften Elfe mit dem perlmuttfarbenen Haar, das ihr in Wellen bis zu den Hüften reichte und im Takt mitschwang. »Eine Tautropfensammlerin«, murmelte Merla bewundernd. Die Tautropfensammlerin zeichnete mit ihren ungewöhnlich langen Fingern Muster ins Mondlicht, die dort wie durch Zauberei haften blieben, sodass die Tänzerinnen bereits von einem Band aus lichten Schnörkeln umringt waren. Oder es lag an der Kesselglutelfe in dem Catsuit, der aussah, als wäre er mit Rubinsplittern überzogen. Was todschick zu ihrem schwarzen Pagenschnitt passte. Außerdem stoben bei jedem ihrer Tanzschritte Funken auf. Die dritte Elfe im Bunde war locker einen Kopf größer als die ohnehin schon hochgewachsene Kesselglutelfe und mindestens doppelt so breit. Eine Gebirgselfe, so wie es aussah. Auf ihrem Kopf thronte ein Nest aus sonnenblonden Rastalocken und sie klatschte so begeistert in ihre Schaufelhände, dass es durch den ganzen Festsaal dröhnte.

Als die Riesin zur Seite hopste und dabei ein kleines Erdbeben auslöste, erkannte Lia, wem der Applaus in Wahrheit galt: Als vierte Elfe im Bund drehte dort nämlich Valmariana ihre Pirouetten. Dabei sah die Luftelfe aus, als würde sie den Boden nicht einmal berühren, so leichtfüßig tanzte sie.

Zuerst dachte Lia, Valmariana würde im Gegensatz zu ihren Zimmergenossinnen bloß wunderschön tanzen, während die anderen ihre Darbietung mit aufregenden Zugaben schmückten. Dann aber wurde ihr klar, dass es Valmariana war, die den Mondscheinzauber der Ätherelfen durch das Kreisen der Luft um ihre Einheit herum so verdichtete, dass die zarte Elfe Muster hineinmalen konnte. Valmariana war es auch, die unauffällig auf die Füße der Kesselglutelfe pustete, damit ihre Funken nur so stoben. Und es war auch Valmariana, die mit unauffälligen Gesten und geflüsterten Kommandos die Gebirgselfe in Schach hielt, damit sie in ihrem Eifer nicht versehentlich die Pilzkopfelfeneinheit, die neben ihnen eine Polonaise tanzte, plattmachte.

»Das, was die Mädels machen, ist ein *echter* Einheitstanz«, sagte Merla beeindruckt.

Lia verdrehte die Augen. »Möchtest du etwa auch herumkommandiert werden?«

»Ohne jemanden, der ein Auge auf die Gebirgselfe hat, könnte diese gar nicht am Tanz teilnehmen. Das wäre viel zu gefährlich«, sagte Merla. »Manche von uns brauchen eben ein bisschen Unterstützung, um das Beste aus sich rauszuholen.«

Serafina tat so, als wäre sie damit beschäftigt, sich um die eigene Achse zu drehen. Irgendwie sah es traurig aus. Wenn die Undinen auf Wellenkämmen tanzten, ging es bestimmt ganz anders ab. So ein Festsaal mit einer Tanzfläche musste etwas Neues für Serafina sein, deshalb wirkte die sonst so selbstbewusste Elfe irgendwie verloren.

Und Blo? Die kreiste irgendwo über ihnen allein durch die Luft.

Okay, dachte Lia. Wir sind ein Team, wie beim Hockey. Dann sollten wir uns auch wie ein Team benehmen.

Und was brauchte jedes Team? Eine Anführerin, die sich darum kümmerte, dass jede auf die Position kam, auf der sie glänzen konnte.

Aber sollte wirklich sie den Job übernehmen?

Allein der Gedanke versetzte Lia in Panik. Ich bin nur ein Menschenkind! Ich weiß nichts über Mondscheintänze. Und überhaupt habe ich bisher jeden Tanzabend in der Schule ausfallen lassen, aus gutem Grund!

Dann traf Lia Valmarianas Blick. Die Luftelfe mit den Amethystaugen lächelte ihr zu, allerdings nicht auf eine freundliche Art. Sie führte ihren Unterarm vor den Mund, auf dem ebenfalls ein Fendrill erkennbar war. Mit einer Geste deutete sie Lia, das Gleiche zu tun. Das Muster auf Lias Fendrill veränderte sich bereits, und als sie es anhob, hörte sie Valmarianas Stimme.

»Euer Tanzstil ist wirklich einzigartig, genau wie der Führungsstil deiner königlichen Eltern. Jede allein für sich, sommerwölkchenschön. Ich sollte meine altmodische Vorstellung von einer Einheit besser in den Wind schießen und so trostlos in der Gegend rumstehen wie du als vorbildliches Mitglied der Himmelsreiche.«

Mehr Spott ging nicht.

»Verbindung beenden und beendet lassen«, wies Lia ihr

Fendrill an. Das änderte jedoch nichts daran, dass Valmariana einen wunden Punkt getroffen hatte. Ob es Lia schmeckte oder nicht, sie musste Blo zustimmen: Sie war diejenige mit der Krone auf dem Kopf, auch wenn die Krone bloß eine Tiara war. Es war ihre Aufgabe, den Mondscheintanz ihrer Einheit in etwas Magisches zu verwandeln.

Lia klatschte heftig in die Hände. »Alle mal herhören, Mädels! Das gilt auch für dich, Blo. Du legst jetzt mal eine Pause ein mit diesem Rumgeeiere. Und du, Merla, ab in die Mitte mit dir.«

»Warum ausgerechnet ich?«, jammerte Merla.

Grinsend klatschte Lia in die Hände, bis Blitze hervorschossen. Knisternd breitete sich ihre goldene Energie über Merlas Pelz aus und in der nächsten Sekunde stand er in alle Richtungen ab.

»Uiuiui, das haut ja heftiger rein als Thors Hammer. Ich bin voooller Energie!« Merla setzte sich in Bewegung und jede noch so kleine Bewegung ging wie eine Welle durch ihren abstehenden Pelz, über den immer noch Winzblitze zuckten. »Selbst wenn ich aufhören wollte, meine Füße würden einfach weitertanzen. Die Luftenergie macht mich ganz leicht, ich bin ein Blubberbläschen im Edelstein-Soda!«

Tatsächlich schwebte das Wildmädchen bereits ein Stück über dem Boden. Schlanke Füße in dunkelgrünen Schlüpfstiefeln kamen unter dem Pelzsaum zum Vorschein und wackelten vor Begeisterung.

Das liegt am Mondscheinzauber der Ätherelfen, begriff Lia, während sie weiterhin zum Takt in die Hände klatschte.

»Was hältst du davon, wenn ich die Luftenergie um Merla herum mit meinem Flügelschlag fein wie Blütenstaub verteile?« Blos Dreiecksgesicht glühte vor Begeisterung. »Dann wäre das stundenlange Üben der Fächel-Technik auf den Sonnenblumenfeldern meiner Familie endlich für was gut.«

»Geniale Idee«, sagte Lia, um die Pixie dann mit einem ernsten Blick zu bedenken. »Aber lass es wie einen schicken Gleitflug aussehen und nicht wie dieses irre Rumgekreisel, das du ansonsten hinlegst.«

Blo salutierte. »Verstanden, Eure Hoheit. Auftrag wird korrekt ausgeführt.«

Damit stieg Blo elegant auf und umkreiste die inzwischen ausgelassen tanzende Merla, bis das Wildmädchen von einer goldenen Wolke umhüllt war, deren Strahlen sich mit dem silbrigen Mondlicht im Festsaal durchmischte.

Ein begeistertes Summen der anderen Tänzer war zu hören.

Ermutigt von so viel Zustimmung, rief Merla: »Komm hoch zu mir, Serafina. Wenn noch das Wasserelement hinzukommt mit seinen feinen Tröpfchen, wird die Energiewolke bestimmt kristallin und schimmert dann wie ein Regenbogen.«

Serafina stand stocksteif da. »Undinen fliegen nicht«, brachte sie heiser hervor.

»Wildmädchen vermutlich auch nicht«, sagte Lia. Inzwischen hatte ihr Elfenkörper an der neuen Situation Geschmack gefunden und bewegte sich von ganz allein zur Musik, während die goldene Wolke sich auf sie niedersenkte und ihre Arme und Beine zum Kribbeln brachte. Kein Wunder, dass Merla nicht stillhalten konnte, die Luftenergie war der Hammer!

»Wenn du als Undine durchs Wasser gleiten kannst, dann

geht das doch auch durch die Luft«, schlug Lia vor. »Probier's mal.«

Serafina schüttelte den Kopf. »Das kann man überhaupt nicht vergleichen, Wasser ist nicht so durchlässig wie Luft, ich find da keinen Halt.«

»Wenn es nur um die Dichte geht, kann ich helfen. Ich habe einen Trick auf Lager«, rief Merla aus der Höhe. Sie kniff ihre Augen zusammen, und als sie wieder aufsah, strahlten sie wie flüssiges Metall.

Etwas ging von diesem Blick aus, das sich anfühlte, als würde eine unsichtbare Welle durch einen gehen.

Lia spürte, wie sich die Luft verdichtete, fast konnte man sie jetzt greifen. Die Blitze, die von ihren Händen sprangen, verlangsamten ihren Flug und blieben im silbrigen Mondlicht stehen.

Neugierig blickte Lia zu Serafina. Die Undine strahlte über ihr ganzes Gesicht, dann stieß sie sich ab und glitt, sich um die eigene Achse drehend, hinauf zu Merla und Blo.

Fehle nur noch ich aus unserem vierblättrigen Kleeblatt, dachte Lia.

Vorsichtig schob Lia die in der verdichteten Luft hängen gebliebenen Blitze zusammen, bis sie eine kleine goldene Stufe bildeten. Und darüber noch eine und noch eine, sodass eine Wendeltreppe entstand. Jetzt brauchte sie nur noch die Stufen hochzusteigen, dann wäre sie bei den anderen Elfenmädchen aus der Nachtflugwabe. Aber mit der Höhenangst im Nacken war das so eine Sache. Merla hatte vor lauter Luftelfenpower abgehoben, Serafina schwebte durch die von Elfenzauber erfüllte Luft wie ein Fisch durchs Wasser und Blo hatte ihre Flügel. Lias Elfenkörper kribbelte vor Aufregung, trotzdem gab sie ihm nicht nach. In ihrem tiefsten Inneren war sie eben Lia Dornmeier – und Menschenmädchen, denen auf Klettergerüsten schummerig wird, steigen nicht auf freischwebende Blitzhaufen.

Es war zum Heulen!

Bevor Lia jedoch den Kopf hängen ließ, hörte sie das glückliche Lachen der anderen Mädchen. In ihrer Brust breitete sich Wärme aus, als sei die Leichtigkeit und das Vergnügen der Elfen ansteckend oder als würden sie ihr etwas von ihrem Licht abgeben. Lia legte die Hand auf ihre Brust. Ja, es fühlte sich tatsächlich ganz wohlig-warm an, so warm, dass die Angst mit ihren kalten Fingern keine Chance hatte. Vielleicht ging es beim Mondscheintanz um Spaß, aber er verband unterschiedliche Elfen zu einer Einheit. Und genau dieser Zauber erfasste Lia und ließ sie ihre Angst vergessen.

»Also gut, Elfenkörper: Ab hier übernimmst du«, murmelte Lia. Das ließen sich die Luftelfenfüße nicht zweimal sagen, und stiegen über die Blitzstufen hinauf.

Wildes Summen ertönte, Komplimente wurden gerufen und unzählige Handküsse geworfen, doch darum kümmerte Lia sich nicht. Sie wollte mit den Mädchen aus ihrer Einheit im Mondlicht tanzen, das inzwischen von kristallinem Funkenflug durchsetzt war.

Das war also der Mondscheintanz … Allein dafür hatte sich die abenteuerliche Reise nach Springwasser vollauf gelohnt.

»Das war wunderschön«, jubelte Serafina und nahm Lia in die Arme. Zum ungefähr zehnten Mal, seit die goldene Wolke sich verflüchtigt hatte und die Mädchen, leicht wie eine Feder, wieder auf der Tanzfläche gelandet waren.

Lia war so glücklich, da ließen sich keine Worte für finden. Gut, dass sie gerade nicht ihr Menschengesicht mit dem breiten Mund hatte, sonst würde sie jetzt von einem Ohr zum anderen grinsen.

Blo ging es nicht anders. Die Pixie schwankte seufzend durch die Luft, während sie sich an Merlas immer noch aufgeladenem Pelz festhielt.

Das Wildmädchen tanzte als Einzige von ihnen immer noch und wirbelte um sie herum, bis sie plötzlich wie festgenagelt stehen blieb. »O-oh, Erdrutschgefahr im Anzug, da will wohl jemand für noch mehr dicke Luft sorgen«, wisperte Merla.

»Echt jetzt?« Lia reckte ihren Hals, doch das brauchte sie nicht: Valmariana stand schon vor ihr. Hinter ihr bauten sich ihre Freundinnen auf: die Kesselglutelfe und die perlmutthaarige Elfe, die Merla als Tautropfensammlerin bezeichnet hatte, überragt von der Gebirgselfe, die raufustig ihre Fingergelenke knacken ließ.

»Das war ja wohl voll der peinliche Auftritt, hier angeben wie eine Tüte Glühwürmchen«, motzte Valmariana sofort los. »Mit solchen Lachnummern bringst du das Himmelsreich in Verruf, wo uns doch eh schon ganz Andersreich für Angeber hält. Eine echte Prinzessin sollte es eigentlich besser wissen und sich dezent verhalten.«

Lia zuckte mit der Schulter. »Schade, dass dir unser Einheitstanz nicht gefallen hat. Ich fand euren richtig sonnenuntergangsschön.«

Mit einer solchen Antwort hatte Valmariana offensichtlich nicht gerechnet. Dummerweise lachte die Gebirgselfe erfreut über das Kompliment, bis sie sich einen strengen Blick von der Kesselelfe einfing und sich hastig die Hand vor den Mund schlug.

»Über Geschmack lässt sich nicht streiten«, sagte Valmariana. »Trotzdem muss euer Tanz der Schulleitung gemeldet werden. Kein Wildmädchen in ganz Andersreich tanzt so gut wie dieser Zottelkopf da.« Sie zeigte mit dem Finger auf Merla, die sich hinter Lia zu verstecken versuchte. »Wildlinge hopsen bekanntlich nur rum und stampfen mit den Füßen. Und was dieses Pelzgewölle mit seinen Augen gemacht hat, das ist eine Kunst, die es überhaupt nicht beherrschen kann, der Goldaderblick wird nämlich nur von den …«

»Unfassbar aufwindmäßig, euer Tanz, Schwesterchen!« Ein freudestrahlender Dorient schob Valmariana beiseite. Auch Merla, die sich beim Anblick des Elfenjungen wieder quiekend zu einer Fellkugel zusammenrollte, beachtete er nicht. Stattdessen umarmte er Lia kurz, aber heftig. »Das war blitzeinschlagobermäßig, ich bin immer noch ganz elektrisiert. Heute Abend gab es ja viele tolle Einheitstänze, aber eurer lag ganz weit vorn. Die Idee, die Blitze mit dem Ätherzauber zu verbinden, war genial. Darauf ist noch niemand vor dir gekommen.«

»Entschuldige mal.« Die Kesselglutelfe in dem Rubin-Catsuit tippte Dorient auf die Schulter. »Valmariana hat sich gerade mit der Prinzessin unterhalten, wenn du also beiseitegehen würdest, bis unsere Anführerin mit ihrem Gespräch fertig ist?«

Dorient hob eine Augenbraue. »Hast du ein Problem mit deiner Hitzesteuerung, Feuerspan?«

»Mein Name ist Razeiandra«, knurrte die Kesselglutelfe. »Weißt du, was Feuer mit Luft macht? Sie frisst sie auf.«

Zu Razeiandras Enttäuschung lachte Dorient bloß. »Du hast Glück, dass ich heute Abend viel zu gut drauf bin, um mich ärgern zu lassen.«

Der ältere Feuerelf, den Lia als Dorients Kumpel aus seiner Einheit wiedererkannte, gesellte sich zu ihnen. Er schaute Razeiandra streng an. »Sag deinen Freundinnen, dass sie dir ein Glas Wasser zum Abkühlen besorgen sollen. Ansonsten helfe ich gern persönlich nach, ich habe siebzehn jüngere Flammen-Geschwister, die ihr Feuertemperament auch nicht immer im Griff haben. Deshalb habe ich so ein paar Tricks auf Lager … Ich sage nur ›Wasserfontäne à la Neptun‹.«

Mehr brauchte es nicht, um die Kesselglutelfe in die Flucht zu schlagen. Passenderweise nahm sie die Tautropfensammlerin, die an ihre Seite gestanden hatte, gleich mit.

Valmariana warf sich ihre Haarmähne über die Schulter. »Das wird noch Konsequenzen haben«, sagte sie, ganz die schlechte Verliererin. Dann winkte sie der Gebirgselfe. »Komm, Quadrophenia, wir haben uns lang genug in schlechter Gesellschaft aufgehalten. Nicht, dass noch jemand denkt, wir wären mit diesem Haufen Dumpfelfen befreundet.«

Dorient grinste. »Als ob irgendjemand glauben würde, dass ausgerechnet die Schlechtwetterfront Valmariana Freunde hat. Apropos Freunde.« Er deutete eine Verbeugung an. »Werte Ladys der Nachtflugwabe, darf ich euch meinen Kumpel Lofi, einen Elementar-Feuerelf aus dem Clan der Rotzüngler, vorstellen? Der Gute brennt darauf, euch kennenzulernen.«

Ganz Feuerelf, bekam Lofi einen knallroten Kopf. »Na, vor allem natürlich deine Schwester Lia, nachdem du mir schon so viel von ihr erzählt hast.«

»Und ich dachte, du wolltest unbedingt der Undine vorgestellt werden, wo du doch unentwegt von ihr redest«, sagte Dorient, woraufhin Serafinas Gesichtsfarbe von blass- zu dunkelgrün wechselte. »Du heißt Serafina, richtig?«

»Jetzt bloß keine Witze wegen ihres Namens«, sagte Lia automatisch, dann stutzte sie. »Warum eigentlich? Serafina ist doch ein schöner Name.«

»Das ist er ganz bestimmt«, sagte Lofi eifrig. »Bei uns Feuerelfen heißen ganz viele Mädchen Serafina, übersetzt bedeutet der Name nämlich ›die Brennende‹.«

Eine brennende Undine?, dachte Lia. Jetzt begriff sie, wie das mit den Witzen gemeint war.

Lofi hingegen kam offenbar nicht auf die Idee, dass eine Undine ungern mit Feuer in Verbindung gebracht wurde. In seiner Aufregung peilte er auch nicht, dass Serafina ihn wütend anfunkelte. Stattdessen lächelte er die Undine schüchtern an.

»Feuerelfen«, knurrte Serafina. »Bei denen ist doch das Oberstübchen ausgebrannt.« Dann drehte sie sich um und rauschte ab.

Merla nutzte die Chance, entkugelte sich und flitzte Serafina hinterher.

»War kernschmelzeheiß, dich kennenzulernen, Lofi«, sagte Lia zu dem verwirrt dreinblickenden Feuerelf. »Aber wir aus der 1. Klasse … äh, Bergkristall-Liga sind jetzt bettchenreif. Bis morgen!« Lia winkte den beiden Jungs zu, dann schnappte sie sich Blo, die Lofi gerade einen Vogel zeigte und was von »nur Bienen flirten noch dümmer« murmelte.

Der Tanz im Mondschein war vorbei.

13.

Böses Erwachen

»Eure Hoheit, also wirklich. Ihr liegt ja immer noch selig schlummernd in den Kissen!«

»Wasnlos?« Lia öffnete ein Auge. Zu mehr war sie nicht imstande.

Neben ihrem Bett stand ein kugelrunder Bauch, über dem sich eine rote Schürze kräuselte.

Obwohl Lias Kopf am Kissen festzukleben schien, drehte sie ihn so weit, dass sie das Gesicht über der Schürze sehen konnte. Es war ebenfalls kugelrund und erinnerte an einen Bratapfel. Obendrauf thronte allerdings kein Stiel, sondern ein Wust aus grauen Löckchen, gehalten von einer Haube.

Das träume ich, Apfelelfen gibt es ganz bestimmt nicht, entschied Lia. In dem Fall konnte sie ja guten Gewissens weiterschlafen.

Lia kuschelte sich in die Kissen.

»Bei meinem Griebsch, jetzt wird aufgewacht! Die gute Frau Boskop hat nicht den ganzen Tag Zeit, den Weckdienst für euch Mädchen zu spielen. Eine Hausmutter in der Einheit Hochhinaus hat schließlich mehr Aufgaben, als ein Baum Blätter trägt«, regte sich die Apfelelfe auf. »Wird Eure Majestät jetzt endlich aufstehen?«

»Ich glaube nicht«, sagte Lia wahrheitsgemäß. »Die Nacht war zu kurz. Ich hab nicht mal die Kraft, um mir diese blöde Tiara aus der Stirn zu schieben. Wahrscheinlich habe ich mir einen schlimmen Virus einfangen, eine Schlafkrankheit oder so.«

Die schwarzen Augen in dem Bratapfelgesicht verengten sich. »Papperlapapp, das ist bloß der übliche Mondscheinkater. Die Ätherelfen waren letzte Nacht wohl so angetan vom Tanz, dass sie es ein wenig mit ihrem Zauber übertrieben haben. Aber das war gestern, heute ist heute und Eure Hoheit wird beim Flugunterricht erwartet. Deshalb hopp, hopp, raus aus den Federn, ich muss schließlich noch das Blumenkind aus seiner Hängematte holen.«

Unter viel Geächze setzte Lia sich auf und blickte der kugelrunden Gestalt von Frau Boskop nach. Unter ihrer Schürze trug die Hausmutter ein braunes Kleid mit grünen Punkten und ihre Füße steckten in Holzpantinen, die viel zu laut über den Boden klackerten. Stöhnend wollte Lia ihren Kopf unter das Kissen stecken, als ihr das Wort Flugunterricht in den Sinn kam.

Ihr erster Unterricht in Springwasser stand bevor!

Und dann auch noch in einem Fach, von dem sie absolut keine Ahnung hatte!

Sie musste die Taukristalle finden und sich absetzen, bevor sie sich wegen ihrer mangelnden Flugfähigkeit als Menschenkind verriet. Wer konnte schon sagen, was man dann mit ihr anstellte? Mit der Birkengarde war bestimmt nicht zu spaßen.

Mit einem Satz war Lia aus dem Bett und bei ihrer Truhe, in der die Kleiderschrank-Schatulle immer noch oben auf dem heillosen Durcheinander lag.

Lia stutzte.

Auf der Schatulle befand sich ein neuer Stein, der in Regenbogenfarben schimmerte.

»Dich Steinchen gab es gestern aber noch nicht«, flüsterte Lia.

»In dem Topas befindet sich Eure Schuluniform, Herzchen«, rief Frau Boskop, die allem Anschein nach sehr gute Ohren hatte. Dann zupfte die Hausmutter vorsichtig an Blos Libellenflügeln. »Herrje, hier ist jemand ja noch schwerer aus den Blättern zu bekommen als die Prinzessin. Deine beiden Zimmergenossinnen sind schon längst zum Frühstück aufgebrochen. Die Undine hat Ewigkeiten den Waschraum belegt und das Pelzding wollte sich unbedingt den Sonnenaufgang anschauen.« Sie rupfte heftiger an Blos Flügeln. »Aufstehen, kleine Blumenfreundin, auf, auf, die Pflicht ruft.«

Blos verstrubbelter Kopf tauchte raketenartig aus den Tiefen der Hängematte auf. »Pixie Blo steht bereit zum Dienst«, krächzte sie.

Lia knabberte nachdenklich an ihrer Unterlippe. Sollte sie den Topas drücken? In der Schuluniform würde sie in Springwasser nicht weiter auffallen. Ganz anders in ihrer Reisekleidung: Da würde sie bestimmt die erstbeste Lehrkraft fragen, wo sie denn hinwolle.

Doch unter Lias Finger zitterte der Topas bloß.

»Ihr müsst dem Stein schon sagen, welcher Unterricht ansteht, Liebes. Die normale Schuluniform bringt Euch beim Flugunterricht wenig, nicht wahr?«, rief Frau Boskop, die gerade überwachte, dass Blo nicht wieder schlaftrunken in ihre Hängematte zurücksank.

»Zum Flugunterricht«, flüsterte Lia, während sie den Topas drückte.

Der Schatullendeckel flog so schnell auf, dass Lia nicht einmal blinzeln konnte. Diese Fluguniform hatte es verdammt eilig, angezogen zu werden! Bevor Lia auch nur nach Luft schnappen konnte, stand sie in einem Paar anthrazitfarbenen Glitzerleggins und einem in Falten fallenden Oberteil da. Die blöde Tiara klemmte immer noch schief auf ihrer Stirn.

»Was heißt das, deine Leggins sind zu groß?«, fragte Frau Boskop gerade Blo. »Oh, ich sehe, sie fällt einfach runter bis zu den Knöcheln. Zieh sie wieder hoch und halt sie fest, während ich dir andere besorge.« Dann wandte sich die Hausmutter Lia zu. »Bei Eurer Hoheit müsste die Garderobe stimmen, Eure Elternschaft hat uns vor Schulbeginn Eure genauen Maße mitgeteilt.«

Lia drehte sich einmal Kreis, um zu beweisen, dass ihre Kleidung tatsächlich wie angegossen saß.

»Fein, dann gebt bitte dem Zeremonienmeister im Speisesaal Bescheid, dass Eure Zimmergenossin sich etwas verspäten wird. Ich muss los und unserer schmächtigen Pixie passende Kleidung besorgen. Nicht, dass der ganze Blütenstaub weg ist, bevor das arme Blumenkind kommt. Es ist eh schon nicht mehr als ein Stängelchen.«

Verlegen trat Lia von einem Fuß auf den anderen. »Und wie finde ich zum Speisesaal?«

Frau Boskop blies ihre Backen auf. »Bei Eurer Majestät daheim im himmelsfernen Glaspalast ist es vielleicht üblich, dass die Dienerschaft Euer Fendrill mit einer Wegbeschreibung beauftragt. In Springwasser müsst Ihr das schon allein tun. Und nun ab mit Euch.«

Trotz der klaren Ansage zögerte Lia. Sie wollte nach den Taukristallen suchen, damit sie sich mit Dorient schnellstmöglich auf den Weg zurück in ihr altes Leben machen konnte. Ein Blick von Frau Boskop reichte, dieses Vorhaben auf später zu verschieben. Den Deckel der Kiste ließ Lia offen stehen, damit sie später gleich zugreifen konnte.

Völlig außer Atem stolperte Lia in den Speisessaal. Kaum hatte sie nämlich dem Fendrill auf ihrem Unterarm ihr Ziel genannt, hatte sich das goldene Muster in einen Pfeil verwandelt, der die Richtung anzeigte. Nur hatte er die Richtung so schnell gewechselt, dass Lia nichts anderes übrig blieb, als zu rennen, wollte sie dieser Wegbeschreibung folgen. Springwasser mit seinen unzähligen Gängen, Hallen, kleinen Innengärten und bewachten Toren war nämlich ein Labyrinth, in dem man als Neuling ohne Karte aufgeschmissen war.

Der Speisesaal erwies sich als sonniger Wintergarten mit unzähligen Kübelpflanzen. Dazwischen standen unterschiedlich große Tische, an denen schon fast alle Plätze belegt waren. In der Mitte des Glashauses stand ein großer Springbrunnen, dessen Wasserplätschern sich mit den Unterhaltungen der Elfenkinder mischte.

Der Zeremonienmeister, der Lia und ihre Wabengenossinnen gestern Abend an der Spiegeltür begrüßt hatte, nickte

Lia mit strenger Miene zu. »Guten Morgen, Verehrteste. Einen Atemzug später und Ihr hättet Euren ersten Tadel wegen Zuspätkommens hinnehmen müssen.«

Lia schluckte. »Tut mir leid, aber es gab mit den Schuluniformen ein paar Probleme. Ich soll Ihnen von Frau Boskop ausrichten, dass die Pixie Blo aus der Nachtflugwabe sich deshalb verspäten wird.«

»Aha.« Der eh schon schmale Mund des Zeremonienmeisters wurde noch schmaler. »Wie auch immer, die anderen Mitglieder Eurer Wabe sitzen bereits an dem Eurer Einheit zugeteilten Tisch am Springbrunnen. Bitte richtet der Undine aus, dass wir keine Wasserüberschwemmungen in diesen Räumlichkeiten wünschen. Sollte ich auch nur ein Platschen hören, setze ich Euch an den Kamin zu den Feuerelfen.«

Automatisch blickte Lia zu dem Kamin, in dem trotz des Sonnenscheins ein offenes Feuer loderte. Davor saß der Feuerelf Lofi und redete auf Dorient ein. Dorient bemerkte Lia und winkte ihr zu.

Lia winkte zurück.

Der Zeremonienmeister räusperte sich. »Ihr dürft Euch jetzt in Bewegung setzen, zack, zack. Ich wünsche einen guten Appetit.«

Lia nuschelte ein Dankeschön und lief zum Tisch ihrer Einheit.

Serafina hatte ihren Stuhl so gedreht, dass eine Wasserfontäne auf ihrer Handfläche landete. Dass es dabei in alle Richtungen spritzte und sie nass wurde, schien sie nicht zu stören.

»Wenn du deinen Frühstücks-Seeigel künftig nicht neben

Lofi am offenen Kaminfeuer einnehmen willst, lässt das du das Geplantsche besser sein«, informierte Lia die Undine.

Mit einem »Urghhh, Lofi« zog Serafina ihre Hand zurück.

Merla war aufgesprungen und umarmte Lia. »Fesches Flugoutfit«, sagte das Wildmädchen.

»Danke, Blo sollte auch so eins anziehen, nur war es eher für die Größe ihres Mega-Egos gemacht und nicht für ihren Pixiekörper.« Lia betrachtete die mit bunten Symbolen bestickten Kittel, in denen Merla und Serafina steckten. »Sind diese Kittel die normale Schuluniform?«, erkundigte sie sich.

»Bei Titanias Wallemähne, zum Glück nicht«, knurrte Serafina. Dann nahm sie Lia zur Begrüßung ebenfalls in den Arm. Darüber war Lia so überrascht, dass sie sich nicht einmal an den nassen Abdrücken störte, die auf ihrer Tunika zurückblieben. »Merla und ich haben heute einen Anfängerkurs in *Farben sind Freunde*«, erklärte Serafina. »Dabei geht es um die Kraft des Regenbogens, aber in diesen Fetzen sehen wir aus, als müssten wir an einer Farbbeutelschlacht teilnehmen.«

»Wahnsinn, Farben als Unterrichtsfach! Das muss ich auch belegen«, platzte es aus Lia raus, während sie sich an den Tisch setzte.

»Als Prinzessin der Lüfte gehst du jetzt erst mal schick eine Runde fliegen.« Serafina stocherte lustlos in einem Kristallschälchen mit algengrünen Kügelchen. »Vorher solltest du dir aber noch den Bauch vollschlagen, damit du ausreichend Gewicht mitbringst. Nicht, dass du statt zu fliegen einfach wegwehst.«

»Ich hab echt Kohldampf.« Unsicher musterte Lia den

Tisch, in dessen Mitte Körbe mit Früchten, Nüssen und Wurzelstücken, Schalen voller bunter Blüten und verschiedene Gläser mit unbekanntem Inhalt standen. Außer dem Beerenpulver hatte Lia seit ihrer Ankunft in Springwasser noch nichts gegessen. Allerdings hatte sie keine Ahnung, was Luftelfen zu sich nehmen. Die salzig riechenden Algenklumpen, in denen Serafina herumstocherte, bestimmt nicht. Und Merla knabberte an etwas, das nach bleichen Zweigspitzen aussah.

Letztendlich nahm Lia sich einen Apfel.

»Bloß mit einem Apfel im Magen wird das aber nichts mit dem Fliegen. Nimm lieber eine Portion Wolkenbrei, der gibt Auftrieb«, sagte Dorient, der an den Tisch getreten war. Er griff an Lia vorbei und drückte ihr eine Schale in die Hand, in der sich blau funkelnder Wackelpudding befand.

Lia probierte einen Löffel, dann schnell noch einen und noch einen. Woraus auch immer Wolkenbrei gemacht wurde, er schmeckte köstlich. Wie Vanillepudding mit Knisterpulver. Ihr Bauch knurrte dankbar.

Dorient pustete sich die Ponyfransen aus der Stirn. »Das war vielleicht eine Nacht, die Jungs und ich sind erst bei Sonnenaufgang ins Bett gekommen.« Trotzdem sah der Luftelf kein bisschen müde aus, sondern war quietschvergnügt. »Eigentlich sind die Mondscheintänze ja eine Spezialität am Hof unserer Eltern, aber gegen die gestrige Feier sind die Veranstaltungen im Glaspalast bloß ein laues Lüftchen.«

Schnell verschlang Lia einen weiteren Löffel Wolkenbrei, damit nicht auffiel, dass sie von Glaspalästen und den dortigen Traditionen keinen Schimmer hatte. Doch so viel Vorsicht wäre gar nicht nötig gewesen. Neben Dorient hüstelte gerade laut und deutlich der schlaksige Feuerelf Lofi. Als Dorient nicht reagierte, knuffte er seinen Freund in die Seite.

»Hallo?«, sagte Lofi. »Könnte es sein, dass du etwas total Wichtiges vergessen hast?«

Dorient schaute seinen Kumpel mit großen Augen an. »Was denn?«

»Na, hör mal ... Du wolltest mir doch mit der Entschuldigung helfen. Das hast du mir hoch und heilig versprochen«, stieß der Elfenjunge zwischen den aufeinandergepressten Zähnen hervor.

»Wollte ich das?« Dorient stellte sich eindeutig dumm.

»Nun komm schon, Kumpel. Du weißt genau, wie schwer mir das fällt. Ich fang bestimmt Feuer, wenn ich es allein mache.« Selbst für einen Feuerelf wurde Lofi extrem rot im Gesicht.

»'tschuldigung«, sagte Dorient scheinheilig. »Ich hatte ganz vergessen, dass du der Undine unbedingt sagen wolltest, dass es dir leidtut, falls du wegen ihres Namens einen wunden Punkt getroffen haben solltest. Und das so dringend, dass ich nicht mal in Ruhe zu Ende frühstücken konnte, obwohl ich kurz vorm Verhungern bin.« Er schaute zu Serafina, die stocksteif am Tisch saß. »Werte Wasserelfe, Lofi schwört bei allen Brutzelquellen der Vulkanebenen, dass er nie wieder und unter gar keinen Umständen in der Öffentlichkeit darauf hinweisen wird, dass du eine brennende Undine bist. Außerdem soll ich dir ausrichten, dass er anders als seine Leute ist, er hat nämlich kein bisschen Angst vor Wasser. Ganz im Gegenteil, er findet es – Zitat – ›wunderschön und geheimnisvoll‹.«

Serafina machte ein Gesicht, als trüge Lofi eine tote Qualle auf dem Kopf. Der Feuerelf glühte so heftig, dass sein Haarschopf zu qualmen anfing. (Da alle ruhig blieben, nahm Lia an, dass das bei Feuerelfen nichts Ungewöhnliches ist, und sah davon ab, ihre Schale Wolkenpudding über ihm auszukippen.) Dorient schnappte sich zufrieden ein paar glasartige Lufttaler aus dem Frühstücksangebot.

»Du hast deinen Freund absichtlich in die Pfanne gehauen«, zischte Lia.

Dorient grinste bloß.

»So was von fies«, begann Lia eine Standpauke. Aber weiter kam sie nicht.

Das Muster ihres Fendrill veränderte sich.

Und nicht nur das.

Es gab ein tutendes Geräusch von sich. Eins, das verdächtig nach einem Handyklingelton klang.

In Lia stieg Panik auf. »O nein. Ist das Fendrill kaputt?«

»Viel schlimmer«, sagte Dorient. »Hier geht es gleich luftschneisenmäßig ab.« Er stupste Lofi an, dem inzwischen auch Dampf aus den Ohren kam. »Ich muss mit meiner Schwester unter vier Augen reden. Sorg dafür, dass der Zeremonienmeister nichts mitbekommt.«

»Als Dankeschön dafür, dass du mich eben zum Dumpfelf gemacht hast?«, fragte Lofi.

»Jetzt sind wir quitt, nachdem du gestern meine Schuhsohlen in Brand gesteckt hast, weil du keine Lust mehr auf Tanzen hattest.«

»Meinetwegen«, murrte Lofi. »Der Zeremonienmeister ist eh gerade mit dieser hochnäsigen Luftschnepfe beschäftigt.«

Ein schneller Blick verriet Lia, dass Valmariana samt ihrem

Gefolge gerade erst zum Frühstück erschien. Nur war Fräulein Luftadel offenbar der Auffassung, dass Pünktlichkeit etwas fürs niedere Fußvolk war, während ihr hohes Geburtsrecht ihr Narrenfreiheit erlaubte.

»Zu so früher Stunde nehmen bei uns im Fürstentum für gewöhnlich nur die Bediensteten bereits etwas zu sich. Auf die Bedürfnisse meines empfindsamen Magens muss Rücksicht genommen werden«, verkündete Valmariana so lautstark, dass sämtliche Elfenschüler von ihrem Frühstück aufschauten.

Der Zeremonienmeister war jedoch anderer Meinung und stauchte Valmariana vor ihren Freundinnen ordentlich zusammen.

Geistige Notiz, dachte Lia. Valmariana heute aus dem Weg gehen, ihre Laune dürfte nach diesem Anpfiff unter dem Gefrierpunkt liegen.

»Das ist unsere Chance«, sagte Dorient und zog Lia mit sich unter den Esstisch. Keine Sekunde zu früh, denn während der Saum der Tischdecke noch wackelte, formte das Fendrill auf Lias Arm bereits einen goldenen Mund.

»Seid gegrüßt, meine lieben Elfenschätzchen«, trällerte es aus dem Mund hervor. »Hier ist das Menschenmädchen Larissa alias Asalia aus der coolsten Stadt der Welt. Ich sende euch absolut begeisterte Grüße in Großbuchstaben, umrahmt von Sternschnuppen und Kussmündern.«

»Typisch Asalia«, murmelte Dorient hinter vorgehaltener Hand. »Man kann sie allein schon an ihrer nervigen Lautstärke erkennen. Wenn sie bei uns zu Hause in der Spitze ihres Privatturms nach ihrer Zofe ruft, hört man das bis runter zu den Fundamenten.«

Die tief herunterhängende Tischdecke schützte sie zwar vor neugierigen Blicken, aber ein so lautes Geschnatter würde bestimmt den Zeremonienmeister anlocken. »Den Ton leiser stellen«, flüsterte Lia ins Fendrill. »Ganz schnell leiser stellen.«

»Leiser ist aber nicht mein Stil!«, krakeelte Asalia fröhlich, allerdings schon deutlich gedämpfter.

Das Fendrill hatte Lias Anweisung offenbar verstanden.

»Wo bleibt übrigens der Applaus dafür, dass es mir gelungen ist, eine Verbindung zu euch übers Handy herzustellen?«, fragte Asalia. »Das hab ich echt super gemacht. Mama Dornmeier ist auf dem Balkon eingeschlummert und mir war langweilig, deshalb habe ich einfach mal *Elfenschule Springwasser* ins Suchfeld eingeben. Und schwuppdiwups war ich auf einer Webpage, die angeblich einem Kind gehört, das auf Elfen steht. Übergute Camouflage, käme nie jemand drauf, dass die Seite echt ist. Ich hatte dann jedenfalls einen äußerst kooperativen Westwindreiter in der Leitung, der mich mit meinem ... also mit Lias Fendrill verbunden hat. Inklusive Zeitumrechner, was nicht selbstverständlich ist. Ich habe ihm eine Eins-a-Flunkergeschichte aufgetischt, dass ich die Privatsekretärin von Großtante Taifunia sei und die Verbindung in ihrem Auftrag herstellen soll. Die Gute befände sich nämlich gerade auf Geschäftsreise, um einen Wirbelsturm über Japan zusammenzubrauen. Sie wolle ihrer Nichte nur rasch alles Gute an der neuen Schule wünschen.« Asalia kicherte ausgelassen. »Bin ich gut, oder was?«

Lia konnte es nicht fassen. »Springwasser hat eine eigene Telefonnummer?«

»Ist halt eine fortschrittliche Schule«, sagte Dorient, obwohl er ebenfalls baff wirkte.

»Mein Bruder ist auch da?«, fragte Asalia. »So ein Mist aber auch, ich dachte, wir zwei könnten über Mädchenkram plauschen. Ich hätte da nämlich so ein paar Fragen über Dinge in deinem Zimmer, die ich nicht verstehe. Wer ist der knallsüße Junge auf dem Bild über deinem Bett? Hast du etwa auch einen älteren Bruder? Obwohl, die sind ja nie süß …«

Dorient verdrehte die Augen, während Lias Gesicht vor Hitze explodierte. Das Poster von dem Sänger Luca hatte sie gerade erst aufgehängt.

»Und was ist mit diesem halbrunden Metallding, das ich in einem Kästchen gefunden habe? Ist das eine Haarspange?«, plapperte Asalia weiter. »Außerdem habe ich ganz mächtig Lust zu telefonieren. Wen von den vielen Nummern in deinem Handy könnte ich denn anrufen, jetzt, wo ich weiß, wie das geht?«

Unmöglich zu sagen, was Lia schrecklicher fand: Dass ein fremdes Mädchen so private Dinge wie ihre Zahnspangenbox öffnete oder dass die unberechenbare Asalia ihre Freundesliste entdeckt hatte. »Meine Kontakte sind für dich tabu! Wenn dir langweilig ist, geh runter in den Hof zum Spielen. Oder geh auf Youtube und schau dir Schminktipps an.«

»Mhhh, keine schlechte Idee, deine Augenbrauen könnten ein wenig Unterstützung gebrauchen. Ich hab sie schon mit der Nagelschere gestutzt, aber sie sehen immer noch aus wie Kraut und Rüben«, sagte Asalia. »Also dann, wir sprechen uns ein anderes Mal, okay? Ich hab ja jetzt deine Durchwahl.«

»Vergiss es, Asalia«, mischte Dorient sich ein. »Du kannst hier nicht durchrufen, wann du willst. Lia könnte gerade im Unterricht sitzen, wenn du frisch heraus deinen Unsinn verzapfst.«

»Ich versteh dich nicht, Dorient, die Verbindung ist plötzlich ganz schlecht«, behauptete Asalia. »Ich leg jetzt auf.«

»Einen Moment noch«, rief Lia. »In deiner Truhe herrscht komplettes Durcheinander, wie finde ich da die Taukristalle?«

»Nicht zu übersehen: in einem pinken Samtbeutel, auf den ein Blaubeermuffin gestickt ist.« Offenbar war die Verbindung auf zauberhafte Weise wieder gut, denn Asalia war klar zu verstehen. »Wenn ich das richtig gecheckt habe, legen Menschenmädchen ihren Schmuck in solche Beutel, obwohl man ihn später wieder rauspulen muss. Voll umständlich. Jedenfalls habe ich das Muffinbeutelchen auf dem Fliegenwindmarkt erstanden, wo Menschensachen unter der Hand verkauft werden.«

»Du warst auf dem Fliegenwindmarkt?«, fragte Dorient ungläubig. »Das ist absolut verboten, viel zu gefährlich, besonders für uns Adelskinder. Du hättest von Schwarzalben gekidnappt werden können.«

Man hörte, wie Asalia nach Luft schnappte. Da hatte sie sich wohl verplappert. »Ähm, also jetzt ist die Verbindung aber echt am Ende. Bye-bye, möge ein sanfter Wind mit euch sein. Tschüss und bis bald, ich leg jetzt auf.« Ein Rauschen drang aus dem mundförmigen Fendrill, dann ertönte wieder Asalias Stimme, allerdings schien sie mit sich selbst zu sprechen: »›Du warst auf dem Fliegenwindmarkt?‹«, äffte sie Dorient nach. »Also wirklich. Was bin ich, ein Baby? Egal,

egal, egal. Was jetzt? Vielleicht sollte ich zuerst dem Kühlschrank einen Besuch abstatten, bevor ich mich *Lillys Beauty Corner* zuwende ... Mein Bauch macht immer noch so komische Geräusche trotz der drei Portionen Erdbeereis. Eine vierte wird mir bestimmt guttun.« Dann verhallte die Stimme der Luftprinzessin und der Mund löste sich wieder zu dem normalen Fendrill-Muster auf.

»Ich muss so was von sofort zurück in meine Welt«, sagte Lia. »Wir machen jetzt Folgendes: Ich behaupte, meine Tiara auf dem Zimmer vergessen zu haben, und du lässt dir ebenfalls eine Ausrede einfallen. Anschließend treffen wir uns in meinem Gemeinschaftsraum und holen die Kristalle. Und dann wird dieser Körperwechsel sofort rückgängig gemacht.«

»Lass uns das lieber nach Schulschluss machen«, sagte Dorient. »Wenn ich beim Unterrichtschwänzen erwischt werde, lande ich in Nachtelbens Küche. Ich bin nach der Sache mit der Festtafel nur auf Bewährung in Springwasser.«

»Ich kann aber nicht warten«, sagte Lia. »Mir steht meine erste Flugstunde bevor, obwohl ich unter Höhenangst leide und eine Verrückte mein Leben auf den Kopf stellt. Wenn Asalia noch eine Portion Erdbeereis isst, bekomme ich mächtig Bauchschmerzen. Wer weiß, was ihr sonst noch alles Schreckliches einfällt, während ich von der höchsten Zinne Springwassers gestoßen werde, um fliegen zu lernen.«

»Ihr übt den Startsprung vom Boden aus«, murmelte Dorient nachdenklich. Dann nickte er, obwohl er wegen seiner Entscheidung unglücklich wirkte. »Ich lass mir was einfallen, versprochen.« Damit schlüpfte er unter dem Tisch hervor.

Lia verstaute ihre Tiara unter der Tunika. Es fiel ihr schwer, sich ohne einen Abschied von ihren Zimmergenossinnen davonzustehlen, nachdem sie gerade erst den Mondscheintanz miteinander getanzt hatten. Doch ihr blieb nichts anderes übrig, wenn sie nicht spätestens beim Flugunterricht als eingeschmuggeltes Menschenkind auffliegen wollte. Außerdem vermisste sie plötzlich ihr Zuhause, auch wenn daheim nichts Aufregendes passierte. Nur war die Vorstellung, gemütlich auf dem Balkon neben ihrer sanft schnorchelnden Mutter zu sitzen, so ungefähr das Schönste überhaupt.

14.

Fiese Falle

Der Gemeinschaftsraum lag verlassen da. Zumindest dachte Lia das, bis Dorient hinter einer Blattpflanze hervortrat, die bis unter die Decke wucherte.

»Wow, du hast es wirklich geschafft, aus dem Speisesaal zu kommen«, sagte Dorient. »Hätte nicht gedacht, dass der Zeremonienmeister dir die Geschichte mit der vergessenen Tiara abnimmt.«

Lia schüttelte den Kopf. »Nun tu mal nicht so überrascht, du weißt ganz genau, dass der Zeremonienmeister damit beschäftigt war, Lofis spontane Rauchentwicklung durch einen zu großen Schluck Lava-Smoothie auszulüften. Du und dein Kumpel, ihr seid echte Trickser.«

»Danke fürs Kompliment.« Dorient grinste.

Trotzdem fiel Lia auf, dass der Luftelf blass war. Sofort nagte das schlechte Gewissen an ihr, dass Dorient für die Dummheit seiner Schwester geradestehen musste. Ob Asalia eigentlich wusste, was für einen tollen Bruder sie hatte?

»Nett bei euch im Gemeinschaftraum, sehr nett sogar«,

sagte Dorient. »Ich hätte nie gedacht, dass ich mal einen Fuß in den Gemeinschaftsraum von Hochhinaus setzen würde.«

»Warum denn nicht?«, fragte Lia.

Dorient schmunzelte. »Ich sag mal so: Ihr Mädels habt nicht umsonst den Spitznamen Nase-Hochhinauf.«

Lia verdrehte die Augen. »Bevor du dich hier noch unbeliebt machst, lass uns lieber schnell in unsere Wabe gehen und die Taukristalle holen.«

Dieses Mal kümmerte sich Lia nicht um den nachgebenden Stängelboden, dafür war sie viel zu aufgeregt. Nur noch ein paar Minuten, dann würde sie wieder zu Hause und in ihrem eigenen Körper sein. Obwohl sie zugeben musste, dass das Abenteuer in Asalias Haut gar nicht so schlecht war, besonders wenn sie an den Tanz von letzter Nacht dachte.

Bevor Lia die Tür zur Nachtflugwabe öffnete, lauschte sie an der Tür, ob Blo und Frau Boskop immer noch mit der Schuluniform kämpften. Als es ruhig blieb, flitzte sie in den Raum – nur um sofort schreiend zur Salzsäule zu erstarren.

Etwas war auf ihrem Kopf gelandet. Es fühlte sich an wie kalte Matsche, die weiter über ihr Gesicht und ihre Schultern floss und von dort auf den Boden tropfte.

Angewidert wischte Lia sich die zähe braune Pampe aus dem Gesicht. »Ihhh, ist das flüssige Schokolade mit Chili? Das Zeug brennt voll fies.«

Dorient tunkte seinen Finger die dicke Schmierschicht, die an Lia runterfloss. »Das ist Erde mit Wasser vermischt und mit einer Prise Eisenspäne garniert. Sieh zu, dass du das Zeug loswirst. Eisen ist nichts für uns Elfen.«

»Ich zieh mich auf keinen Fall vor dir aus«, rief Lia. Allein die Vorstellung war mindestens doppelt zu schlimm wie das Brennen auf ihrer Haut.

»Entspann dich.« Trotz ihrer verzwickten Lage lachte Dorient. »Es reicht völlig, wenn du dich draußen auf dem Balkon kräftig schüttelst. Aus dem Erdreich bleibt so schnell nichts an uns Luftelfen hängen.«

Eine braune Spur hinter sich herklecksend, watschelte Lia auf den Balkon. Sie musste dieses Zeug loswerden, und zwar pronto. Die niedrige Schnörkel-Balustrade des Balkons stellte sie jedoch vor ein ganz anderes Problem.

Das geht ganz schön weit runter, schluckte Lia. Tief unter sich sah sie Schüler über den Vorhof von Springwasser gehen. Sie sahen aus wie Zwerge.

Lias Magen machte eine Drehung und verknotete sich, während das Brennen auf ihrer Haut immer schlimmer wurde. Gleichzeitig ertönte aus der Ferne ein Gong.

»Mit dem Gongschlag ist das Frühstück beendet, die Schüler werden sich jetzt sammeln und zu ihren Kursen gehen«, verkündete Dorient. »Wir müssen uns beeilen. Ich habe dem Zeremonienmeister zwar erzählt, dass mir von zu viel Wolkenbrei schlecht sei. Wenn ich aber nicht bald zum Unwetter-Kochkurs auftauche, schicken sie eine Heilelfe los, um nach mir zu sehen.«

Nicht nur Lia stecke in einer Zwickmühle, sondern auch Dorient. Ihretwegen.

Lia riss sich zusammen und schüttelte sich.

Nichts passierte. Die braune Pampe klebte an ihr fest und drohte allmählich anzutrocknen.

Also begann Lia auf dem Balkon auf und ab zu springen.

Immer schneller, bis der Blick vor ihren Augen verschwamm. Sie sprang wie ein Flummi in Überschallgeschwindigkeit. Als es ihr endlich gelang anzuhalten, hing kein Krümelchen Erde mehr an ihr, dafür brauchte der Balkon eine Grundreinigung.

Ein wenig benommen kehrte Lia in die Wabe zurück, wo Dorient auf allen vieren kniete, um die Schlammspur aufzuwischen.

»Das war eine Falle«, sagte er. »Jemand hat absichtlich über der Tür einen Eimer mit eisenhaltiger Erdpampe platziert. Außerdem habe ich das hier gefunden.« Er stand auf und hielt Lia ein handtellergroßes Pflanzenblatt hin.

»Da steht was auf dem Blatt geschrieben. Ist das Elfenschrift?« Während Lia noch fragte, begannen die Zeichen zu tanzen und formten Buchstaben, die sie lesen konnte.

Wir wissen, wer du in Wahrheit bist, du ekliges Etwas.
Sieh zu, dass du wieder verschwindest, sonst schwärzen wir dich an.
Und du weißt, was dir dann blüht! Also hau ab. Sofort!

Lia schluckte. »Ich bin aufgeflogen, jemand weiß, dass ich ein Mensch bin.« Miniblitze zuckten von ihren Fingerspitzen und versenkten das Blatt.

Dorients Miene wurde ernst. »Wir sollten uns besser beeilen. Wo steht dein Reisegepäck?«

Lia deutete in Richtung des silbernen Himmelbetts. Daneben stand die Kiste mit geöffnetem Deckel.

»Hat die jemand aufgebrochen oder warum steht die offen?«, fragte Dorient.

»Die habe ich absichtlich offen gelassen, damit ich schneller drankann«, gab Lia zu.

»Und ich dachte, Asalia sei die Königin der Schussel.«

Dorient kniete sich neben die Kiste und wühlte darin herum. Lia half ihm, indem sie unzählige Behältnisse, Tuben, Holz- und Kristallkugeln, Buntglasfläschen und Schatullen aus Perlmutt aussortierte. Es war unfassbar, wie viel Krempel in diese kleine Kiste passte. Endlich ertasteten ihre Finger etwas Samtiges und sie zog daran. Zum Vorschein kam der Beutel mit dem Blaubeermuffin, den Asalia ihnen beschrieben hatte.

Dorient holte den länglichen Kristall aus seiner Tunika, mit dem sich ein Reiseportal öffnen ließ. »Dann ist es jetzt wohl an der Zeit für dich, Andersreich zu verlassen«, sagte er.

Irrte Lia sich oder wirkte der Luftelf zerknirscht? Vermutlich fand er es leichter, mit einem Menschenmädchen klarzukommen als mit seiner knalligen Schwester. Ehrlich gesagt, war auch Lia nicht nur leicht ums Herz. Trotz der ganzen Aufregung hatte sie sich schon an Springwasser und seine Bewohner gewöhnt. Sie hatte hier innerhalb kürzester Zeit mehr Freundschaften geschlossen als an jeder anderen Schule. Und Elfe zu sein war nicht gerade verkehrt, auch wenn ihr die blöde Tiara ständig wenig prinzessinnenhaft in die Stirn rutschte und die Aussicht auf Flugunterricht schlimmer war als alle Mathetests zusammen.

»Du kannst mich ja mal besuchen«, schlug Lia vor. »Die Menschenwelt ist gar nicht so übel, da hat deine Schwester schon recht.«

Dorient grinste schief. »Wer weiß? Vielleicht mache ich das sogar. Ich würde gern einen Comicladen besuchen und dieses Erdbeereis sah wirklich lecker aus.«

»Dann ist ja alles klar.« Lia musste auch grinsen.

Immer noch schmunzelnd entwirrte Dorient die Kordel des Beutels und kippte den Inhalt in seine Hand.

»Die Taukristalle sehen ja aus wie Sand«, sagte Lia.

»Weil es Sand *ist*. Bloß Sand!« Dorient stieß einen Fluch aus, der irgendwas mit den Hinterlassenschaften von Trollen zu tun hatte.

Lia begriff nicht, was der Sand zu bedeuteten hatte. »Aber das ist doch der Beutel, den Asalia beschrieben hat. Oder hat sie mehrere davon?« Sie begann, die Truhe erneut zu durchstöbern, bis Dorient ihre Hand festhielt.

»Das ist der richtige Beutel«, sagte der Elfenjunge. »Jemand hat in der offen stehenden Truhe herumgeschnüffelt und die Kristalle gegen Sand ausgetauscht. Das war bestimmt die Elfe, die dir die Falle gestellt hat. Vermutlich hatte sie schon den Verdacht, dass du in Wirklichkeit ein Menschenmädchen bist. Und als sie dann die Taukristalle entdeckt hat, hat sie einfach eins und eins zusammengezählt.«

In Lias Kopf wirbelten die Gedanken durcheinander. »Aber wenn der Erpresser will, dass ich verschwinde, warum nimmt er mir dann die Kristalle weg?«

Dorient dachte so konzentriert nach, dass seine Haare wie elektrisiert zu Berge standen. »Aus irgendeinem Grund will der Erpresser dich nicht bei der Schulleitung melden, aber er will es dir und der echten Luftprinzessin auch nicht zu einfach machen, deshalb lässt er die Kristalle verschwinden.«

Jemand, der mich demütigen will, mich aber nicht verraten kann … oder darf, grübelte Lia. Eigentlich kam dafür nur eine Person infrage.

»Es muss Valmariana sein! Sie ist heute zu spät zum Frühstück gekommen und sie wohnt ebenfalls in der Wabeneinheit Hochhinaus. Nachdem unsere Wabe leer war, muss sie darin rumgeschnüffelt haben. Sie hat sich gestern auf dem Fest mir gegenüber schon so komisch benommen. Als Luftelfe will sie ihrem Volk und vor allem ihrem Königspaar keinen Schaden zufügen, darum meldet sie mich nicht. Ihre Familie würde einen solchen Verrat bestimmt nicht gutheißen. Aber sie ist stocksauer wegen der Tanzsache gestern, deshalb wirft sie mir trotzdem einen Stock zwischen die Beine.

»Das würde zu Valmariana passen«, stimmte Dorient zu. »Falls sie es überhaupt war, Beweise haben wir keine. Die verschwundenen Taukristalle haben möglicherweise auch gar nichts mit der Matschfalle zu tun, vielleicht hat sie sich bloß jemand unter den Nagel gerissen, diese Steinchen tragen nämlich sehr viel Magie in sich, deshalb kann man ja auch so anspruchsvolle Zauber wie einen Körpertausch mit ihnen durchführen. Uns bleibt nichts anderes übrig, als so zu tun, als sei alles ganz normal. Ohne die Taukristalle steckst du in Asalias Körper fest.«

»Das kann ich auch zu Hause in meinem Zimmer.« Lia war zum Heulen zumute. Das Heimweh kam plötzlich und heftig. Sie wollte nur noch neben ihrer Mutter sitzen, selbst wenn sie sie nicht bemerkte.

Dorient legte ihr eine Hand auf die Schulter, in seinen Augen schimmerte Mitgefühl. »Ich weiß, das ist jetzt schlimmer als durch Nebelsuppe fliegen, aber du kannst noch nicht nach Hause. In deinem Zimmer gibt es weder Taukristalle noch kann dich dort – außer Asalia – jemand sehen. Und glaub mir: Mit meiner Schwester festzusitzen, ist weitaus übler als Schulunterricht in Springwasser. Ich kann dich aus Andersreich wegbringen, aber kleiner werden deine Probleme dadurch nicht. Und meine übrigens auch nicht. Man wird mich befragen, wo meine Schwester abgeblieben ist. Und ich werde meinen Eltern eine Erklärung geben müssen.« Bei der Vorstellung wurde Dorient blass. »Ich sollte mich wohl besser auch in die Menschenwelt absetzen.«

»Nicht nötig«, sagte Lia. »Ich bleibe. So schlimm wird der Flugunterricht schon nicht sein, solange wir bloß Bodenübungen machen.«

»Bist du dir sicher?«, fragte Dorient. »Irgendein hinterhältiger Fiesling da draußen hat es auf dich abgesehen. Die Falle mit dem Erdmatsch war zwar nicht gefährlich, aber der nächste Angriff könnte ausgereifter sein.«

Lia zuckte die Schultern. »Wenn es brenzlig wird, kann ich mich ja immer noch aus dem Staub machen. Aber so lange spiele ich die ehrenwerte Luftprinzessin.«

Augenblicklich kehrte Farbe in Dorients Wangen zurück und er lächelte sogar. »In dem Fall solltest du unbedingt deine Tiara gerade rücken.«

15.

Flatterfein

»Schaut mal, wer da kommt!«

Eine Elfe mit lila Haar, das ihr senkrecht zu Berge stand, kam aus dem Pulk von Flugschülern auf Lia zugestürmt. Der Rest der Schüler, der sich auf einer Wiese eingefunden hatte, starrte Lia mit unverhohlener Neugierde an. Besonders Valmariana machte ein Gesicht, als wäre Lia immer noch von Kopf bis Fuß mit Erdmatsch beschmiert und einfach nur abscheulich. In diesem Moment war es absolut denkbar, dass Valmariana die hinterhältige Erpresserin war. Sie hatte Lia von Anfang an auf dem Kieker gehabt.

Die lilahaarige Elfe winkte Lia im Laufen zu. »Na, Hallöchen! Die Prinzessin der Lüfte, wenn mich nicht alles täuscht. Wie schön, dich zu sehen.«

Am liebsten wäre Lia im Erdboden versunken. »Tut mir leid mit der Verspätung, aber ich hatte meine Tiara in der Wabe vergessen. War heute Morgen etwas verpeilt. Glücklicherweise scheint sich unsere Lehrerin zu verspäten.«

»Nein, eigentlich nicht. Soviel ich weiß, bin ich nämlich

Frau Flatterfein.« Die Elfe schmunzelte – vermutlich über Lias Gesichtsausdruck. Sie wäre von allein nie drauf gekommen, dass die Elfe ihre Fluglehrerin war. Schließlich wirkte sie mit ihrem spitzen Gesicht, ihrer quirligen Art und dem abgefahrenen Overall eher wie eine ältere Schülerin.

»Und was das Zuspätkommen anbelangt«, sagte Frau Flatterfein. »Einmal hat jeder Schüler bei mir frei. Bevor wir uns in die Lüfte schwingen, sollte ich mich aber besser vergewissern, ob das Krönchen jetzt auch bombensicher sitzt. Nicht, dass du es zu guter Letzt doch noch verlierst.«

»Ich hab die Tiara mit den Haaren verknotet, damit sie sich nicht verselbstständigt«, sagte Lia kleinlaut.

»Schlaues Mädchen.« Frau Flatterfein grinste, was sie noch jünger aussehen ließ. Auf ihrer Nasenspitze tummelten sich giftgrüne Punkte, vermutlich elfenhafte Sommersprossen. »Jedenfalls solltest du achtgeben, dass du dank deiner Zuspätkommerei nicht noch einen Ehrentitel als Königin der Nachsitzer verliehen bekommst. Nicht alle Lehrer hier in Springwasser sind so nachsichtig wie ich.« Als Lia verblüfft nach Luft schnappte, winkte Frau Flatterfein ab. »Nun tu mal nicht so überrascht, Wölkchen. Es spricht sich schnell herum, wenn der erlauchte Nachwuchs der Aurelianten sich schon bei seiner Ankunft verspätet. Man könnte fast meinen, dass du es nicht für nötig erachtest, an so etwas Langweiligem wie der Zimmervergabe teilzunehmen, sondern lieber direkt das Fest mit deiner Anwesenheit beehrst.«

Verlegen trat Lia von einem Fuß auf den anderen. Mit der Wahrheit rauszurücken, ging nicht. Außerdem schien ohnehin jeder davon auszugehen, dass die Prinzessin der Luftelfen nichts weiter war als eine verwöhnte Göre.

Aufmunternd knuffte Frau Flatterfein Lia in den Arm. »Du wirst schon rasch verstehen, wie es bei uns in Springwasser läuft. Hier werden alle gleich behandelt, von der hundertsiebenmillionsten Frostkristallelfe bis hin zum gekrönten Himmelsnachwuchs. Deshalb bist du doch auch hergekommen, richtig?«

»Irgendwie schon«, sagte Lia.

»Na, dann ab mit dir in die Reihe zu den anderen, husch, husch.«

Danach scheuchte Frau Flatterfein die Gruppe im Laufschritt zu einer Rampe aus Holz, sodass Lia kaum Gelegenheit fand, sich nach Blo umzusehen. Ob die Pixie in der Schneiderei festsaß? Lia wollte nachfragen, während sie sich mit den anderen Schülern in einer Reihe aufstellte, doch Frau Flatterfein hatte bereits vor der Rampe Stellung bezogen.

Eine Rampe. Oha. Oder auch nicht. Lia schätzte die Höhe auf höchsten einen Meter. Selbst für sie würde es ein Klacks sein, von dort oben runterzuspringen – egal ob mit oder ohne Flügel.

»Ihr springt jetzt nacheinander von der Rampe«, wies Frau Flatterfein die Schüler an. »Los, los, wir haben heute noch einiges vor.«

Ein kugelrunder Elfenjunge mit sorgfältig gescheiteltem Haar trat als Erster vor und setzte eine lederne Flugbrille auf, als er an die Rampe trat. Dann salutierte er, sprang … und verschwand.

»Wo ist er hin?«, fragte Lia.

Ein Elfenmädchen, das ganz aus Glas zu bestehen schien, musterte sie, als habe sie nicht mehr alle Tassen im Schrank.

Als Nächstes traten zwei Elfen an, von denen das Mädchen einen Hut wie eine gelbe Blütenknospe trug, während der Junge sich grüne Blätter um den Kopf gewickelt hatte. Zumindest sah es so aus. Sie hielten sich bei den Händen und der Junge winkte Lia schüchtern zu, bevor die beiden gemeinsam sprangen.

Die zwei Blumenelfen verschwanden genauso spurlos wie zuvor der Kugeljunge.

»Da muss ein Loch im Boden sein«, murmelte Lia. Nun hatte sie doch Angst. Löcher, in denen man verschwinden konnte, waren bestimmt sehr tief. Bevor sie die Nerven verlor und floh, landete etwas auf ihrer Schulter.

Es war Blo.

»Hey, ich bin kein Landeplatz!«, schnaufte Lia empört.

»Muss kurz verschnaufen…« Die Pixie trug ein passendes Flugkostüm und war ziemlich außer Atem. »Ich dachte schon, ich schaffe es nicht mehr pünktlich und verpasse noch was.«

»Und wenn schon, du kannst bereits fliegen.«

Mit einem »Pfff« winkte Blo ab. »Höchstens rumschwirren. Bei Frau Flatterfein lernt man echtes Fliegen. Sie ist schon seit Generationen *die* Koryphäe auf diesem Gebiet. Einige Schüler, wie der Kugelblitzelf, der als Erster angetreten ist, sind nur ihretwegen nach Springwasser gekommen, nachdem schon seine Großeltern bei dieser fantastischen Lehrerin den Kolossalen Wirbelflug mit Spontanstoppeinlage gelernt haben.«

Lia traute ihren Ohren nicht. »Wie alt ist Frau Flatterfein denn? Ich meine, sie sieht aus, als wäre sie höchstens ein paar Jahre älter als wir.«

Der Blick, mit dem Blo sie bedachte, bedeutete wohl ›Hör auf, mich zu veräppeln‹. Offenbar war es schlicht undenkbar, dass eine Elfe die wunderbare Frau Flatterfein *nicht* kannte.

Durch die Ablenkung hatte Lia gar nicht mitbekommen, wie sie in der Reihe immer weiter nach vorn gerutscht war und sich plötzlich am Rand der Rampe wiederfand. Im Geiste sah sie sich schon in bodenlosen Tiefen verschwinden. »Ich möchte doch lieber den Kurs in *Farben sind Freunde* belegen«, rief sie Frau Flatterfein zu, die auf der Wiese stand und ihr ungeduldig bedeutete, endlich zu springen.

»Beim geliebten Aufwind, für solche Mätzchen haben wir jetzt keine Zeit«, knurrte Frau Flatterfein. »Rein mit dir in den diamantenen Flugdom!«

»Wie bitte?« Lia erblickte unter sich nur Gras und Blümchen und … tatsächlich, da lag etwas, das wie ein faustgroßer blauer Diamant aussah. »Aber dieser Diamant ist winzig, wahrscheinlich springe ich daneben. Und selbst wenn ich ihn treffe …«

Etwas pikste Lia heftig in den Po. Jaulend sprang sie nach vorn und damit über die Rampe. Der Sekundenbruchteil, in dem sie stürzte, dehnte sich aus, während der Diamant unter ihr immer größer wurde, bis sie in ihn hineinfiel. Zumindest diese Frage hatte sich damit erledigt.

16.

Im Diamanten

Lia landete in der Hocke auf einem gläsernen Boden. Um sie herum tanzte blaues Licht und traf auf Glaswände, die es wie Spiegel zurückwarfen.

Inzwischen hatte Lia genügend Erfahrungen in Andersreich gesammelt, um nicht auszuflippen. Wer Pfützen als Pforten benutzt und Reiseportale durchschreitet, bleibt auch locker, wenn er sich plötzlich im Inneren eines Diamanten wiederfindet.

Seufzend richtete Lia sich auf und strich ihre Kleidung glatt. Dabei betastete sie die Stelle, in die sie eben etwas gestochen hatte.

Blo tauchte neben ihr auf. »Tat der Dolchstich sehr weh?«

»Du hast mich also gepikst«, sagte Lia. »Die Stelle juckt wie die Pest wegen des Mückengifts.«

»Ein Freundschaftsdienst«, behauptete die Pixie. »Noch mehr Rumgerede hätte Frau Flatterfein dir bestimmt nicht durchgehen lassen.«

Da war was dran, die Fluglehrerin war mehr der Action-Typ.

Mittlerweile hatten sich alle Schüler in dem Saal im Inneren des Diamanten eingefunden. Sie bildeten einen Kreis und Frau Flatterfein trat in die Mitte.

»Bevor es mit der Startübung losgeht, werde ich eure Flugausrüstung überprüfen«, sagte Frau Flatterfein. »Und ehe jemand die Nerven verliert, seid noch einmal darauf hingewiesen, dass selbstverständlich noch nicht jeder Schüler der Bergkristall-Liga über eine voll ausgebildete Ausrüstung verfügt. Das ist ganz normal. Die ersten Übungen und die Energie im Diamanten werden das Wachstum unterstützen, sodass ihr am Ende des Quartals alle den einfachen Steigflug beherrschen werdet. Natürlich nur, wenn ihr fleißig übt.«

Frau Flatterfein warf einen strengen Blick in die Runde. Dann deutete sie auf Valmariana, die so aufrecht dastand, als wolle man ihr bereits die Medaille für den besten Startflug aller Zeiten verleihen. »Valmariana, richtig? Da ich in mehreren Briefen von deiner Familie auf deine hervorragenden Flugkünste hingewiesen wurde, fangen wir doch gleich mit dir an. Vortreten zum Ausrüstungscheck.«

Mit einem siegessicheren Lächeln trat Valmariana vor. Während sie noch auf Frau Flatterfein zuschritt, klafften die beiden Einschnitte auf der Rückseite ihrer Tunika auseinander und zwei durchscheinende, amethystfarbene Flügel entfalteten sich. Sie hatten die Form von Schmetterlingsflügeln und waren von schnörkeligen Mustern durchwirkt.

Obwohl Valmarianas Flügel wunderschön waren, blieb Frau Flatterfein unbeeindruckt. »Da hat wohl jemand dem

Wachstum mit Steifebrise-Salbe und mehreren Beschleunigungszaubern nachgeholfen«, sagte die Lehrerin. »Verboten ist das zwar nicht, aber ich rate davon dringend ab. Nicht nur, weil es eine Verschwendung von Zauberstaub ist. Solche magisch aufgepimpten Flügel sind nicht besonders widerstandsfähig, viel zu durchscheinend und die Muster sind zu ungleichmäßig gewachsen.«

»Ich kann sehr gut damit fliegen, danke der Nachfrage«, sagte Valmariana verschnupft. Allem Anschein nach hatte sie mit deutlich mehr Applaus für ihre Flügel gerechnet.

So leicht war Frau Flatterfein nicht aus der Fassung zu bringen. »Wenn du nur in lauen Sommerwinden herumflattern willst, soll mir das recht sein. Wenn du aber fliegen willst – so richtig fliegen, etwa in das Auge eines Tornados und durch die Schnellgleitbahn eines Windkanals –, dann stehen dir einige Übungen bevor, um diese laschen Flügelchen zu stärken.«

Wütend stemmte Valmariana ihre Hände in die Hüften. »Meine Großmutter Vesperiana, die Großfürstin des Monsuns persönlich, hat keine Kosten gescheut, um meine Flügel in diesen Zustand zu versetzen.«

»Grüß deine Großmutter schön von mir und richte ihr aus, dass die Naturgeister immer noch die besten Flügel bauen. Und das völlig umsonst.« Damit wendete sich Frau Flatterfein dem Kugelblitzelfen zu, der stolz die Antriebsdrüsen unter seinen Füßen vorführte, dank derer er durch die Luft schreiten konnte.

Als Lia an der Reihe war, lächelte sie Frau Flatterfein ratlos an. »Meine Flügel sind noch nicht aufgeblüht, sie sind nicht mehr als kleine Beulen auf meinen Schulterblättern.«

»Verstehe«, sagte Frau Flatterfein.

Valmariana schnappte so laut nach Luft, dass alle sie ansahen. »Bei allen Donnergöttern, eine Luftprinzessin in diesem Alter ohne Flügel? Das ist ja voll die Schande.«

»Ich denke eher, es spricht für das Aureliantische Königspaar, dass es den Dingen seinen natürlichen Lauf lässt«, sagte Frau Flatterfein. Dann lächelte sie Lia an. »Aber jetzt dürfen deine Flügel ruhig aufknospen. Hier ist der richtige Ort und die richtige Zeit dafür. Ich stupse sie mal ein bisschen an, einverstanden?« Sie zog eine Feder aus einer der Armschienen, die sie um ihre Unterarme trug. Dann trat sie hinter Lia und kitzelte sie mit der Feder durch die Einschnitte in ihrer Tunika.

Unwillkürlich kicherte Lia und zuckte mit den Schultern. Wärme breitete sich auf ihrem Rücken aus, gefolgt von einem angenehmen Kribbeln. Als sie Blo anerkennend pfeifen hörte, wagte sie einen Blick über ihre Schulter.

Hinter ihr ragten zwei kristallblau schimmernde Flügel auf, noch weitgehend frei von Schnörkelmustern.

Das sind meine Flügel, dachte Lia voller Ehrfurcht. Wenn Asalia davon erführe, würde sie ihre Expedition in die Menschenwelt sofort abbrechen, nur um diese wunderschönen Schätzchen zu sehen.

»Na bitte«, sagte Frau Flatterfein. »Ein bisschen Kitzeln und schon ploppen die Frischschwingen raus. Es wird allerdings noch Training brauchen, bis sie dicht genug für ihren ersten Flug sind, ohne dir Schmerzen zu bereiten. Also übe dich in Geduld, egal, wie toll deine Flügel aussehen. Wenn mich nicht alles täuscht und du fleißig bist, wirst du mit ihnen bald ein paar ordentliche Flugnummern hinlegen.«

Als Lia in den Schülerkreis zurücktrat, fühlte es sich an, als würde sie bereits durch die Luft schreiten. Ihre Flügel wogten so leicht hinter ihr her, dass sie nicht mehr als einen Windhauch spürte. Höhenangst hin oder her, vielleicht sollte sie die Chance nutzen und ein paar Übungen mitnehmen. So schlimm konnte das doch nicht sein und schließlich hatte Dorient gesagt, dass sie mit Bodenübungen starten würden.

»Nachdem ich alle Flugausrüstungen gesichtet habe, stellt euch bitte entlang der Linie am Boden in einer Reihe auf«, sagte Frau Flatterfein wenig später. »Wir beginnen nun mit der ersten Lektion: dem kalten Startflug. Das bedeutet genau das, wonach es klingt. Ihr stemmt euch vom Boden ab und steigt in einem leichten Schrägwinkel auf.«

Während die Lehrerin die einzelnen technischen Schritte erklärte, kam in Lia Vorfreude auf. Sie sollten nicht richtig losfliegen, sondern nur ein kleines Stück über den Boden abheben und dann sofort wieder in die Ausgangsposition zurückkehren. Es ging um die korrekte Ausführung und nicht um den Wechsel in den Höhenflug.

»Trotzdem braucht es für die Flugwerkzeuge zu Anfang eine gewisse Motivation«, erklärte Frau Flatterfein. »Besonders bei den Flügelträgern ist zu beobachten, dass ihre Flügel schüchtern sind. Schließlich ist ihr Elf die gesamte Kindheit durch bloß auf seinen Beinen herumgelaufen. Es ist, als ob man vom Krabbeln in den aufrechten Gang wechselt: ein bisschen beängstigend. Deshalb geben wir euren Flügeln einen guten Grund zu funktionieren.«

Bei diesen Worten teilte sich an der Linie, vor der die Schüler standen, der gläserne Boden und ein Abgrund tat sich auf.

»Wie groß ist dieser Diamant eigentlich?«, fragte Lia, die rasch zurückwich.

»Groß genug, um eins der größten Fluglabyrinthe in Andersreich in seinem Inneren zu beherbergen«, sagte Blo, ihrem Tonfall nach ein absoluter Fan des Fluglabyrinths.

Frau Flatterfein tauchte neben Lia auf. »Du brauchst dir keine Sorgen machen, deine Flügel packen diesen kleinen Startflug locker.«

Das glaube ich gern, dachte Lia. Nur ob ich ihn packe, steht auf einem anderen Blatt. »Ich würde trotzdem gern in einem Sicherheitsabstand zum Abgrund meine ersten Versuche machen«, sagte sie.

»Wie du meinst, aber das wird erfahrungsgemäß nicht klappen.« Frau Flatterfein musterte Lia nachdenklich. »Als jemand, der im Glaspalast der Himmelsreiche aufgewachsen ist, solltest du mit Höhen und Tiefen eigentlich keine Schwierigkeiten haben.«

»Habe ich auch nicht«, behauptete Lia, obwohl ihre Stimme bebte. »Ich traue nur meinen Flügeln nicht über den Weg. Die sehen aus, als habe sie jemand mit blauer Tusche in die Luft gemalt.«

Frau Flatterfein lächelte. »Ein schöner Vergleich. Aber nun tun wir etwas dafür, dass aus diesen Flügeln mehr wird als ein bisschen farbige Luft. Einverstanden?«

Obwohl Frau Flatterfein sie erwartungsvoll anblickte, konnte sich Lia nicht dazu durchringen, sich vom Boden abzustoßen. Jetzt saß sie in der Klemme. Niemand würde einer Luftprinzessin Höhen- oder gar Flugangst abnehmen. Wenn ihr nicht ganz schnell etwas einfiel, brauchte sie nicht mehr abzuwarten, dass der Erpresser sie als Mensch bloßstellte. Mit ihrer blöden Angst schaffte sie das ganz allein.

Inzwischen hatten einige Schüler ihre Hüpfversuche eingestellt und beobachteten die Königstochter. Einige tuschelten bereits, vermutlich glaubten sie, dass Lia keine Chance ungenutzt verstreichen ließ, um sich wichtigzumachen. Sogar Blo zog ihre Miniaugenbrauen zusammen, anstatt aufmunternd zu lächeln. Auf einen hilfreichen Dolchstoß konnte Lia in diesem Fall nicht hoffen.

Valmariana, die über dem Abgrund schwebte, verdrehte die Augen. »Voll peinlich«, verkündete sie niemand Speziellem.

Höchste Zeit aufzugeben, dachte Lia. Dann halten mich eben alle für eine Lusche, damit muss nicht ich fertigwerden, sondern Asalia. Das hat sich diese Urlauberin selbst zuzuschreiben.

Doch als Lia ihre Startposition aufgeben wollte, passierte nichts, ihr Elfenkörper weigerte sich schlicht und ergreifend. Er wollte unbedingt seine neuen Flügel ausprobieren! Und wer konnte es ihm verübeln? Wenn Lia nicht so eine Heidenangst vor der Tiefe gehabt hätte, wäre sie vollauf begeistert vom Flugunterricht gewesen. Frau Flatterfein war eine tolle Lehrerin, der Diamant als Unterrichtsraum der Hammer und Fliegen … ein Traum, den jeder Mensch hat. Und genau das war Springwasser auch: ein Traum. Ein wunderschöner Ort, an dem man abgefahrene Dinge tat und Freundschaften knüpfen konnte. Nur eine ausgemachte Idiotin würde das vermasseln. Oder eine Zitterbacke mit Höhenangst …

Lia räusperte sich. »Und Sie meinen wirklich, dass meine Flügel das schon draufhaben?«

»Sternenstäubchen, und selbst wenn nicht: Die Luft würde dich doch niemals fallen lassen, du bist ihre Prinzessin«, sagte Frau Flatterfein.

Lia spannte ihre ohnehin schon unter Hochspannung stehenden Beine an und drückte sich vom Boden ab. Mehr brauchte es nicht und ihre Flügel übernahmen, hoben sie in die Luft, als habe sie kein Gewicht. Es war so leicht!

Und auch sehr schnell.

Lia schoss über den Abgrund und stieß mit Valmarina zusammen, die dort ihren Lästerposten bezogen hatte.

Valmarianas amethystfarbene Flügel verhedderten sich, und bevor die Luftelfe abstürzte, packte Lia sie.

Durch Lias Flügel ging ein rasender Schmerz, da die zappelnde Valmariana zu viel Gewicht war. Aber sie klappten nicht zusammen, sondern schlugen schneller als Kolibriflügel, um die beiden Elfenmädchen in der Luft zu halten.

»Das ist alles nur deine Schuld, du blöde Luftzug-Tussi«, jammerte Valmariana.

Lia verkniff sich den Hinweis, dass nichts passiert wäre, wenn Valmariana nicht auf ihrer Bahn angeberisch Runden gezogen hätte.

Dann war auch schon Frau Flatterfein da und nahm Valmariana in einen Sicherheitsgriff. »Das hast du gut gemacht, Lia. Aber jetzt hak dich bei mir ein, ich schleppe dich ab. Deine Flügel brauchen Ruhe«, sagte die Lehrerin.

Dankbar hielt Lia sich an Frau Flatterfeins Arm fest und ließ sich abschleppen. Es war fast wie im Schwimmbad, wenn sie sich an ihre Mutter hängte und durchs Wasser ziehen ließ. Trotzdem war sie dankbar, als sie endlich wieder festen Boden unter den Füßen hatte.

Als Blo heranflatterte, war ihr breites Grinsen nicht zu übersehen. »Die Zögerei war also Absicht, um Valmariana eins auszuwischen. Ich hatte mich schon gewundert, warum du dich so anstellst. Sehr clever von dir.«

»Ich hatte nicht vor, Valmariana in den Abgrund zu stoßen, nur weil sie eine ausgemachte Ziege ist«, sagte Lia.

Doch Blo überkreuzte die Finger und sagte: »Nein, natürlich nicht. Das gäbe ja auch mindestens hundert Stunden Kristallgärtnern als Strafe. Gut, dass du als Luftprinzessin einfach nur nicht den Startflug hinbekommen hast. Und wer was anderes behauptet, ist eine Napf voll Krötenschleim.«

Ein paar Schüler, die um sie herumstanden, kicherten und überkreuzten ebenfalls ihre Finger.

»Prinzessin Lia gegen Valmariana – das wird ein spannendes Schuljahr«, wisperte jemand.

Mit einem Seufzen ließ Lia sich auf den Rücken sinken. Nun hatte sie also eine Erzfeindin. Als hätte sie nicht schon genug Sorgen. Krötenschleim hoch zehn aber auch!

17.

Ein Gewächshaus voller Freunde

Die Elfenmädchen der Nachtflugwabe trafen sich bei einem Brunnen im Innenhof, um die Pause vorm nächsten Unterricht gemeinsam zu verbringen.

Lia brauchte dringend eine Auszeit, denn nach dem ungeplanten Freiflug samt Lebendgewicht Valmariana schmerzte ihr Rücken. Ihre Flügel hatten sich zwar von selbst wieder zusammengefaltet, puckerten aber seit der Überanstrengung heftig. Glücklicherweise hatte Frau Flatterfein zuvor noch ein Spray aus Kamillenessenz und Mineral aufgetragen, mit dem die Flügel sich schnell erholen sollten. Auch wenn Lia der klaffende Abgrund im Diamanten noch lebendig vor Augen stand, musste sie zugeben, dass sie die nächste Flugstunde kaum erwarten konnte. Vielleicht gab es ja auch eine Flugdisziplin, die zu ihr passte, wie dicht über dem Boden gleiten.

»Es war knallkapselartig groß, wie unsere Prinzessin die Möchtegern-Wichtigkeit Valmariana vorgeführt hat«, verkündete Blo den Wabenmitbewohnerinnen Merla und Serafina. »Erst hat Lia einen auf Schissbüx gemacht und ständig über die Abschusskante des Diamanten geschaut, als ob da unten ein Tiefentroll sitze, der nach ihr greift. Und dann, als Valmariana überdreist in ihre Flugbahn geflogen ist, um sie zu verspotten, ist Lia eiskalt durchgestartet und hat dieser Tussi gezeigt, was echtes Fliegerblut ist. Ha!«

Serafina hockte auf dem Brunnenrand und ließ ihre Beine ins Wasser baumeln. »Meine Damen, genauso macht man das, da hast du Eins-a-Schaumwellen geschlagen, Eure Hoheit.« Sie nickte Lia anerkennend zu. »Valmarina bettelt ja geradezu darum, auf ihren Platz verwiesen zu werden. Die Elfenwelt wird dir auf ewig dankbar sein, dass du dich der Herausforderung stellst.«

»Ich weiß nicht«, sagte Merla. »Valmariana ist als Herausforderin nicht zu unterschätzen, wir sollten sie lieber in Ruhe lassen.«

Lia horchte auf. Merla war zwar nicht gerade ein Temperamentsbolzen wie Serafina oder eine Kämpfernatur wie Blo, trotzdem sah das Wildmädchen heute Vormittag sogar für ihre Verhältnisse zerzaust aus. Über ihre sonst golden glänzenden Augen hatte sich ein Schatten gelegt.

»Alles in Ordnung bei dir?«, erkundigte sich Lia.

»Müflmimilösfisse ... gnarg«, murmelte Merla. Oder etwas Ähnliches.

»Merla steht neben sich, seit sie sich im Farbenunterricht von Kopf bis Fuß mit Sonnenpulver bestäubt hat«, sagte Serafina. »Sie durfte in die Wabe, um sich sauber zu machen, und ist erst gegen Ende der Stunde wiederaufgetaucht. Ihr Pelz sieht trotzdem so zottelig aus, als habe ein Tornado darin gewütet.«

Merla ließ den Kopf hängen. »Das blöde Pulver lässt sich nicht aus meinen Pelz bürsten. Ich wusste gar nicht, dass Sonnenstrahlen so anhänglich sind.«

»Apropos anhänglich: Als Nächstes steht Plantlingkunde auf dem Programm. Wir sollen für die Einführung in Wabeneinheiten antreten.« Blo schüttelte sich. »Ich verstehe nicht, warum dieses Fach Pflicht ist. Ich wüsste wirklich Besseres mit meiner Zeit anzufangen. Wie gesagt, bin ich ja schon ein paar Tage vor Schulbeginn angereist und habe mich auf dem Gelände umgesehen. Springwasser bietet so viel Spannendes – und wir werden mit Plantlingen gelangweilt.«

»Worum geht es dabei denn?«, fragte Lia.

Blo sah sie verwundert an, dann grinste sie. »Hab ich ja ganz vergessen: Ihr Luftelfen habt es nicht so mit Plantlingen, schließlich wachsen die weder auf Glasböden noch im Wind und schon gar nicht auf Wolken. Ich bin auch kein Fan von diesem Grünzeug, es ist einfach nur komplett lästig.«

»Solltest du als Pixie nicht alles lieben, was grün ist?«, fragte Serafina.

Blo schob angriffslustig ihr Kinn vor. »Solltest du als Undine nicht mit dem Kopf unter Wasser sein?«

»Aber Plantlinge sind etwas sehr Schönes«, mischte sich Merla ein. »Wenn du keine Blume willst, Blo, kannst du dich doch für einen Vorwitzigen Gräserstrang oder einen Pollenknäuler entscheiden.«

Blo verschränkte die Arme vor der Brust. »Pollenknäuler schlafen nachts in einem Blütennest, das sie total mit Blütenstaub vollsauen. Vielen Dank, aber nein. Ich bin nicht nach Springwasser gekommen, um schon wieder Grünzeug betüddeln zu müssen.«

Lia versuchte, aus all dem schlau zu werden, als der Gong läutete. Ihr würde wohl nichts anderes übrig bleiben, als ins kalte Wasser zu springen und erst im Unterricht herauszufinden, was es mit Pollenknäulern & Co. auf sich hatte.

Plant, so viel reimte Lia sich selbst zusammen, stand für Pflanze.

So überraschte es sie auch nicht, dass der Unterrichtsraum für Plantlingkunde ein Gewächshaus war. Allerdings eins, das unter einem schmalen Wasserfall errichtet worden war, sodass ein steter funkelnder Wasserstrom über einen Teil des Dachs rann. Aus offen stehenden Fenstern schoben Kürbisse ihre Rankenarme heraus und um den Steinsaum des Gebäudes wucherten Farne neben Rosenstöcken. Das Gewächshaus hätte auch zu einem englischen Schloss gehören können mit seinen kunstvollen Streben, die sich beim näheren Hinsehen nicht als Metallgestänge, sondern als schlanke Baumstämme samt Zweigen erwiesen.

Im Inneren des Gewächshauses duftete es nach frischem Gras, was wohl an dem begrünten Boden lag. Man musste aufpassen, wo man sich aufhielt, denn im Dach waren einige Luken geöffnet. Das von dort eindringende Wasser fiel in Steinkübel, in denen Seerosen wucherten, und auf dicht bepflanzte Schalen. Es gab im Gewächshaus auch trockene Plätze für Kakteen und Sukkulenten in allen erdenklichen Farben und Formen. Von der Decke schlängelten sich Lianen, an denen Orchideen hingen, fingernagelgroße Bonsais in Glaskugeln befestigt waren und fleischfressende Pflanzen entlangwucherten. Kurzum: Es blühte, gedieh und spross in jeder Ecke.

Lia faszinierte besonders ein Flechtkorb, randvoll mit Moosbällen. Sie sahen nicht nur superflauschig aus, sondern fühlten sich auch so an. Wie feiner Samt, dachte sie, als sie mit den Fingern über eine grüne Puschelkugel strich. Bildete sie sich das ein oder hörte sie tatsächlich ein genüssliches Grunzen? Auf jeden Fall ploppten plötzlich lauter weiße Blütenknospen aus dem Moosball hervor.

»Das lassen wir mal brav bleiben.« Eine steingraue, schartige Hand langte nach dem Moosball und legte ihn zurück in den Korb.

Lia wollte schon protestieren, hielt aber den Mund, als Merla ihr zuflüsterte: »Das ist Botanicus Shokubutsu, der Große Verantwortliche für das Gewächshaus.«

Mit anderen Worten also der Lehrer für Plantlingkunde. Oder vielleicht die Lehrerin, das ließ sich bei der bodenlangen Robe, die in verschiedenen Grüntönen changierte, kaum sagen. Das wie aus Stein gemeißelte Gesicht wirkte uralt und das Haar wurde von einer Kappe bedeckt, an der links und rechts je ein Blümchenbommel baumelte.

»Hier kommt Lektion Nummer Eins, werte Nachtflugwabeneinheit.« Botanicus Shokubutsu hob den Zeigefinger. »Wann darf Kontakt zu einem Plantling aufgenommen werden?«

»Muss ich das jetzt so aus dem Stegreif beantworten?«, fragte Lia.

»Wenn du Wert darauf legst, meinen Kurs zu bestehen, solltest du es zumindest versuchen. Nicht, dass ich von einer Luftelfe allzu viel Wissen zum Thema Plantlingpflege und -auswahl voraussetze.«

So etwas in der Art hatte Blo ebenfalls angedeutet. Allem

Anschein nach waren Luftelfen nicht nur als arrogant verschrien, sondern auch dafür bekannt, nicht über den eigenen Tellerrand zu schauen. Nun, für ein Menschenkind, das inkognito in Andersreich unterwegs war, war das ein Vorteil.

»Ich vermute mal, dass wir die Plantlinge nicht einfach so anfassen dürfen«, tastete sich Lia voran.

Botanicus Shokubutsu lächelte – und Lia rechnete fest damit, dass seine Wangen zerbröseln würden, was sie glücklicherweise nicht taten. Vielleicht war der Plantinglehrer doch nicht aus Stein.

»Und warum ist es nicht angebracht, Plantlinge – mir nichts, dir nichts – zu kontaktieren?«, hakte Botanicus Shokubutsu nach.

Unauffällig rutschte Merla näher an Lia heran. »Auswahlverfahren«, nuschelte sie.

»Wegen des Auswahlverfahrens«, sagte Lia laut.

»Dann führ uns das doch bitte mal anhand des Blühsamen Moosballs vor, meine liebe ... Wie war der Name doch gleich?«

»Lia«, sagte Lia, der brennende Hitze ins Gesicht stieg. »Ähm, ich soll die Sache vorführen, richtig? Ich kann es ja mal probieren. Diese Moosbälle sehen ja total süß aus, eigentlich möchte ich mit allen kuscheln.«

Sofort legte Botanicus Shokubutsu seine Steinhand über den Korb. »Auf keinen Fall! Der Blühsame Moosball ist ausgesprochen vermehrungsfreudig, wenn er sich wohlfühlt. Und er liebt nichts mehr, als gestreichelt und liebkost zu werden. Dann werden aus einem Moosball innerhalb einer Ausreifphase von einem Sonnenstreich ein Dutzend Moosbälle.«

Was ein Sonnenstreich bedeutete, musste Lia nicht erst

erfragen, denn der aufgeblühte Moosball schoss gerade eine Ladung Samen ab, die sich schon einen Augenblick später in Minimoosbälle verwandelten.

»Der meint es aber ernst mit der Vermehrung«, sagte Lia.

Botanicus Shokubutsu nickte. »Es gab schon Elfenschüler, die unter einem Haufen Blühsamen Moosbällen verschwunden sind. Damit euch so etwas nicht widerfährt, gibt es das Auswahlverfahren, in dem jedes Elfenkind den Plantling erhält, der perfekt zu ihm passt. So einen Blühsamen Moosball kann nur jemand versorgen, der auf keinen Fall eine Kuschelneigung verspürt. Womit du, meine liebe Lia, schon einmal als Pflegerin ausscheidest. Aber vielleicht passt dieser Plantling ja zu deiner pelzigen Freundin, sie scheint sich zumindest sehr gut mit diesem Thema auszukennen. Was wirklich ungewöhnlich ist für ein Wildmädchen, eigentlich haben die nichts für Plantlinge übrig, und noch weniger für Schulen. Wie heißt du denn, Elfenkind?«

Sofort verknotete Merla vor Anspannung Arme und Beine. »Merla«, brachte sie kaum hörbar heraus. »Ich kann die Moosbälle sehr gern pflegen, aber ich hätte auch ein Interesse an Schattenplatzpilzen und Pfeilspitzblütlern. Anspruchsvolles Beerengift finde ich ebenfalls spannend. Kann es sein, dass dort drüben in der sonnigen Ecke eine Gruppe Stinkblasenkissen wuchern?«

»Was für eine Überraschung«, sagte Botanicus Shokubutsu. »Eine Kennerin des Plantlinguniversums. Nun, was haltet ihr von einer Führung durch das Gewächshaus? Und wenn sich jemand von einem Plantling angesprochen fühlt, gibt er mir ein Zeichen, und wir überprüfen, ob eine Pflegeübernahme passend erscheint.«

Blo hob ihren Arm. »Was ist, wenn man nicht an einer Pflegeübernahme interessiert ist?«

Botanicus Shokubutsu lächelte milde. »Erst einmal schaut ihr euch in Ruhe um und dann trefft ihr eine Entscheidung. Ausgenommen die Undine in eurer Mitte, die hat ihre Wahl bereits getroffen, wie ich sehe.«

Serafina fasste an den Anhänger, der ihr an einer Kette um den Hals hing. Er war Lia schon bei ihrem ersten Treffen aufgefallen, weil in der Glaskugel eine Alge im trüben Wasser schwamm.

»Ein Atemgeber, wenn mich nicht alles täuscht«, sagte Botanicus Shokubutsu. »Eine sehr seltene und wertvolle Meerespflanze, die in der Lage ist, Unmengen von Sauerstoff zu produzieren. Darf ich fragen, ob du auf sie angewiesen bist?«

»Nein«, sagte Serafina, »ich gehöre zu den Gemeinen Undinen, im Gegensatz zum Hohen Volk von Atlantis können wir sowohl unter Wasser als auch an Land leben.« Obwohl das doch eine tolle Sache war, senkte Serafina beschämt den Kopf. »Der Atemgeber war ein Abschiedsgeschenk vor meiner Abreise nach Springwasser.«

»Die muss aber sehr eilig gewesen sein, denn offenbar hat man dir keine Pflegeanleitung mitgegeben. Das arme Kerlchen sieht ja ganz mitgenommen aus. Darum kümmern wir uns gleich nach unserem Rundgang.« Botanicus Shokubutsu bedeutete den Mädchen, ihm zu folgen – und selbst Blo, die aus ihrer Abneigung gegen Plantlinge keinen Hehl machte, folgte dem Lehrer mit Neugierde in den Augen.

18.

Ludmilla

Serafina saß mit Botanicus Shokubutsu in einer Ecke, in der durch ein geöffnetes Dachfenster Wasser in ein großes Glasgefäß floss. Begeistert beobachtete die Undine, wie ihr Atemgeber darin fröhlich Runden schwamm wie ein Goldfisch im Teich. Gelegentlich streute der Steinelf verschiedene Pulver ins Wasser, von denen Merla vermutete, dass es sich um Algenfutter handelte.

Als Plantlingfan hatte Merla die Erlaubnis bekommen, den beiden anderen Elfenmädchen bei ihrer Suche nach einem geeigneten Plantling zu helfen. Sogar Lia hatte inzwischen begriffen, dass diese Pflanzen für Elfen Haustiere waren. Und Merla brachten sie richtig zum Aufblühen: Zum ersten Mal an diesem Vormittag leuchteten die Augen des Wildmädchens wieder wie polierte Münzen. Was auch immer Merla bedrückt hatte, im Gewächshaus war es weit weg.

Ganz im Gegensatz zu Blo, deren Laune mit jedem weiteren zu bewundernden Sternenkraut oder Knurrenden Löwenzahn (jene ach so besonders seltene Sorte mit den berühmten Peng-Samen, wie Merla drei Mal betonte) sank. Die Pixie stand mit verschränkten Armen in der Luft und murmelte Verwünschungen, wenn sie nicht ein »Laaaaangweilig« von sich gab. Doch dann blieb Blo plötzlich wie festgenagelt vor einem Tablett mit Sand stehen, auf dem winzige Kieselsteine lagen. Nirgends war etwas Grünes oder gar Blühendes zu entdecken, trotzdem wurde die Pixie geradezu magisch von dem Tablett angezogen.

Merla zog Lia weiter. »Lassen wir Blo ein wenig allein.«

»Aber sie starrt auf einen Haufen Miniatursteine«, wunderte sich Lia.

Merla lachte hinter vorgehaltener Hand. »Das sind Lebende Steine. Wenn du mich fragst: Unsere Pixie hat gerade den perfekten Plantling für sich gefunden, sie muss es sich nur noch eingestehen.«

»Einen Lebenden Stein? Echt jetzt?«

Doch wenn Lia es genauer bedachte, passte das. Schließlich hielt Blo alles Grüne, Blühende oder gar Rankende für überflüssiges Unkraut. Wahrscheinlich hatte sie in ihrer Kindheit unter lauter blumenverrückten Pixies eine Überdosis Pflanzenwelt abbekommen.

»Jetzt müssen wir noch einen passenden Plantling für dich finden«, sagte Merla. »Wonach steht dir der Sinn? Eine Singende Orchidee, die du an deiner Tiara tragen könntest?«

»Super Idee!«

»Oder eher ein Rosenherz, das nicht nur wunderschön ist, sondern im Zweifelsfall auch seine Dornen ausfährt? Würde gut zu dir passen, nachdem du Valmariana auf ihren Platz verwiesen hast.«

Für Lia klang das alles großartig. »Am liebsten würde ich alle Plantlinge haben.«

Merla nickte. »Geht mir genauso, obwohl wir Wildmädchen in dem Ruf stehen, nur Pflanzen zu mögen, die sich wild aussäen und von Gewächshäusern nichts wissen wollen.«

»Botanicus Shokubutsu hat sich ja sogar gewundert, dass du eine Schule besuchen möchtest«, erinnerte sich Lia.

Merla wrang ihre erstaunlich hübschen Hände, die so gar nicht zu ihrer zottigen Pelzgestalt passen wollten. »Wir sind schon eine lustige Truppe von der Nachtflugwabe: eine Undine an Land, eine Pixie, die sich für Waffen anstatt für Blumen interessiert, die Prinzessin der Himmelsreiche, die eine Schule besucht, auf der alle gleich sind …«

»… und ein kein bisschen wildes Wildmädchen«, schloss Lia die Aufzählung ab. »Ich finde, wir vier sind eine geniale Mischung.«

Irgendwo in Merlas Pelzgesicht verzog sich ein Mund zu einem breiten Lächeln. »Meinetwegen könnte es für den Rest unserer Schulzeit so bleiben, das ist tausendfach besser als alles, was ich mir ausgemalt habe. Aber jetzt suchen wir nach einem Plantling für dich, bevor die Unterrichtsstunde um ist. Du magst doch die Farbe Lila, richtig?«

Nickend lief Lia hinter Merla her.

Das heißt, sie wollte ihr nachlaufen, doch ihr Fuß verhakte sich.

Und weil sie – typisch Luftelfe – wieder einmal zu viel Speed draufhatte, wäre sie fast der Länge nach hingefallen, wenn sie sich in der letzten Sekunde nicht an Merlas Pelz festgehalten hätte.

»Huch«, rief das Wildmädchen. »Willst du mir den Pelz runterreißen?

»Tut mir leid, ich habe mich in einer Schlingpflanze verheddert.«

Als Lia wieder sicher stand, nahm sie die Hände aus Merlas Pelz. Dabei löste sich etwas aus den dichten Zotteln und fiel klappernd zu Boden.

»Was ist denn das?« Lia beugte sich über das Ding, das wie eine übergroße Haarspange aussah.

Allerdings beugte sich genau in dem Moment auch Merla vor.

Die beiden Mädchen knallten mit den Köpfen zusammen, was dank Merlas dichtem Pelz aber kaum wehtat.

»Gut, dass es kein Publikum gibt, wir sehen nämlich bestimmt aus wie ›Dick und Doof‹.« Erst als Lia den Vergleich ausgesprochen hatte, fiel ihr ein, dass Merla von Menschenfilmen keine Ahnung hatte. In ganz Andersreich, so groß es auch sein mochte, stand bestimmt nicht ein einziger Fernseher.

Der Verplapperer machte jedoch nichts, denn Merla war viel zu sehr damit beschäftigt, den Boden abzusuchen. »Wo ist das Ding hin?«, kiekste sie aufgeregt.

Lia hielt das seltsame Gebilde hoch. »Ich hab's.« Auf den zweiten Blick schien es sich um eine Art Mausefalle zu handeln, in der jedoch kein Käse, sondern ein zusammengerolltes Stück Pergament steckte. Lia schnupperte an dem Pergament. Es duftete klebrig süß nach Vanille. Die kleine Rolle riecht eindeutig nach Valmariana, dachte sie. Dieser aufdringliche Geruch war unverwechselbar. Neugierig entrollte sie das Pergament. In den gleichen Schriftzeichen wie auf dem Blatt, das Dorient heute Morgen in der Wabe gefunden hatte, stand dort geschrieben:

> **Du bist ja immer noch da! Wie eklig!**
> **Verzieh dich endlich wieder in das Loch,**
> **aus dem du rausgekrochen bist.**
> **So etwas wie dich brauchen wir nicht in Springwasser.**
> **Letzte Chance!**

Dann stammten die Drohungen tatsächlich von der Luftelfe Valmariana!

Lia würde mit Dorient darüber sprechen müssen. Ihr Aufenthalt in Springwasser wurde für sie mit jedem Atemzug gefährlicher – und auch für ihren angeblichen Bruder, der sie deckte. Niemand würde Dorient glauben, dass er nicht bemerkt hatte, dass seine Schwester in Wirklichkeit ein Menschenmädchen war. Nein, die Birkengarde würde eins und eins zusammenzählen und dann erkennen, dass er sie nach Springwasser gebracht hatte. Sie kannte sich nicht aus mit Elfengesetzen, aber sie glaubte nicht, dass die Garde es bei einer Standpauke belassen würde. Und Dorients strenge Eltern, deren Königswürde durch ein solches Vergehen angetastet wurde, ganz bestimmt auch nicht.

Doch nicht nur Lia schaute geknickt drein. In Merlas Bronzeaugen sammelten sich Tränen und kullerten über ihre bepelzten Wangen. »Jetzt ist es raus, ich bin in eine Falle getappt. In unserem Waschraum hat jemand eine ganze Ladung von diesen gemeinen Schnappfallen platziert. Als ich mir nach der Sauerei mit dem Sonnenpulver den Pelz ausbürsten wollte, bin ich blindlings reingeraten. Es war schrecklich, überall an mir hingen Pergamentrollen mit bösen Worten.«

»Deshalb warst du so lange vom Unterricht weg, du hast die Schnappfallen aus deinem Pelz gerupft. Das erklärt auch, warum du so zerzaust aussiehst. Das hat bestimmt wehgetan.« Lia drückte fest Merlas Hand.

Merla schniefte. »Am schlimmsten waren die Beschimpfungen auf den Pergamentrollen. So gemein …«

Lia beschloss, dass einfaches Händchendrücken nicht ausreichte, und sie nahm Merla in den Arm. »Wer weiß, für wen die Schnappies gedacht waren«, sagte sie tröstend.

Merla zögerte keine Sekunde. »Für mich natürlich! Ich bin als Wildmädchen nicht willkommen in Springwasser. Noch viel weniger als das: Ich werde gehasst für das, was ich bin.«

»Fliegenmist«, sagte Lia in der Hoffnung, dass es nach einem Schimpfwort aus den Himmelsreichen klang. »Die Fallen hätten für jede von uns bestimmt sein können. Wie wir gerade gesagt haben: Jedes Mitglied aus der Nachtflugwabe fällt aus dem Rahmen.« Dass nur eins von den Mädchen, nämlich Lia selbst, nichts in Springwasser verloren hatte, behielt sie lieber für sich. »Vielleicht war es dem Übeltäter auch egal, wen von uns er erwischt, weil er einfach nur Unruhe stiften will.«

Merla blinzelte. »Es ist lieb von dir, dass du mich trösten willst. Aber die Wahrheit ist leider, dass ich gemeint war. Keine von euch würde man als eklig bezeichnen und ihr anraten, in ihr Loch zurückzukriechen. Schon gar nicht einer, die in einem Glaspalast wohnt.«

Eine echte Prinzessin hätte niemand angegriffen, aber ein Menschenmädchen durchaus, dachte Lia. Nun brachte ihre Anwesenheit nicht nur Dorient und sie selbst in Gefahr, sondern sorgte dafür, dass jemand so Liebenswertes wie Merla unglücklich war. Sie würde eine Lösung finden müssen, und zwar schnell.

»Tust du mir einen Gefallen?«, fragte Merla, die aus ihrem Pelz ein schneeweißes Taschentuch hervorgeholt hatte und sich damit die Augen trocken tupfte. »Verrate bitte niemandem etwas von den Schnappfallen mit den Drohungen.«

Lia dachte nach. »Wenn du mir im Gegenzug versprichst, den ganzen Unsinn mit den Schnappies zu vergessen. Wenn du deshalb geknickt bist, hat die Fallenstellerin doch genau das erreicht, was sie wollte.« Insgeheim beschloss Lia, Valmariana noch vor ihrer Abreise für ihre gemeinen Fallen einen Denkzettel zu verpassen.

»Einverstanden«, sagte Merla, obwohl ihr anzumerken war, dass ihr diese Zusage schwerfiel. »Aber jetzt heißt es wieder Plantlingsuche, die Unterrichtsstunde ist schon fast vorbei.«

Lia wollte losstürmen, als sie bemerkte, dass ihr Fuß schon wieder in der Schlaufe einer Rankenpflanze festhing. Sie hatte sich wie ein grünes Seil um ihren Knöchel geschlungen. »O nein«, sagte Lia. »Dieses Mal falle ich nicht auf den Trick rein. Was bist du? Ein Hinterhältiger Haltdichfest?«

»Von wegen«, sagte Merla. »Das ist eine gewöhnliche Efeuranke.« Sie kratzte sich nachdenklich da, wo vermutlich ihr Hinterkopf war. »So gewöhnlich dann wohl auch wieder nicht. Normalerweise verkrümeln sich Efeuranken immer in die Schatten, wenn Elfenkinder auftauchen. Wir gehen ihnen ziemlich auf die Nerven. Aber dieses Exemplar scheint einen Narren an dir gefressen zu haben, sie hält dich ja richtig fest.«

»Sei eine brave Ranke und verzieh dich in dein Versteck!«, sagte Lia. Sie wollte sich unbedingt dieses Rosenherz anschauen, das Merla erwähnt hatte.

Entschlossen schlang das Efeu eine weitere Schlaufe um Lias Fußgelenk.

»Das ist kein Efeu, sondern eine Würgeschlange, die sich mit ein paar Blättern getarnt hat«, sagte Lia amüsiert.

»Ludmilla, was tust du denn da?«, fragte Botanicus Shokubutsu, der mit Serafina und Blo zu ihnen stieß.

An der Kette um Serafinas Hals schwamm quietschvergnügt die Alge Atemgeber in nun klarem Wasser und Blo hielt ein Kästchen mit Sand in den Händen, in dem ein Lebender Stein lag. Lia konnte immer noch nicht glauben, dass dieser graue Kiesel eine Pflanze war.

Alle beobachteten gespannt, wie die Efeuranke namens Ludmilla eine weitere Schlaufe um Lias Fußgelenk schlang.

»Eigentlich sind es die Elfen, die sich einen passenden Plantling aussuchen. In Ludmillas Fall läuft es allem Anschein nach umgekehrt.« Botanicus Shokubutsu wirkte ausgesprochen zufrieden.

»Die Nervensäge wirst du nicht mehr los«, sagte Blo mit Kennermiene.

»Ist doch gut so«, mischte sich Merla ein. »Efeu gilt als herzenstreu.«

»Und übelst eigensinnig«, ergänzte Serafina. »Womit wir offiziell einen Treffer haben, das gilt nämlich auch für unsere Prinzessin der Himmelsreiche.«

Lia gab sich geschlagen. Sie hielt ihren Arm so hin, dass Ludmilla sich um ihren Unterarm schlängeln konnte – was das Efeu ohne Zögern tat und dabei einen ausgesprochen zufriedenen Eindruck machte. Nun hatte Lia also ihren eigenen Plantling, während sie in ihrem normalen Leben nicht einmal einen Hamster halten durfte, weil ihre Mutter auf Tierhaare allergisch reagierte. Nun, sie würde kaum Gelegenheit haben, sich an ihren Plantling zu gewöhnen, wenn sie so schnell wie möglich in die Menschenwelt zurückkehrte.

Lias Brustkorb zog sich zusammen. Ob die verwöhnte Asalia sich wohl über eine gewöhnliche Efeuranke freuen würde?

19.

Blaue Stunde

Wider Erwarten meisterte Lia ihren ersten Schultag in Springwasser – und zwar ohne aufzufliegen. Sie hinterließ Asalia weder verbrannte Erde, weil sie als Pseudo-Elfe alles komplett verkehrt machte, noch war sie als Nervenwrack auf der Krankenstation gelandet.

Nein, für ein Menschenmädchen, das ohne einen Crashkurs in Andersreichkunde klarkommen musste, hatte Lia sich ganz anständig geschlagen. Und das trotz Zickenangriffen und akut herausgeforderter Höhenangst. Ehrlich gesagt, gefiel es ihr sogar so gut in Springwasser, dass sie ihr Zuhause kaum vermisste. Sie kam nicht dazu! Sobald ihre Gedanken zu ihrer Mutter wanderten oder sich so etwas wie Heimweh bemerkbar machte, wurde sie auch schon wieder abgelenkt. In Springwasser war einfach zu viel los, um Trübsal zu blasen.

Am Nachmittag stand Wortzauberkunde auf dem Lehrplan. Unterrichtet wurde von einem aufrecht gehenden Hasen, der Lia locker um zwei Köpfe überragte. Das erinnerte sie daran, dass die Körpergröße in Andersreich veränderbar war. Außerdem trug der Hase einen todschicken Anzug und wünschte, mit Meister Do-Dobil angesprochen zu werden. Laut Merla zählten Hasen zu den hellsten Köpfen auf dem Gebiet der Wortzauberkunde. Für die Elfenschüler galt das offenbar nicht, denn niemand von ihnen ragte in den ersten Unterrichtsstunden besonders heraus. Wenn Lia es richtig verstand, musste man erst einmal ordentlich Schwingungscodes pauken, damit man Wörtern überhaupt erst ihre Magie entlocken konnte. Was bedeutete, dass man im Unterricht sehr viel mit angehobenen Armen herumstand und »Aaaaaaaluaaaa« sang, während Meister Do-Dobil den Kopf schüttelte und behauptete, das klinge bloß nach Zahnschmerzen.

Der späte Nachmittag war für die Hausaufgaben vorgesehen: Lia paukte mit Blo Flugregeln und wässerte Efeuranke Ludmilla nach Merlas Anweisung, was der reinste Spaß war, denn Ludmilla erwies sich als wasserscheu. Im Gegensatz zu anderen Plantlingen, die gern gebadet wurden, steckte Ludmilla bloß ein paar Wurzeln ins Nass, während sie sich an Lias Arm festkrallte.

Lia grinste. »Da haben Ludmilla und ich ja etwas gemeinsam: Wir haben beide Angst vor Dingen, die für uns beide eigentlich eine ganz normale Sache sein sollten.«

Merla vergewisserte sich, dass ihnen niemand zuhörte. Überflüssigerweise, denn bei den Bewässerungsanlagen für Plantlinge amüsierte sich ansonsten bloß eine komplett grüne Blattelfe mit ihrer Horde Knallkrautsprossen. Die Sprossen hopsten wie verrückte Flummis durch die Gegend und hielten ihre Pflegerin bestens auf Trab.

»Dann hast du also Höhenangst, obwohl du eine Luftelfe bist«, flüsterte Merla.

Lia nickte. »Ziemlich verrückt, was? Keine Ahnung, wie ich die nächste Flugstunde überstehen soll.«

»Wenn du deine Angst einmal überwunden hast, schaffst du es wieder. Und im Zweifelsfall denk an Valmariana, dann wird das schon.« Merla ballte ihre schmale Hand zu einer siegreichen Minifaust.

Sofort fühlte Lia sich besser. Nicht nur, weil das Wildmädchen an sie glaubte, sondern weil es super war, einer Freundin ein Geheimnis anzuvertrauen – und von ihr verstanden zu werden. Wenn sie wieder in ihrer Welt war, würde sie das Thema Freundin noch einmal überdenken. Vielleicht war es an der Zeit, die Einsame-Wolf-Nummer aufzugeben und sich nach jemandem umzusehen, etwa im Hockey-Club.

Wie sich später herausstellte, war Merla nicht nur schwer in Ordnung, sondern auch ein Ass in Modeberatung.

Nachdem die Schulpflichten erledigt waren, standen nämlich zwei Freistunden an. Und das bedeutete, dass man nicht länger in der Schuluniform herumzulaufen brauchte. Lia wäre das egal gewesen, ihr gefielen alle Elfen-Outfits mit ihren abgefahrenen Farben und Stoffen. Für die anderen Mitglieder der Nachtflugwabe war der Klamottenwechsel allerdings eine große Sache. Die eigene Kleidung symbolisierte, welchem Elfenstamm man angehörte, vor allem jedoch verriet sie, wie man selber tickte: Blo machte ein Aufheben um das Anlegen ihrer Waffen, Serafina schlüpfte in ein Kleid, das mit seinen unterschiedlichen Blautönen an eine Wasserströmung erinnerte, und Merla brauchte ewig für die Auswahl der richtigen Nussschalenspange und noch länger, um die perfekte Stelle in dem Pelzgewirr auf ihrem Kopf zu finden. Vor Lias Augen verschwand die Spange sofort in den Zotteln und ward nicht mehr gesehen. Das Wildmädchen fand sich trotzdem schick.

»Man muss sich schon hübsch machen, wenn man gepflegt in *Waldemar Blattgrünelfs Broschüre der Wurzelfeinpflege von Laubhölzern unter Berücksichtigung eventueller Behausungen von Wurzelhöhlbewohnern und anderen Unterschlüpfern* schmökern will«, erklärte Merla, während sie einen mächtigen Schmöker vor ihre Brust presste. »Und was macht ihr vorm Abendessen?«

Serafina deutete auf ihren Glasanhänger. »Ich stelle mich unter die Wasserfallkaskaden von Springwasser und lasse Aurus in einem der kleineren Wasserbecken planschen. Der ehrenwerte Botanicus Shokubutsu hat mir ein Fläschchen mit Salzen gegeben, die meinen Atemgeber in eine Schutzschicht hüllen, damit er auch in Süßwasser schwimmen kann.« Nach einigen Überlegungen hatte Serafina sich entschieden, ihrem Plantling den Namen Aurus zu geben, obwohl so etwas unter Undinen ihrer Aussage nach unüblich war, sie hielten Plantlinge eh nicht für Haustiere. Wenn man einen Atemgeber brauchte, schnappte und benutzte man ihn, danach konnte er sich trollen. Für eine Undine war Serafina sozusagen überfürsorglich.

Dieser Zug an Serafina war total süß, vor allem, weil die Meereselfe ja ansonsten eher unterkühlt wirkte. Bestimmt schlägt in der tiefen Wasserstelle ihrer Brust ein warmes Herz, dachte Lia. Prompt wollte sie der Undine etwas Gutes tun: »Möchtest du dir für deinen Ausflug an die Quellen meinen Badeanzug ausleihen? Wäre doch schade, wenn dein schönes Kleid nass wird.«

Serafina starrte sie an, als hätte sie ihr vorgeschlagen, nackt zur Quelle gehen.

Lia zuckte die Schultern. »Okay, du bevorzugst es also, dich in deinem Kleid ins nasse Vergnügen zu stürzen.«

»Genau das habe ich vor.« Serafina schüttelte den Kopf. »Einen Badeanzug tragen … Auf so eine verrückte Idee kommen auch nur Luftelfen.«

Blo flog Loopings vor Lias Nase. »Mach dir nichts draus«, sagte die Pixie. »Serafina ist es nicht gewohnt, dass jemand nett zu ihr ist. Als waschechte Undine braucht sie bestimmt noch eine Weile, um aufzutauen. Ihr Volk hat nicht umsonst den Spitznamen Eisschollenköpfe.«

»Überrascht mich nicht«, sagte Lia. Ihr Versuch, dem Flug der Pixie zu folgen, endete damit, dass sie vor lauter Schielerei ihre Nasenspitze sah. »Ähem, Blo. Könntest du deine Loopings einstellen, mir wird langsam schwindlig.«

»Meinst du meine Spezial-Korkenzieher-Loopings? Die sind soooo dermaßen überrosenblattgenial.« Blo drehte eine halsbrecherische Spirale.

Lia wurde allein vom Hinsehen ganz schwindelig, dann hielt sie sich die Hände vor die Augen. »Lass mich raten, was du heute Nachmittag anstellst: Du polierst deinen Lebenden Stein, bis er funkelt«, versuchte sie die Pixie abzulenken, damit sie sich nicht länger wie ein durchgedrehter Kreisel aufführte.

Sofort stellte Blo die Loopings ein. »Donnerkeil interessiert sich nicht sonderlich für mich. Eigentlich ist es noch viel schlimmer: Er zeigt mir die kalte Schulter.« Für einen

Moment wirkte sie bekümmert, dann setzte sie auch schon ihre Kriegerinnenmiene auf. »Soll mir egal sein, dann erkunde ich eben weiterhin das Gelände um Springwasser, Terrainerkundung ist schließlich erste Walkürenpflicht. Und was machst du?«

»Ich treffe meinen großen Bruder«, sagte Lia. Sie konnte nicht anders, als vor Stolz zu grinsen. In der Menschenwelt war sie zwar auch als Einzelkind happy, aber einen älteren Elfenjungen wie Dorient als Bruder an der Seite zu haben, war ziemlich cool.

Nur was trug man, wenn man seinen großen Bruder zum gemeinsamen Abhängen traf?

Grübelnd betrachtete Lia die verschiedenen Edelsteine ihres Kleiderschranks in Handtaschenformat. Es gab einen ovalen, blau schimmernden Edelstein mit einem Knacks, der ihre Aufmerksamkeit erregte. Obwohl die anderen Mitglieder der Nachtflugwabe sich unterhielten, spürte Lia, dass sie sie trotzdem beobachteten. Logisch, es war ja auch zu interessant, was eine Luftprinzessin privat trug. Auf Jeans und Shirt zu hoffen, war bei Asalias Kleidergeschmack kaum zu erwarten. Vermutlich verbarg sich hinter dem Stein ein Fummel, der nur aus Sternensplittern bestand. Oder darin wurde die Schmutzwäsche aufbewahrt. Wenn Lia den Stein drückte, stand sie vielleicht in einem zerknitterten Kleid mit Flecken und zerrissenem Saum da. Andererseits konnte sie nicht länger mit der Schatulle in der Hand rumstehen und sich den Kopf zermartern.

Mit einem Seufzen drückte Lia den blauen Stein.

Die Schatulle öffnete sich einen Spalt, etwas Goldenes rieselte heraus und fiel wie feiner Sand zu Boden.

Kein Peng, kein Zupf, kein wildes Herumgeschleudere.

Gerade als Lia sich entspannte, fuhr ein Windstoß aus der Schatulle und wirbelte den Goldsand auf.

Lia quiekte, als sie in einem Sandsturm verschwand.

Als der Minitornado sich wieder legte, trug Lia ein weißes Kleid mit Goldglitzer und bequeme Samtstiefeletten. Sie hatte zwar keine Ahnung, was Elfen von diesem Outfit hielten, aber aus Sicht eines Menschenmädchens war das definitiv ein Look! Lia fühlte sich richtig wow.

»Waldbeerensüß«, seufzte Merla zur Bestätigung.

Die Efeuranke Ludmilla, die Lia auf ihrem Bett abgelegt hatte, damit ihr beim Kleidungswechsel kein Blättchen geknickt wurde, regte sich. Lia nahm ihren Plantling in die Hand und Ludmilla rankte sich um ihre Taille.

»Schau an, Ludmilla macht dir den Gürtel. Ein echter Fashion-Plantling«, lachte Serafina.

Lia strahlte. »Ich wünsche euch viel Spaß, wir sehen uns später beim Abendessen«, rief sie ihren Freundinnen zu und sauste mit Luftelfentempo los.

Dank eines missglückten Zaubers in einem Elfenkörper zu stecken und gezwungenermaßen eine Elfenschule zu besuchen, war kein Zuckerschlecken. Trotzdem musste Lia zugeben, dass Springwasser nicht übel war. Nein, ganz und gar nicht übel.

20.

Heißer Draht

Um in Ruhe die Lage zu besprechen, schlug Dorient einen Rückzugsort für Schüler im Großen Baum von Springwasser vor. Zuerst dachte Lia, dass es sich dabei um überdimensionale Vogelnester im Blattgrün handelte. In Andersreich war schließlich alles möglich, oder? Auf den zweiten Blick erkannte sie, dass die Nester in Wirklichkeit ovale Kokons aus Zweiggeflecht waren, mit einer rundlichen Einstiegsluke. Als Lia den Kopf hineinsteckte, sah sie bunte Schmetterlingselfen zwischen den Lücken im Geflecht ein und aus fliegen. Es waren zierliche Geschöpfe, nicht größer als Lias Handteller.

»Hallo und Entschuldigung für die Störung«, sagte Lia.

Doch die Flattergesellen umschwirrten nur Lias Kopf und kicherten.

»Die Flatterlinge sind mehr Schmetterling als Elfe«, klärte Dorient sie auf. »Genieß ihre Flugshow und lass sie ansonsten in Ruhe. Für Schmetterlingselfen ist man nur dann interessant, wenn einem Blütennektar aus den Ohren fließt.«

Gemeinsam setzten sich Lia und Dorient in die flauschigen Kissen, mit denen der Kokonboden ausgelegt war. Die Nester standen allen Schülern zur Verfügung, die mal Ruhe vom täglichen Trubel brauchten. Heute, am ersten Schultag, waren Lia und Dorient allerdings die Einzigen, die sich eine Verschnaufpause gönnten. Der Rest der Schülerschaft vergnügte sich in den Becken bei der Quelle, fläzte sich im frischen Gras oder hing in den Gemeinschafträumen ab.

Dorient zupfte an einem von Ludmillas Blättern. »Du hast dir also eine Gemeine Efeuranke als Plantling angelacht, eine nicht besonders prinzessinnenhafte Wahl.« Er schmunzelte. »Der Plantling unserer Mutter ist übrigens eine Mitternachtsrose, sehr selten und so krass empfindsam, dass sie eine Grünelfe als persönliche Pflegerin hat, wenn Frau Mama aufgrund ihrer Pflichten gerade keine Zeit erübrigen kann.«

Lia setzte sich vor Empörung aufrecht hin. »Ich finde Efeu sehr vornehm, falls es dich interessiert. Zeig es ihm, Ludmilla.«

Der Plantling, der eben noch zusammengerollt in ihrem Schoß gedöst hatte, rankte an ihr empor und ringelte sich um die Tiara auf ihrem Haupt.

»Na, da staunst du! Königlicher geht es doch gar nicht.« Lia war mächtig stolz auf das kleine Kunststück, das sie Ludmilla mit Merlas Hilfe beigebracht hatte.

Dorients Schmunzeln wurde zu einem breiten Grinsen. »Jetzt sitzt deine Tiara nicht bloß schief, sondern sieht auch noch so aus, als wärst du mit dem Kopf voran in einen Blätterhaufen gefallen.«

Gelassen winkte Lia ab. »Aus dir spricht die reinste

Ahnungslosigkeit. Wo steckt überhaupt dein Plantling? Lass mich raten, das arme Ding hockt noch unausgepackt in deiner Reisetruhe.«

Sofort verflog Dorients gute Laune. »Mein Plantling verbringt dieses Jahr im Gewächshaus und wird dort versorgt. Eine der Strafen für meinen Ausrutscher im letzten Jahr.«

»Oh, das tut mir leid.« Lia betreute Ludmilla erst seit ein paar Stunden und trotzdem konnte sie sich bereits vorstellen, wie hart es sein musste, seinen Plantling abgeben zu müssen. »Ich hätte nicht gedacht, dass die Lehrer hier so streng sind.«

»Das sind sie auch nicht«, sagte Dorient. »Meine Eltern haben das so entschieden.«

Lia wusste nicht, was sie sagen sollte. Klar, ihre Mutter ließ ihr auch nichts durchgehen und konnte ganz schön auf den Putz hauen, wenn Lia ihren Trotzkopf durchsetzen wollte. Aber es ging immer darum, eine Sache zu klären, nicht darum, sie zu bestrafen. Das Aureliantische Königspaar schien seinem Sohn einen Denkzettel verpassen zu wollen, den er nie vergessen sollte. Offenbar war es nicht immer nur ein Spaß, ein Prinz der Himmelsreiche zu sein. Dorients Eltern durften auf keinen Fall von dem Körpertausch erfahren. Wer konnte schon sagen, welche Strafe sie ihrem Sohn sonst auferlegten, wenn sie für ein bisschen Unfug schon zu solchen Maßnahmen griffen? Asalia hatte sich darüber wohl keine Gedanken gemacht …

Passenderweise begann genau in diesem Moment das Fendrill zu tuten und bildete einen Mund.

Aufgeschreckt von dem Geräusch, flüchteten die Schmetterlingselfen mit einem wütenden Gepfeife.

»Hallo, Andersreich! Sei frohgemut und wohlgestimmt, denn hier ist wieder der heiße Draht in die Menschenwelt. Jetzt mit noch mehr blendender Laune«, verkündete Asalias Stimme. »Was geht, wie steht's?«

»Hi«, grüßte Lia. »Dorient und ich chillen gerade nach einem echt anstrengenden ersten Schultag.«

Asalia stöhnte. »Schon wieder Dorient. Hängt ihr beiden eigentlich ständig nur zu zweit rum? Sind die anderen Kids so langweilig oder haben die keine Lust auf euch? Halt, nein, sagt nichts, verschwenden wir unsere Zeit nicht mit öden Springwasser-Geschichten. Ich habe nämlich etwas viel Besseres zu bieten.«

Lia schwante nichts Gutes. »Was hast du angestellt? Wehe, ich habe keine Augenbrauen mehr, wenn ich wieder in meinem Körper bin!«

»Das Zähmen deiner Augenbrauen muss warten«, verkündete Asalia. »Ich bin nämlich gerade unterwegs zu einer Extratrainingsrunde bei den – aufgepasst! – KnallGirrrlz. Na, wo bleibt der Applaus?«

Während Dorient fragend die Hände hob, puckerte Lias Herz wie verrückt los. Die KnallGirrrlz waren das tollste Hockeyteam in der ganzen Stadt. Ein Mädchen aus der Truppe, Aisha, war bei Lia im Schulhockey und hatte sie angesprochen, ob sie nicht einmal bei ihnen testspielen wollte. Deshalb hatte Lia vor einer gefühlten Ewigkeit im Park nach Schulschluss Hockey geübt: Sie wollte fit sein für die KnallGirrrlz, denn ihr lag viel daran, bei ihnen mitspielen zu dürfen. Und man bekam nur eine einzige Chance. Wenn man die vermasselte, war es aus. Schluss. Gelaufen.

»Was hast du Wahnsinnige getan?«, hauchte Lia.

Asalia kicherte, als sei alles nur ein Witz. »Ganz easy, Süße. Ich habe die erste Nummer auf deiner Kontaktliste angerufen, weil mir so langweilig war, und dann ist diese Aisha drangegangen. Wir haben ein bisschen geplauscht und sie meinte, ich solle doch gleich mal vorbeikommen. Ich hab Mama Dornmeier eine Nachricht hinterlassen, den Routenplaner angeschmissen und will jetzt los. Euer Hausflur ist übrigens echt hässlich. Ihr Menschen müsst dran arbeiten, dass eure Welt ein bisschen elfenmäßiger wird. Überall dieses Grau, das ist ja kaum auszuhalten.«

Lia schwirrte der Kopf. Asalia hatte doch nicht die geringste Ahnung, wie man Hockey spielte. Sie würde diese einmalige Gelegenheit grandios vermasseln. Es war zum Aus-der-Haut-Fahren.

»Bleib stehen, wo du bist. Ich komme so schnell wie möglich und übernehme mein Leben, solange ich noch eins habe«, rief Lia aufgelöst ins Fendrill.

»Nun tu mal nicht so, als hättest du keinen Spaß als Luftprinzessin, schließlich chillst du gerade mit meinem großen Bruder«, flötete Asalia. »Und falls du es tatsächlich so schrecklich finden würdest als Elfe, wärt ihr beiden doch schon längst mit den Taukristallen bei mir aufgeschlagen.«

»Schlechte Neuigkeiten, Schwesterherz«, sagte Dorient. »Die Kristalle wurden geklaut.«

»Haha, sehr lustig, du Grottenmolch. Oder meinst du das etwa ernst?« Asalia dachte kurz über die Möglichkeit nach. »Nein, das ist unmöglich. Die Reisetruhe lässt sich nur mit meinem Fendrill öffnen, da kommt sonst niemand dran.«

»Es sei denn, die Truhe bleibt über Nacht offen, sodass jeder an sie rankann«, sagte Lia schuldbewusst.

»Boah! Du hast gleich die erste Nacht in Springwasser durchgemacht? Genial! Erzähl mir alles!« Angesichts solcher Neuigkeiten waren sowohl die verschwundenen Taukristalle als auch Lias Nachlässigkeit für Sausewind Asalia nebensächlich.

»Schwesterchen, halt deine Faserwolkengedanken mal beisammen, wenigstens für die Dauer dieses Gesprächs.« Dorient rieb sich genervt die Stirn. »Hier läuft ein Kristalldieb durch die Gegend, der herausgefunden hat, wer Lia in Wirklichkeit ist. Es gab nämlich auch ein Matschattentat auf sie, samt der Drohung, sie zu verpfeifen, wenn sie nicht sofort aus Springwasser verschwindet.«

»Es gab sogar noch einen zweiten Angriff«, sagte Lia. »Den hat aber meine Wabenmitbewohnerin Merla, ein Wildmädchen, erwischt. Mit lauter Schnappies und noch wüsteren Beschimpfungen.«

»Vielleicht warst du ja gar nicht gemeint, sondern diese Merla«, sagte Asalia. »Dass jedes Spitzohr nach Springwasser kommen darf, ist eine Sache. Aber Wildmädchen? Denen krabbeln Käfer im Pelz rum und sie riechen nach vergammeltem Laub. Was bin ich froh, dass ich nicht ein Zimmer mit so einer gruseligen Person teilen muss. Halt. Muss ich doch. Früher oder später.« Man konnte Asalia regelrecht zuhören, wie sie grübelte. »Wäre es sehr gemein, wenn wir einfach abwarten würden, bis der Bösewicht das Pelzknäuel vergrault hat?«

»Ja, das wäre es!«, sagten Lia und Dorient gleichzeitig.

Der Mund des Fendrills bildete eine schmale Linie. »Also gut«, raunzte Asalia, »wie ihr beiden Weicheier meint. Dann konzentrieren wir uns eben auf die geklauten Kristalle. Versucht doch, ihre Spur mit dem Da-Isses-Pulver sichtbar zu machen. Ich habe noch welches in meiner Truhe, es ist ein unsichtbares Pulver in einer Glasphiole. Einfach in die Hand nehmen und fest an das denken, was man finden will.«

Während Lia vor Erleichterung aufatmete, kräuselte Dorient die Stirn. »Hoffentlich hast du das Zeug nur verwendet, um dich in deinem eigenen Chaos zurechtzufinden.«

»Das auch«, gab Asalia zu. »Aber in erster Linie, um bestimmte Dinge auf dem Fliegenwindmarkt ausfindig zu machen. Etwa ein richtig cooles Paar Sneaker aus einer echten Fabrik und nicht so eine billige Elfenkopie, die sich nach drei Tagen wieder in ein Schneckenhaus zurückverwandelt.«

»Asalia …«, knurrte Dorient.

»Ups, das mit dem Fliegenwindmarkt habe ich eben nicht gesagt.«

Lia wollte auf keinen Fall, dass Dorient die Diskussion um die Vorliebe seiner kleinen Schwester für verbotene Menschensachen lostrat, deshalb sagte sie: »Vielen Dank für den superhilfreichen Tipp, Asalia. Übrigens wartet ein Plantling auf dich, wenn du nach Springwasser kommst.«

»Grünzeug? Für mich? Das ist ja eine Überraschung.« Entgegen ihren Worten klang Asalia nicht sonderlich begeistert. »Ich weiß wirklich nicht, warum ich keine Lust auf Springwasser habe.«

So leicht gab Lia sich nicht geschlagen. Sie war es Ludmilla schuldig, dass die echte Luftprinzessin später liebevoll mit ihr umging. »Du wirst es nicht glauben, aber es ist eine ganz besondere Efeuranke, sie kann Kunststücke.«

Asalia seufzte. »Ehrlich, ich kenne mich null mit Plantlingen aus, aber selbst ich weiß, dass Efeu niemals etwas

Besonderes ist. Nimm das Gestrüpp doch einfach mit in die Menschenwelt, hier wird so eine langweilige Pflanze gar nicht weiter auffallen. So, jetzt ist aber Schluss mit dem Plaudern, auf mich wartet eine Runde Oki.«

»Hockey, es heißt Hockey«, rief Lia, während der Mund das Fendrills sich bereits wieder auflöste.

21.

Eine Fährte

Vor Lias geistigem Auge stand Asalia ohne Hockey-Ausrüstung mitten auf dem Spielfeld. Dafür mit kunterbunt geschminktem Gesicht und aufgedonnerten Haaren. Um sie herum hatte sich die gesamte KnallGirrrlz-Mannschaft versammelt und starrte das dauerredende Mädchen an.

Weil Asalia den Schläger wie ein Zepter hielt.

Weil Asalia fragte, wer denn im Puck wohne, etwa ein Schiefermännchen?

Weil Asalia auf die Frage, welche Position sie am liebsten spiele, antwortete: »Immer ganz vorn, da, wo ich als Prinzessin laut Geburtsrecht hingehöre.«

Bei dieser Vorstellung gaben Lias Knie nach und sie plumpste wenig prinzessinnenhaft auf ihren Allerwertesten. Vor ihr stand ihre Truhe, aber sie fand nicht die Kraft, sie zu öffnen. Stattdessen legte sie ihre Stirn auf das Holz, was wegen der vermaledeiten Tiara nicht einfach war. Ludmilla rollte sich in ihrem Schoß zusammen und ließ ihre Blätter tröstend vibrieren.

Es war aber auch zum Verzweifeln! Welchen Sinn machte es, in die Menschenwelt zurückzukehren, wenn es keine Aussicht gab, bei den KnallGirrrlz mitzumachen? Dann konnte sie auch genauso gut in Springwasser bleiben und lernen, wie man Ludmilla eine gute Plantlingsmama war.

Dann erinnerte sich Lia daran, dass die Zeit in der Menschenwelt sehr viel langsamer verging als in der Elfenwelt. Während sie eine ganze Nacht und fast einen ganzen Tag in Andersreich verbracht hatte, hatte Asalia bloß Eis gegessen, rumtelefoniert und war bis ins Treppenhaus gekommen. Wenn Lia sich jetzt richtig ins Zeug legte und die Kristalle fand, dann schaffte sie es vielleicht noch, Asalia vor der Turnhalle abzufangen. Zumal die Chancen gut standen, dass die chaotische Luftelfe sich trotz Routenplaner in der Stadt verlief. Oder irgendwas so spannend fand, dass sie vergaß, wohin sie eigentlich wollte.

Das Da-Isses-Pulver steckte in einer Glasphiole, erinnerte sich Lia. Und da das Pulver unsichtbar ist, sah die Phiole vermutlich leer aus.

Das war doch schon mal ein Anfang.

Entschlossen öffnete Lia die Truhe und begann, in dem Durcheinander zu wühlen. Je länger sie suchte, desto mehr Krempel tauchte auf, den sie zuvor noch nicht gesehen hatte. Diese Truhe schien keinen Boden zu haben.

Irgendwann rankte Ludmilla über den Truhenrand und grub sich zwischen Döschen, Flaschen und Beuteln mit goldenen Kordeln. Lia wollte die Efeuranke schon zurückrufen, weil sie Angst hatte, sie könnte sich einen Trieb quetschen, als Ludmilla sich auch schon wieder herausschlängelte. In ihrer Mitte hielt sie eine Glasphiole umwickelt.

»Braves Mädchen«, lobte Lia. »Als Belohnung lassen wir das Waschen vorm Schlafengehen heute ausfallen.«

Ludmilla wackelte zufrieden mit den Blättern. Dann rankte sie sich an Lias ausgestrecktem Arm hoch und legte sich wie ein Collier um ihren Hals.

Mit spitzen Fingern zog Lia den Pfropfen aus der Phiole und schnupperte. Das Da-Isses-Pulver war nicht nur unsichtbar, sondern auch geruchlos. Hoffentlich vergackeierte Asalia sie nicht nur. Zuzutrauen war es dieser Spaßelfe durchaus. Sicherheitshalber dachte Lia ›Taukristalle‹, während sie die Phiole hielt.

»Was hast du denn da?«

Lia erschrak so sehr, dass Blitze von ihren Fingern stoben.

Die Phiole fiel ihr aus der Hand und wäre auf dem Boden in tausend Scherben zersprungen, wenn Blo keinen Steilflug hingelegt und sie aufgefangen hätte. Als hätte das Glasrohr kein Gewicht, wuppte Blo es wieder in die Höhe. Wie kräftig eine so kleine Pixie wohl war? Nun ja, in Andersreich bedeutete klein ja auch nicht wirklich klein. Da konnte jemand mit Streichholzarmen auch ein waschechter Kraftprotz sein.

Blinzelnd hielt Blo ihr die Phiole hin. »Das mit den Blitzen ist toll, aber Frau Boskop wird nicht entzückt sein über die Brandlöcher in der Wand.«

»Die Blitzkunst muss ich dringend unter Kontrolle bekommen, bevor ich mich noch selbst abfackle«, sagte Lia und wollte die Phiole nehmen.

Doch da passierte es: Blo verzog das Gesicht und nieste.

Die Phiole fiel erneut hinab, aber dieses Mal schnappte Lia sie sich dank ihrer Hockey-Reflexe.

Währenddessen wurde Blo von einer Runde Niesern heimgesucht und bei jedem neuen Hatschi schleuderte es sie quer durch den Raum. Als die Attacke endlich vorbei war, flog sie zerzaust zu Lia zurück.

»Was ist das für eine Giftmischung in der Phiole?«, fragte Blo. »Ich reagiere voll allergisch darauf.«

Lia starrte die Pixie mit offenem Mund an.

Verlegen verschränkte Blo die Arme vor der Brust. »Nun guck nicht so. Hast du etwa noch nie eine niesende Pixie gesehen? Über unseren Nies-Zickzackflug werden Lieder gesungen.«

»Das ist es nicht«, flüsterte Lia.

Um Blos Hände und vor ihrer Brust tanzte ein Schwarm von Winztaukristallen in hübschestem Rosa. Außerdem zeichneten sich in der Luft zwei Kristallspuren ab. Eine davon ging von Blo und eine von der Truhe aus. Beide führten hinaus auf den Flur. Das Da-Isses-Pulver hatte seinen Dienst getan und die Spur der verschwundenen Taukristalle sichtbar gemacht, was Blo offenbar nicht sehen konnte.

Lia hatte den Dieb gefunden: Es war ihre Elfenfreundin Blo.

Natürlich. Blo war am Morgen allein in der Wabe geblieben, während Lia zum Frühstück geeilt war und Frau Boskop ihr passende Leggins besorgt hatte. Währenddessen hatte die Pixie ausreichend Zeit gehabt, in der Truhe herumzustöbern. Es war auch gut möglich, dass der Samtbeutel mit dem aufgestickten Muffin zuoberst gelegen hatte. Vielleicht war Blo neugierig gewesen auf dieses Menschenprodukt, genau wie Asalia, die sich dafür sogar auf den Schwarzmarkt von Andersreich wagte. Aber letztendlich hatte Blo nur die

Kristalle genommen und den Beutel aus der Menschenwelt wieder zurückgelegt …

Lias Kopf arbeitete auf Hochtouren. Was sollte sie jetzt machen? Blo des Diebstahls überführen oder der Spur zu den Kristallen folgen, um sie erst einmal wieder an sich zu nehmen?

Die aufschwingende Tür nahm ihr die Entscheidung ab.

Eine klitschnasse Serafina mit finsterer Miene betrat die Wabe, gefolgt von einer über Wurzelkunde quasselnden Merla. Scheinbar war die Lektüre von *Waldemar Blattgrünelfs Broschüre der Wurzelfeinpflege von Laubhölzern* ein voller Erfolg gewesen.

»Besten Dank für die vielen extrem unspannenden Infos über Grünzeug«, sagte Serafina.

Merla schaute bekümmert zu Boden. »Ich wollte dich nur ablenken, weil du so wütend gewirkt hast. Bei mir hilft Wurzelkunde immer, wenn ich schlecht drauf bin.«

Die Undine schüttelte ihre Faust. »Bei mir sorgt sie dafür, dass ich nicht nur sauer bin, sondern jetzt auch noch alles, was Wurzeln hat, zum Geysir jagen will!«

»Da hat aber jemand miese Laune«, sagte Lia.

Serafina schnaufte. »Die hättest du auch, wenn eine gewisse Luftelfe in dem Wasserbecken, in dem dein Plantling badet, Farbbomben explodieren lässt.«

»Du meinst Valmariana«, vergewisserte sich Lia.

»Die blöde Wettertief-Tussi hat mit ihren Freundinnen Farbbeutelfangen gespielt.« Serafina stampfte mit dem Fuß auf und von ihrem Kleidersaum prasselten Tropfen auf den Boden. »In Wirklichkeit ging es diesen Ziegen nur darum, anderen Elfen Farbflecken zu verpassen. Valmariana musste dann unbedingt vorführen, wie großartig sie fliegen kann. Sie ist mit ihren lächerlichen Flügeln über die Quelle gezischt und hat dabei rein zufällig eine Bombe über mir abgeworfen. Jetzt ist Aurus rot eingefärbt. Knallrot. Lofi hat mich gefragt, ob Rot meine neue Lieblingsfarbe sei. Vor allen anderen. Ich weiß wirklich nicht, was schlimmer ist: ein verfärbter Plantling oder dieser aufdringliche Feuerelf.«

Lia zuckte mit der Schulter. »Lofi findet dich halt nett. Keine Ahnung, warum.«

»Egal«, sagte Serafina. »Jetzt steht Abendessen auf dem Programm und ich habe einen Hunger, ich könnte einen ganzen Wal verspeisen.«

Alle drei Mädchen gaben ein »Urghhs« von sich.

»Das sagt man bloß so bei uns Undinen«, verteidigte sich Serafina. »In Wirklichkeit essen wir schon lange keine Wale mehr, wir haben auf Heringe umgestellt. Hör mit den Würggeräuschen auf, Blo. Ich rege mich schließlich auch nicht darüber auf, was ihr Pixies so mit Blumen anstellt. Ihr tut so, als würdet ihr sie lieben, aber in Wahrheit seid ihr nur scharf auf ihren Blütenstaub.«

»Die professionelle Pixie-Blütenstaub-Ernte erfolgt vollkommen nebenwirkungsfrei für den Pflanzenspender und etwaige nutzbringende Insekten«, erklärte Merla, ganz die Fachfrau.

Serafina zeigte drohend mit dem Finger auf das Wildmädchen. »Du hast für heute schon genug geredet.«

»So, wie wir uns aufführen, brauchen wir Valmariana nicht zur Stimmungsvergiftung«, sagte Lia. »Das schaffen wir auch ganz allein.«

Verlegen rückte Blo ihren Waffengürtel zurecht. Um ihre

Hände schwebten weiterhin durch das Da-Isses-Pulver nur für Lias Augen sichtbar gemachte Winztaukristalle. »Wir vier sind halt sehr verschieden. Jemand, der in den Wolken frei und ohne Verpflichtungen aufwächst, weiß nicht, wie es ist, wenn man schon von klein auf Pollendienst schieben muss. Genau wie jemand, der sich im tosenden Meer zu Hause fühlt, nicht verstehen kann, dass ein anderer, der seine sichere Wurzelhöhle aufgibt und ins Tageslicht tritt, schüchtern ist. Wahrscheinlich wird es noch eine Weile dauern, bis wir einander verstehen.«

Lia spürte, wie Blos Worte etwas tief in ihrem Inneren berührten. Was wusste sie schon über die Elfenmädchen, mit denen sie sich eine Wabe teilte? Was wusste sie über ihre Völker, ihre Eigenheiten, Hoffnungen und Ziele? Nichts. Vielleicht war es besser, herauszufinden, warum Blo die Taukristalle genommen hatte, anstatt sie einfach des Diebstahls zu überführen. Denn was sie bislang von der Pixie mitbekommen hatte, sprach nicht dafür, dass diese bloß aus Raffgier gehandelt hatte. Dahinter steckte bestimmt mehr.

Damit ist es entschieden, dachte Lia und versuchte, nicht auf das panische Ziehen in ihrer Brust zu achten. Ihr würde schon noch genug Zeit bleiben, um hinter Blos Geheimnis zu kommen, bevor Asalia ihre Zukunft bei den KnallGirrrlz zerbombte.

22.

Was im Dunkeln liegt

Die Heilerelfe schüttelte ungläubig den Kopf, sodass der Kamillenblütenkranz in ihrem hellgrünen Haar verrutschte. Sie hatte die Ärmel ihres Gewands zurückgeschoben und drückte noch einmal mit beiden Händen auf Lias zu Fußballgröße aufgeblähten Bauch.

»Da rührt sich immer noch nichts«, murrte die Heilerelfe. »Wie kann man sich nur so mit Gewitterfunkenkompott vollschlagen? Du bist doch kein kleiner Elfling mehr.«

»Das Kompott hat so gut geschmeckt«, verteidigte sich Lia, die auf einer Liege saß und unglücklich ihren Kugelbauch betastete. »Wird der noch größer? Nicht, dass ich noch platze.«

»Die Portion Blitzsud, den du getrunken hast, wird das verhindern. Aber wir brauchen mehr davon, sehr viel mehr, so wie es aussieht. Leg dich hin, während ich zum Alchemisten gehe und eine Flasche besorge. Und du …«, die Heilerin wendete sich an Dorient, der seine Schwester aus dem Speisesaal zur Krankenstation begleitet hatte. »Du fasst hier nichts an, während ich weg bin.«

Dorient hob die Hände. »Warum sollte ich?«

»Ich kenne deinen Ruf, Luftelfenprinz. Also, reiß dich zusammen.« Mit diesen Worten eilte die Heilerelfe davon.

»Und du hast wirklich nur das Abschlussfest ruiniert?«, hakte Lia nach.

Grinsend pikste Dorient sie in den Bauch. »Ansonsten konnte mir niemand etwas nachweisen.« Dann holte er ein Fläschchen aus seiner Tunika und reichte es Lia. »Wir müssen uns beeilen, auch wenn es eine Weile dauern wird, bis die diensthabende Alchemistin frischen Blitzsud hergestellt hat, nachdem der Vorrat unerklärlicherweise verschwunden ist. Wir sollten lieber kein Risiko eingehen, sonst wischt dieser Heilerbesen den Boden mit mir auf.«

Lia schraubte das Fläschchen auf und nahm einen Schluck.

Die Flüssigkeit brannte wie Chili auf der Zunge.

Dann begann es in ihrem Bauch zu rumoren, Dorient hielt sich die Ohren zu und im nächsten Moment rülpste Lia auch schon.

»Das war jetzt echt nicht gerade prinzessinnenhaft«, kicherte sie, während sich ihr Kleid über dem Bauch wieder lockerte.

Dorient lachte, dann zog er sie von der Liege. »Die Spur der Taukristalle hat sich zwischen den Baumwurzeln im Innenhof verloren, hast du gesagt. Da sollten wir jetzt schleunigst hin.«

Glücklicherweise war auf den Fluren von Springwasser während des Abendessens nichts los. Da ein Glasharfenkonzert angekündigt worden war, würden die meisten Schüler auch nach der Essenszeit im Saal bleiben. Trotzdem schaute Lia sich mit klopfendem Herzen um, als sie den Innenhof erreichten. Unter anderen Umständen hätte ihr der runde Hof mit seinen Bänken und dem Kräutergärtchen richtig gut gefallen. Aber die Mauer um den Platz bestand aus einem unheimlich wirkenden Gewirr aus Baumwurzeln. Leider verschwand die Taukristallspur durch einen Rundbogen, der sich unter einer besonders dicken Wurzel auftat. Das Tor sah aus wie ein aufgerissener Schlund voller Finsternis.

Wer konnte an einem magischen Ort wie Springwasser schon sagen, was sich dort in der schützenden Schwärze verbarg? Unwillkürlich dachte Lia an die Dunkelbolde, die im Wildwald zwischen den Zweigen und Büschen gelauert hatten. Kurz glaubte sie, gelbe Augen aufblitzen zu sehen.

Als Dorient sie mit durch das Tor ziehen wollte, stemmte Lia die Fersen in den Boden.

»Wir müssen uns beeilen, sonst werden wir noch erwischt«, erinnerte Dorient sie. »Oder hast du etwa Lust, der Birkengarde zu erklären, warum wir nicht im Speisesaal sind?«

»Das ist voll gruselig«, sagte Lia.

»Mir gefällt es auch nicht«, gab Dorient zu. »Alles, was dunkel, einengend und dem Himmel abgewandt ist, fühlt sich für uns Luftelfen bedrohlich an. Uns ist das Erdreich halt von Natur aus fremd. Kein Wunder, dass wir mit den Erdelfen schon seit Äonen im Streit liegen.«

Im Kopf ging Lia die vielen verschiedenen Elfen durch, die sie seit ihrer Ankunft in Springwasser zu sehen bekommen hatte. So unterschiedlich sie auch waren, es war keine einzige dabei, die sie dem Erdreich zugeordnet hätte.

Als sie Dorient darauf hinwies, nickte er. »Die Erdelfen

schicken ihren Nachwuchs seit dem Großen Mittsommerfest vor einigen Jahren nicht mehr nach Springwasser. Damals ist es in Andersreich zu einem Streit zwischen der Delegation der Erdelfen und der Botschafterin der Himmelsreiche gekommen. Vesperiana, die Großfürstin des Monsuns, hatte ein hochrangiges Mitglied der Erddelegation bezichtigt, ihr den Windrufer entwendet zu haben. Der heilige Lufttalisman wurde dann tatsächlich bei dem beschuldigten Erdelf gefunden, aber das Ganze hatte einen Beigeschmack. Was soll ein Erdelf mit einem Talisman aus den Himmelsreichen anfangen, der nur einen spirituellen Wert besitzt? Die Erdelfen meinten, Vesperiana habe den Diebstahl vorgetäuscht, um das Volk des Erdreichs vorzuführen. Es gab damals viele Machtkämpfe zwischen unseren beiden Völkern, deshalb würde es passen. Jedenfalls haben sich viele Elfenstämme hinter Vesperiana gestellt, weil die Erdelfen nicht beliebt sind. Sie ziehen nämlich sehr viel Macht aus dem Erdreich. Darüber waren die Erdelfen wiederum so verschnupft, dass sie sich unter die Erdoberfläche zurückgezogen haben. Seitdem meiden sie jeglichen Kontakt und untersagen ihrem Nachwuchs, nach Springwasser zu kommen.«

»Das klingt nach einer verfahrenen Situation unter Erwachsenen«, sagte Lia. »Es kann nicht gut sein, wenn sich die Kinder aus den Elfenvölkern nicht mehr an der Schule kennenlernen können.«

Dorient strich sich durch sein Sturmhaar, das wild abstand. »Vielleicht ist es besser so, denn ein Elfenkind aus dem Erdreich würde bestimmt ausgegrenzt werden. Viele Elfenvölker hegen seit dem Streit Vorurteile gegen Erdelfen.«

Dass Elfenkinder sich nicht immer grün waren, hatte Lia schon mitbekommen. »An meiner Menschenschule ärgern sich die Kinder auch manchmal und es gibt Streit. Es ist doch normal, dass es ab und zu rumst, weil man verschieden ist.«

»In der Hinsicht sind Menschen und Elfen sich wohl ähnlich«, sagte Dorient. »Moment, ab hier brauchen wir Licht.«

Lia war so in ihr Gespräch über den Streit mit den Erdelfen vertieft gewesen, dass sie gar nicht mitbekommen hatte, wie sie durch den niedrigen Torbogen getreten waren. Nun standen sie in einem nach unten ins Erdreich führenden Stollen. Es roch erdig, irgendwie nach Metall und Feuchtigkeit. Lias Elfennase rümpfte sich von ganz allein, offenbar mochte sie diesen Geruch nicht. Trotz des Zwielichts, das in diesem Reich herrschte, war die Winztaukristallspur klar zu erkennen. Zu Lias Leidwesen führte sie tief hinein in den Stollen.

Dorient fischte aus dem Halsausschnitt seines Hemds ein Band mit einem rötlichen Anhänger. Als er ihn anhauchte, begann er zu leuchten.

»Ist das eine Elfen-Taschenlampe?«, staunte Lia.

»Ich trage mein Luxihell nie in der Tasche, da drin würde es ihm nicht gefallen. Die Minifeuerelfen, die in dem Anhänger wohnen, sind empfindsame Kerlchen.« Dorient rückte das Luxihell vor seiner Brust zurecht. »Ich geh voraus, bleib dicht hinter mir.«

Das ließ sich Lia nicht zweimal sagen! Sie ging so dicht hinter Dorient, dass sie seinen Atem hören konnte. Und der ging vor Aufregung eindeutig schneller als sonst. Am liebsten hätte Lia sich an seinem Hemdrücken festgekrallt, aber sie wollte keine Memme sein. Schuld an ihrer Angst war eindeutig ihr Luftelfenkörper, der nicht nur wusste, wie man flog, sondern auch dunkle Erdstollen fürchtete. Normalerweise hatte sie nämlich kein Problem mit Kellern. Im Urlaub hatte sie mit ihrer Mama sogar eine Höhlenwanderung gemacht, die ihr spitzenmäßig gefallen hatte.

Als die Taukristallspur vor einer Wandnische endete, atmete Lia erleichtert auf. Sie hatten ihr Ziel erreicht. Lia stemmte sich auf die Zehenspitzen, um in die Vertiefung in der Wand zu blicken.

Und tatsächlich, dort lagen die echten Taukristalle! Rosafarbene, glänzende Schmuckstücke, jedes so groß wie Lias Daumennagel. Das war jedoch noch nicht alles. Zwischen den Kristallen steckten wunderhübsche Origami-Blumen aus einem schillernden Material. Und inmitten dieser Pracht befand sich ein Nest mit schwarzen Eiern.

»Warum hat Blo rund um das Nest die Kristalle und diese hübschen Origami-Blüten gelegt?«, fragte Lia.

Dorient setzte gerade zu einer Antwort an, als plötzlich ein wütendes Pfeifen ertönte. Aus der Dunkelheit des Stollens tauchten zwei Vögel auf und umkreisten sie angriffslustig. Sie waren groß wie Falken, nur dass ihr Federkleid schneeweiß leuchtete. Mit ihren metallisch glänzenden Schnäbeln hackten die aufgebrachten Vogeleltern in die Luft und ihre ausgefahrenen Krallen streiften Lias Schulter. Das war zweifelsohne nur eine Drohung gewesen, der nächste Krallenkontakt würde Kratzspuren hinterlassen.

»Weg hier!«, rief Lia.

Hastig traten Dorient und Lia den Rückzug an und brachten sich hinter der nächsten Kurve in Sicherheit. Die Vögel, die bei ihrem Nest zurückblieben, schickten ihnen warnende Rufe hinterher.

Lia unterdrückte einen nervösen Schluckauf. »Ich habe ja mit einigem in diesem finsteren Stollen gerechnet: Monsterkrabbelviecher, Schimmelpilzlandschaften oder meinetwegen auch Geisterelfen. Aber angriffslustiges Federvieh?«

»Das waren Marmorvögel, sie leben in der Dunkelheit, brüten in Stollen ihre schwarzen Eier aus. Sie sind die Wappentiere der Erdelfen«, sagte Dorient. »Seit dem großen Streit gelten die Marmorvögel in Springwasser als ausgestorben, weil es hier keine Erdelfen mehr gibt, die sie pflegen könnten.«

»Auf mich wirkte das Vogelpaar mit den klackernden Schnäbeln recht lebendig«, flüsterte Lia.

Dorient drückte ihre Hand. »Marmorvögel sind sehr selten, weil sie sich nur von Mineralblüten ernähren. Du weißt schon, die schillernden Blumen, die du für Origami-Schnickes gehalten hast. Damit diese Blüten sprießen, muss man zuvor die Samen düngen, sonst bleiben die nämlich bis in alle Ewigkeit versteinert. So wie es aussieht, sind Taukristalle ein tolles Düngemittel. Die Blütenknospen im Nest waren schon weit gediehen. Als Pixie kennt Blo sich mit so was bestimmt gut aus.«

Lia dachte nach, was wegen der immer noch schimpfenden Marmorvögel nicht gerade leicht war. »Blo muss die versteinerten Samen auf einer ihrer Springwasser-Expeditionen entdeckt haben. Nur macht sie sich nichts aus Grünzeug, selbst wenn es aus Mineralien besteht. Warum sollte Blo mir die Kristalle stibitzen für etwas, das ihr nicht am Herzen liegt? Das passt so gar nicht zu ihr.«

»Vielleicht ging es Blo weniger um die Mineralblumen als um die Marmorvögel«, überlegte Dorient. »Seit es in Springwasser keine Erdelfen mehr gibt, die sich um die Stollen und ihre Pflanzenwelt kümmern, gab es auch keine Marmorvögel mehr am Nachthimmel. Dabei ist ihr Gesang besonders schön, sogar wir Luftelfen lieben ihn. In alten Märchen begleiten die Marmorvögel übrigens den Ritt der Walküren hinauf zu den Sternen.«

Lia lachte. »Damit ist alles klar! Blo wollte den Vögeln helfen, wieder in Springwasser heimisch zu werden, damit sie eines Tages auch ihre Einsätze beträllern.« Dann stutzte sie. »Blo hätte mich wegen der Kristalle fragen können. Als ihre Freundin hätte ich ihr sicherlich ein paar gegeben.« Wenn ich sie selbst nicht unbedingt brauchen würde, um in mein Menschenleben zurückzukehren, fügte Lia in Gedanken hinzu.

»Eine Luftprinzessin, die wertvolle Taukristalle für Marmorvögel, die Wappentiere der verhassten Erdelfen, hergibt? Mit so viel Großzügigkeit hat vermutlich nicht mal eure wagemutige Pixie gerechnet«, winkte Dorient ab. »Wir müssen jetzt jedenfalls überlegen, wie es weitergehen soll.«

»Na, wir flitzen um die Ecke und holen uns die Kristalle, bevor die Marmorvögel uns die Haare ausrupfen«, sagte Lia, obwohl ihr allein der Gedanke die Kehle zuschnürte. »Und dann ab zu Asalia, damit sie nicht meine Hockey-Zukunft ruiniert.«

»Es ist nur so ...« Dorient räusperte sich. »Ohne die Taukristalle werden keine weiteren Samen aufbrechen, was bedeutet, dass es für die Vogelbabys schon bald nach dem Schlüpfen nichts mehr zu essen gibt.«

Das klang nicht gut. »Dann müssen die Kristalle eben liegen bleiben. Wie lange dauert es denn, bis die Vogelbabys flügge sind?«

Dorient druckste herum. »Soviel ich weiß, erklingt der Gesang der Jungvögel zum ersten Mal in der längsten Nacht des Jahres, also zu Silvester.«

Lia biss sich auf die Unterlippe. »Aber dann müsste ich vielleicht wochenlang warten, bis wieder mal ein Ausflug zu den Wasserfällen ansteht und ich dort neue Kristalle besorgen kann.«

»Wäre das denn so schlimm?«, fragte Dorient und stupste Lia von der Seite an. »Du fühlst dich doch ganz wohl in Springwasser. Und ich kümmere mich darum, dass du hier eine richtig gute Zeit hast. Nichts leichter als das, ich bin gern mit dir zusammen.« Kaum waren die Worte draußen, lief Dorient rot an. »Also, weil ... Alles ist besser, als Asalia am Hals zu haben, die mir unentwegt die Ohren volljammert, weil sie lieber in der Menschenwelt sein will.«

»Schon klar.« Lia tätschelte dem großen Elfenjungen die Schulter, ihre Gedanken waren aber woanders.

Aus der Dunkelheit ertönte inzwischen lieblicher Vogelgesang, der die Angst vor der Dunkelheit und der Schwere des Erdreichs auflöste. Die Marmorvögel hatten sich beruhigt und sangen ihrem in den Eiern schlummernden Nachwuchs Lieder vor. Eine ungeahnte Leichtigkeit breitete sich in Lia aus, wie sie sie seit dem Moment, als sie im Stadtpark im falschen Körper zu sich gekommen war, nicht mehr gefühlt hatte. Der Gesang der Marmorvögel war zu Recht so berühmt, er berührte das Herz, bis es zu schweben anfing.

Die Entscheidung fiel nicht nur schnell, sondern sie fiel

Lia auch leicht. »Die Marmorvögel können die Taukristalle behalten. Es gibt noch andere Hockey-Teams als die Knall-Girrrlz.«

Erleichtert atmete Dorient aus.

Sofort hob Lia den Zeigefinger. »Uns bleibt noch eine Sache: die fiese Erpresserin Valmariana. Wenn ich bleibe, wird sie sich nicht mehr lange mit Fallenstellen und Drohungen begnügen. Valmariana wird mich verraten. Und dann haben wir beide ein echt dickes Problem.«

Dorient verschränkte die Arme und der Anhänger auf seiner Brust schien heller zu leuchten. »Ich werde mir diese hinterhältige Wetterhexe schnappen und ihr klarmachen, was ich als zukünftiger König der Himmelsreiche von ihrem Benehmen halte.«

Lia schüttelte den Kopf. »Das würde Valmariana nur noch wütender machen und dann schickt sie einfach ihre Freundinnen vor, um mich zu verpetzen. Nein, ich muss in den sauren Apfel beißen und ihr etwas im Tausch für ihr Schweigen anbieten. Vielleicht ist Valmariana ja zufrieden, wenn ich mich ab jetzt immer ganz leise und unauffällig verhalte, damit sie die unbestrittene Nummer eins sein kann. Ich könnte sogar die Tiara absetzen.«

»Das würde dir so passen, die Tiara bleibt, wo sie ist«, sagte Dorient mit einem Schmunzeln. »Jetzt müssen wir erst mal zurück zum Abendessen, sonst sorgt die Heilerelfe dafür, dass wir wirklich was zum Jammern haben. Was wir mit Valmariana machen, überlegen wir uns später.«

Lia nickte, dann verließen sie gemeinsam die Stollenwelt unter den Baumwurzeln, die – dank des Gesangs der Marmorvögel – gar nicht mehr so finster und fremd war.

23.

Tohuwabohu

Die Heilerelfe auf der Krankenstation zeigte sich nicht besonders überzeugt von Lias Spontanheilung. Glücklicherweise kehrte sie gut gelaunt von den Alchemisten zurück, schwärmte von einer neuen Versuchsreihe, bei der die Funkelkraft der Springwasser-Quelle als Topping auf Prickel-Pops kam. Nachdem sie Lia noch einmal die Leviten gelesen hatte, sich nie wieder dermaßen mit Gewitterfunkenkompott vollzustopfen, schickte sie die Elfenkinder zurück in den Speisesaal. »Mit etwas Glück kommt ihr gerade noch rechtzeitig zum Glasharfenkonzert«, sagte die Heilerelfe zum Abschied.

Als Lia und Dorient den Speisesaal erreichten, stand der Zeremonienmeister nicht wie gewohnt an der Tür, um die Ankömmlinge anzukündigen oder sie auf ihre Vergehen hinzuweisen. Stattdessen begrüßte sie lautstarker Lärm.

Lia sah Dorient fragend an. »Ist das Getöse etwa schon die angekündigte Glasharfenmusik?«

»Dafür ist es noch zu früh«, sagte Dorient. »Für gewöhnlich muss der Zeremonienmeister eine halbe Ewigkeit auf das Orchester einreden, bis alle ihr Lampenfieber überwunden haben. Harfenisten sind noch sensibler als die hauchdünnen Gläser, mit denen sie musizieren. Das Gejohle klingt für mich eher nach einer aus dem Ruder gelaufenen Geburtstagsparty. Vielleicht sollten wir uns lieber verziehen. Wir können gerade keinen Ärger gebrauchen.«

Lia wollte schon zustimmen, doch dann hörte sie Serafina lautstark rufen: »Wie gefällt dir meine Wasserbombe mit einer Extraportion Sedimentschlick, du Plantlingsverfärberin?«

»Hört sich an, als ob deine Freundin gerade Valmariana den Krieg erklärt«, sagte Dorient.

»Verflixte Trollkacke! Wenn Serafina zum Kampf bläst, sind Blo und Merla bestimmt mit dabei. Ich muss zu ihnen!« Lia stieß die beiden Flügeltüren zum Speisesaal mit Schwung auf und stürmte hinein. Vom Zeremonienmeister war weit und breit nichts zu sehen.

Serafina stand im Springbrunnen und bewarf Valmariana mit Beuteln voller grünem Matsch, der verdächtig nach dem Abendessen für Undinen aussah.

Valmariana wich den Bomben geschickt aus, trotzdem landeten einige Spritzer auf ihrem zartrosa Overall, als einer der Beutel am Hinterkopf eines Smaragdelfen zerplatzte.

»Du verrückte Undine hast wohl nur Wattwurmhaufen hinter deiner Stirn«, wetterte Valmariana. »Dieser Overall ist ein Geschenk meiner Großmutter!«

»Deine werte Großmutter wird bestimmt begeistert sein von meinen Verschönungskünsten.« Serafina schleuderte den nächsten Beutel nach der Luftelfe.

»Vorsicht, hinter dir!«, rief Merla ihrer Wabenfreundin zu

und deutete auf die riesige Quadrophenia, die sich von hinten an den Springbrunnen herangeschlichen hatte und nun ihre kräftigen Arme nach der Undine ausstreckte.

Serafina flog herum und lenkte einen Wasserstrahl so um, dass er Quadrophenia ins Gesicht traf.

Leider wurden auch jede Menge anderer Elfenschüler von der Dusche getroffen. Besonders die Feuerelfen unter ihnen waren darüber nicht begeistert, während eine Schilfschönelfe spontan Blätter austrieb.

Dann brach das reinste Chaos aus.

Lia und Dorient wussten kaum, wohin sie zuerst schauen sollten. Überall sprangen plötzlich Elfenkinder herum, kippten randvolle Schüsseln über ihre Mitschüler, schleuderten Samenkugeln und Besteck durch die Luft, sprangen über umgestürzte Stühle und schubsten einander aus dem Weg. Die meisten lachten und hielten das Durcheinander offenbar für einen Mordsspaß, aber einige nutzten das Getobe auch, um alte Rechnungen zu begleichen.

Der Esstisch von Lias Einheit lag auf der Seite und auf seiner Platte schwelten schwarze Brandstellen. Merla war dahinter in Deckung gegangen vor Valmarianas Freundinnen, der Tautropfensammlerin Dasolia und der Kesselglutelfe Razeiandra, die zweifelsohne für die Brandschäden verantwortlich war. Die beiden Elfenmädchen waren auf Rache aus, weil Merla Serafina eine Warnung zugerufen hatte. Ihrem siegessicheren Grinsen nach rechneten sie nicht mit Gegenwehr. Doch plötzlich sprang Merla hoch und feuerte mit einer erstaunlichen Wurfkraft Nüsse auf ihre Belagerer. Der biegsamen Dasolia gelang es, den Geschossen auszuweichen, doch Razeiandra bekam gleich drei Nüsse hintereinander ab.

Eine davon flog mit Karacho gegen ihre Stirn. Die Kesselglutelfe taumelte zurück und landete mitten auf einem Esstisch, dessen Tischdecke unter ihrem Hintern Feuer fing.

»Ich erwarte etwas mehr Selbstbeherrschung, gerade von Feuerelfen!« Der Zeremonienmeister schob Lia und Dorient, die dem Wildmädchen gerade zu Hilfe kommen wollten, aus dem Weg. Dann ergoss sich aus der Glaskugel auf seinem Stab ein Schwall Wasser. Er löschte damit nicht nur das Feuer, auch Razeiandra wurde pitschnass, was ihre Haut sofort aschgrau werden ließ.

»Ich vertrage kein Wasser«, jammerte Razeiandra.

Der Zeremonienmeister rümpfte die Habichtsnase. »Schmeiß in meinem Speisesaal nicht mit Glutstückchen nach Mitschülerinnen und steck keine edlen Tischdecken in Brand, dann sehe ich mich auch nicht gezwungen, dich zu löschen. Hak dich bei mir unter, ich bringe dich auf die Krankenstation. Und ihr anderen …« Er ließ einen strengen Blick kreisen. »Ihr sorgt dafür, dass hier alles wieder ordentlich ist, wenn ich zurückkomme. Ich will keine einzige Serviette auf dem Boden liegen sehen.«

Die Elfenkinder stellten bei der strengen Stimme des Zeremonienmeisters das Toben sofort ein. Kaum war er jedoch zur Tür hinaus, ging es wieder los.

Dasolia sprang hinter den umgekippten Tisch und nahm Merla in den Schwitzkasten. »Hab dich, du hinterhältiger Wischmopp!«, rief die Tautropfensammlerin siegessicher.

»Und ich hab dich«, sagte Lia und zog Dasolia an ihrem permuttfarbenen Pferdeschwanz. »Du lässt sofort Merla los – oder du trägst gleich einen Kurzhaarschnitt, weil ich dir nämlich dein Haar mit Miniblitzen verkokeln werde.«

Sofort gab Dasolia die keuchende Merla frei und verschwand in einer vorbeilaufenden Schülergruppe.

»Danke«, sagte Merla. »Wir sollten uns um Blo kümmern, bevor die Pixie vor lauter Kampfeslust etwas Dummes anstellt.«

»Wo steckt Blo überhaupt?«, fragte Lia.

Merla zuckte die Schultern. »Als es losging, ist sie zum Springbrunnen geflogen, um Serafina beizustehen.«

Lia sah sich um, bis sie eine Gruppe Elfenschüler entdeckte, die aufgeregt summten. Mit Merla im Schlepptau zwängte sie sich durch die Menge. Tatsächlich bildeten die Elfen einen Kreis, in dessen Mitte sich die riesige Quadrophenia und Blo einen ungleichen Zweikampf lieferten.

»Das ist ja David gegen Goliath«, seufzte Lia.

Merla schaute sie verwirrt an. »Wie bitte?«

»Ach, nur so eine alte Geschichte, in der ein Winzling gegen einen Riesen antritt«, zog Lia sich aus der Affäre.

Trotz des enormen Größenunterschieds schlug Blo sich erstaunlich gut, denn was ihr an Körpermasse fehlte, machte sie durch Schnelligkeit wieder wett. In Quadrophenias breitem Gesicht und an ihren Unterarmen prangten bereits rote Pusteln, die von Stichen von Blos in Mückengift getränktem Dolch stammten. Allerdings wirkte die Pixie von ihren vielen Angriffsflügen erschöpft, während Quadrophenia wie ein Baum dastand und nach der herumschwirrenden Pixie schlug. Es war nur eine Frage der Zeit, bis Blo den Prankenschlägen nicht länger ausweichen konnte.

Lia musste etwas einfallen – und zwar schnell.

Ein Angriff auf die riesige Quadrophenia würde nichts

bringen. Die Gebirgselfe war viel stärker als Lia, vermutlich war sie das stärkste Mädchen an der ganzen Schule. Ansonsten hätte Valmariana niemals zugelassen, dass sich eine so plumpe Elfe ihrer Clique anschloss.

Ludmilla spürte wohl Lias Unruhe, denn sie glitt in ihre Hände, wofür Lia ihr dankbar war.

»Wir müssen etwas unternehmen, sonst wird Blo gleich plattgemacht«, sagte Merla. »Ich weiß nur nicht, was.«

Aber ich, dachte Lia mit der sich windenden Ludmilla in den Händen. Ich mach's wie beim Hockey, da kommt es auch mehr auf Technik und Taktik statt auf Kraft an.

Ohne Merla groß vorzuwarnen, flitzte Lia los und verpasste Quadrophenia einen Bodycheck von der Seite, der die große Elfe nicht einmal ins Schwanken brachte.

Quadrophenia grunzte. »Noch so eine lästige Schmeißfliege aus der Nachtflugwabe.«

»Aber eine, die dich beim nächsten Rempler fällen wird wie eine Eiche«, behauptete Lia großspurig. »Das eben war nur ein Vorgeschmack, am besten, du gibst gleich auf.«

»Der Rempler war nicht mehr als ein Luftzug«, winkte Quadrophenia ab. »Wenn du mir noch mal zu nah kommst, Prinzesschen, zeige ich dir, was ein echter Rempler ist. Dann können deine wieseligen Freundinnen dich von der Wand kratzen.«

Lia grinste. »Das sind ja ganz schön große Töne von unserem Riesenbaby.«

Quadrophenia knurrte. »So nennst du mich nicht noch mal.«

»Warum denn? Riesenbaby passt doch super.«

Ein Raunen ging durch die Menge, der Kreis um die beiden Kontrahentinnen wurde größer und sogar Blo blickte besorgt drein.

»Ich warne dich, noch kommst du mit einer Entschuldigung davon, weil du Adelsblut in dir trägst«, knurrte Quadrophenia.

Lia winkte ab. »Jetzt bitte nicht heulen, ich habe nämlich keinen Riesenschnuller zur Hand.«

Mit einem Wutschrei stürzte Quadrophenia auf Lia zu, die Hände ausgestreckt für einen Turboschubser. Lia ging ihrerseits auf Angriff, preschte vor – und duckte sich in letzter Sekunde unter Quadrophenias Fäusten weg, schlitterte an ihr vorbei und warf Ludmilla vor ihre Füße, die sich in bester Rankenmanier um Quadrophenias Beine wickelte. Das große Elfenmädchen kam ins Stolpern und fiel der Länge nach hin. Die herumstehenden Schüler wichen gerade noch rechtzeitig aus.

Mit Luftelfengeschwindigkeit legte Lia eine Kehrtwende hin und setzte sich auf Quadrophenias Rücken.

»Pah, das Spiel kenne ich, das habe ich schon als Elfling mit meinen Brüdern gespielt«, grunzte Quadrophenia. »Ich werfe dich gleich wieder ab, du Leichtgewicht.«

Hastig winkte Lia der verblüfften Merla zu, als Quadrophenia zu buckeln anfing. »Ich könnte ein wenig Unterstützung gebrauchen.«

Das Wildmädchen zögerte nicht lang, sondern setzte sich ebenfalls auf die flach am Boden liegende Gebirgselfe.

»Ich auch«, sagte Blo und landete auf Quadrophenias Hinterkopf.

»Das ist ein ganz mieser Trick und total gegen die Regeln«, murrte Quadrophenia. »Und jetzt runter von mir.«

»Erst wenn du versprichst, friedlich zu sein«, sagte Lia.

»Von wegen, erst rupfe ich dein Grünzeug von einem Plantling, das mich zu Fall gebracht hat, und dann dich – Adel hin oder her.« Quadrophenia versuchte, auf alle viere zu kommen. Es fühlte sich an, als würde ein Berg zum Leben erwachen. Einer, dem nichts und niemand Einhalt gebieten konnte.

»Qudrophenia ist zu stark, sie wirft uns gleich ab«, flüsterte Merla ängstlich.

»Ist auf dem Koloss noch Platz für mich?« Dorient drängte sich durch die Menge, dann setzte er sich ebenfalls rittlings auf Quadrophenias Rücken. »Tut mir leid, dass ich so spät dran bin, aber Lofi hatte ein kleines Problem mit einem älteren Schüler aus der Monsun-Familie, der ihm das Licht ausblasen wollte.«

Unter dem zusätzlichen Gewicht des hochgewachsenen Luftelfs plumpste Quadrophenia zurück auf den Boden. »Ich gebe auf«, verkündete sie.

»Schade«, sagte Blo, ehe sie hochflog. »Es wurde gerade so richtig gemütlich.«

Merla sprang hastig zur Seite, offenbar geschockt über die Tatsache, dass ihr ein Junge so nah gekommen war, während Dorient Quadrophenia die Hand hinhielt, um ihr aufzuhelfen. Ihrem breiten Lächeln nach ließ sie das ihre Niederlage schlagartig vergessen.

Lia hob unterdessen Ludmilla auf, die sich merklich gut gelaunt an ihrem Arm emporschlängelte. »Das hast du fein gemacht, du kleine Stolperfalle«, lobte sie ihren Plantling.

In diesem Moment schoss Valmariana über ihren Köpfen durch die Luft. Ihr Overall war mit dunkelgrünen Sprengseln bedeckt und ihre Wallemähne hing in klitschnassen Strähnen herab. »Quadri«, rief sie. »Ich brauche deine Hilfe. Diese Sumpfhexe gibt nicht auf!«

»'tschuldigung, aber ich bin raus aus der Klopperei«, sagte Quadrophenia, die immer noch Dorient von der Seite anhimmelte.

Valmariana lief so rot an, als stünde sie kurz vor dem Explodieren. »Dann bleibt mir nichts anderes übrig, als fies zu werden. Ihr Nachtflugwablinge habt es ja nicht anders gewollt.« Sie stieg senkrecht in die Luft und hielt die Hände wie einen Trichter vor den Mund. »Alle mal herhören! Ich habe etwas über eine Elfe aus der Nachtflugwabe zu verkünden, etwas, das euch alle schockieren wird.«

24.

Entlarvung

Das Triumphgefühl, das Lia bei Quadrophenias Einlenken überkommen hatte, verpuffte wie ein Wölkchen am Sommerhimmel.

Eine Valmariana, der man beim Mondscheintanz die Schau stahl, war schlimm.

Eine bei der ersten Flugstunde ausgetrickste Valmariana war schlimmer.

Aber eine vor der gesamten Schülerschaft gedemütigte Valmariana?

Eine Bombe, deren Zeitzünder gerade ablief.

Als Valmarianas zornig funkelnder Blick Lia streifte, wusste sie, dass der Luftelfe weder mit guten Worte noch mit einer Bestechung beizukommen war. Valmariana wollte Rache – und zwar sofort.

Lia hatte zwar ihren Freundinnen geholfen, den Kampf hatte sie jedoch verloren: Valmariana würde sie jetzt vor der gesamten Schülerschaft verraten.

So gut es ging, versuchte Lia sich für das, was ihr bevorstand, zu wappnen. Gleich würden alle wissen, dass sie ein Menschkind war, das den Körper der Luftprinzessin wie eine Verkleidung trug. Und das, obwohl Menschen in Andersreich nichts verloren hatten. Die Birkengarde würde sie bestimmt wie eine Verbrecherin abführen und sie hatte keine Ahnung, was dann mit ihr geschehen würde. Schmiss man Menschen nur raus aus Andersreich, löschte man vorher ihre Erinnerung mit einem Gebräu der Alchemisten oder steckte man sie in einen Stollen und vergaß sie? Noch mehr setzte ihr die Frage zu, was mit Dorient geschehen würde, wenn rauskam, dass er ihren Betrug gedeckt hatte. Selbst wenn er nicht der Schule verwiesen wurde, würde seinen strengen Eltern bestimmt eine Strafe einfallen. Am schlimmsten war jedoch die Tatsache, dass ihre Freundinnen aus der Nachtflugwabe nun auf diese Art erfahren würden, dass Lia sie belogen hatte. Okay, ihr war nichts anderes übrig geblieben. Schließlich hatte der Körpertausch mit Asalia ohne ihre Zustimmung stattgefunden und seitdem hatte sie alles darangesetzt, ihn rückgängig zu machen.

Trotzdem.

Lia hatte die Freundschaft der Elfenmädchen angenommen, weil sie unbedingt ihre Freundin hatte sein wollen. Jede Einzelne von ihnen – Serafina, Merla, Blo – war etwas Besonderes und einfach toll. Was hatte sie sich nur dabei gedacht?

Ergeben richtete Lia sich auf.

Sofort zeigte Valmariana mit dem Finger auf sie. »Du brauchst dir keine Mühe zu geben, es ist mir schnurz, was du zu sagen hast, Prinzessin der Himmelsreiche. Ich habe schon viel zu lang geschwiegen, damit ist jetzt Schluss.«

»Lass uns das unter vier Augen klären«, bot Lia an. »Was

du vorhast, bringt nur Unruhe. Außerdem musst du dich fragen lassen, warum du das Geheimnis so lange für dich behalten hast.«

Valmariana zitterte vor Wut. »Ich verteidige mich nicht vor dir. Nein, ganz bestimmt nicht. Bei dir und der ach so königlichen Familie der Aurelianten läuft alles schief, ihr seid vollkommen verdreht. Schau dich doch an, du bist keine Prinzessin, sondern ein schlechter Witz.«

Aus den Augenwinkeln bemerkte Lia, dass Dorient auf sie zukam. Bestimmt wollte er ihr – ganz großer Bruder – helfen. Doch das hier musste sie allein durchstehen, es war die einzige Möglichkeit, dass später niemand Dorient der Mittäterschaft bezichtigte.

Bevor Dorient sich zu Wort melden konnte, sagte Lia: »Ich bin ja auch nicht nach Springwasser gekommen, um eine Prinzessin zu sein, sondern um den Unterricht zu besuchen. Und falls du es vergessen hast, Springwasser ist für alle da, jeder darf kommen, niemand wird ausgegrenzt.«

Valmariana verdrehte die Augen. »So eine Wurmlochsülze! Das kann doch nur jemand glauben, der im hohen Turm des Glaspalastes aufgewachsen ist. Ihr Aurelianten seid unfähige Träumer, ihr könnt froh sein, dass es adelige Luftelfen wie mich und meine Familie gibt, die sich eurem Schmusekurs verweigern und stattdessen das Richtige tun.«

Okay, das war nicht nett, aber was hatte der politische Kurs des Aureliantischen Königspaars mit der Körpertauschsache zu tun? Da oben ist die Luft wohl so dünn, dass sie schon wirres Zeug redet, dachte Lia. »Wovon redest du bloß?«, sagte sie laut.

»Davon, dass *sie* gehen muss!«, kreischte Valmariana.

Verwirrt starrte Lia das über ihr flatternde Elfenmädchen an. »Wer?«

Stumm vor Wut zeigte Valmariana auf Merla, die verlegen in Lias Nähe stand.

Schlagartig begriff Lia, was los war. Es ging gar nicht um sie, sondern um Merla! Die Fallen waren gar nicht für sie gedacht gewesen, nein, damit hatte Valmariana das Wildmädchen verscheuchen wollen. Mit den Beschimpfungen als »ekeliges Etwas«, das »in sein Loch zurückkriechen soll«, war tatsächlich Merla gemeint gewesen. Dann hatte Asalia mit ihrer Vermutung also richtiggelegen.

»Du kannst Merla nichts anhaben, nur weil sie ein Wildmädchen ist«, sagte Lia.

Ein paar Schüler murrten, bis schließlich ein hochgewachsener Elfenjunge mit Mottenflügeln vortrat. »Vielleicht kann Valmariana es nicht allein, aber wir sind mit von der Partie«, verkündete er. »Wildlinge haben nichts an unserer Schule verloren, sie tragen kein Stück Wissen bei, außer wie man in Erdlöchern hockt und Käfer mit den Zähnen knackt.«

»So ein Unsinn«, rief Lia aufgebracht. »Merla ist mit Abstand die schlaueste Elfe, die ich in Springwasser bislang kennengelernt habe. Und selbst wenn es nicht so wäre, dürfte sie diese Schule besuchen. Ihr macht euch doch nur wichtig. Alle wissen, wer Merla ist, und außer euch Pappnasen hat niemand ein Problem damit.«

»Du denkst also, deine Busenfreundin sei ein Wildmädchen. Ha!« Valmariana lachte giftig. »Du bist nicht nur eine unfähige Prinzessin, sondern auch noch eine blöde Gans obendrein. Du weißt noch nicht mal, mit wem du es zu tun hast, obwohl du dir mit dieser Kreatur eine Wabe teilst.«

Bei dem Wort ›Kreatur‹ unterdrückte Merla ein Schluchzen. Die Ärmste zitterte am ganzen Körper.

»Das reicht jetzt«, sagte Lia. »Du hörst sofort mit dem Mobbing auf, Valmariana. Oder ich komme zu dir rauf und wir finden heraus, ob du dann noch so eine große Klappe hast.« Dabei war Lia unsicher, ob ihre schmerzenden Flügel sich überhaupt öffnen würden. Valmariana hatte offenbar nichts aus der Flugstunde gelernt und weiterhin Steifebrise-Salbe auf ihre Flügel aufgetragen.

Valmarianas sonst so hübsches Gesicht war wutverzerrt. »Du drohst mir, einer Luftelfe, jemandem aus deinem Volk? Und das alles wegen einer widerlichen, verlogenen Erdelfe, die sich in einem Wildmädchen-Kostüm in Springwasser eingeschlichen hat?«

Jetzt ist Valmariana völlig durchgeknallt, dachte Lia. Als sie sich zu Merla drehte, sah sie in deren Bronzeaugen die blanke Angst.

»Offenbare dich«, rief Valmariana und schmiss eine Glaskugel nach Merla, die sie an der Brust traf und zerbrach.

»Nicht, kein Salzwasser, das ertrage ich nicht«, keuchte Merla, doch es war zu spät. Der Pelz glitt von ihren Schultern wie ein Mantel, den man abstreifte. Zum Vorschein kam ein zartes Elfenmädchen mit ebenholzschwarzem Haar, das ein ovales schönes Gesicht umrahmte, und auf dessen schneeweißer Haut an Schultern und Stirn Muster aus verschiedenfarbigen Edelsteinen schimmerten.

»Heiliger Westwind«, raunte Dorient. »Sie ist wirklich eine Erdelfe.« Er packte Lia an der Schulter und zog sie von Merla weg, als wäre ihre Schulfreundin plötzlich gefährlich.

Auch alle anderen Schüler wichen zurück, einige stöhnten sogar angstvoll auf.

Lia versuchte sich aus Dorients Griff zu befreien, doch der Elfenjunge war kräftiger. »Ist schon gut, es ist doch bloß Merla.«

Dorient schüttelte entschlossen den Kopf. »In erster Linie ist sie eine Erdelfe, die sich in einer Verkleidung in Springwasser eingeschlichen hat. Wer weiß, mit welchem Auftrag sie hierhergekommen ist. Nicht alle Erdelfen sind froh über die Bemühungen unserer Eltern, wieder Frieden zwischen den Völkern zu stiften.«

»Ich würde Lia niemals etwas antun«, sagte Merla mit tränenerstickter Stimme.

»Aber du könntest«, erwiderte Dorient. »Ich habe Geschichten darüber gehört, wozu ihr Erdelfen die Edelsteine auf eurer Haut einsetzen könnt: Sie sind wunderschöne Waffen.«

»Hallo, geht's noch? Merla hat niemandem etwas zuleide getan und wird es auch nicht tun. Und jetzt lass mich gefälligst zu meiner Freundin.« Lia kämpfte gegen Dorients Griff an, ohne etwas auszurichten. Tja, offenbar war es nicht immer nur ein Zuckerschlecken, einen großen Bruder zu haben.

»Wir sollten diese Spionin der Erdelfen überwältigen und fesseln, bis die Birkengarde sie abführt«, sagte der Mottenelf und trat auf die zurückweichende Merla zu.

Valmariana strich sich würdevoll das verklebte Haar aus der Stirn. »Die Spionin gehört in ein Luftgefängnis hoch über Springwasser gesperrt, wo das Sonnenlicht die Macht ihrer Edelsteine schwächt. Und vielleicht lockert sich dann auch ihre Zunge und sie verrät uns, mit welchen üblen Plänen sie nach Springwasser gekommen ist und sich an die Prinzessin der Himmelsreiche rangeschmissen hat. Kein Wunder, dass Lia sich so verrückt und kein bisschen prinzessinnenhaft aufführt.« Die Luftelfe war voll in ihrem Element. Merlas Entlarvung war Balsam für ihre Seele. »Ich werde sofort meine Großmutter informieren, damit sie alles Nötige in die Wege leitet.«

»Du brauchst wohl eine Abkühlung, damit sich dein Gehirn nicht weiter überhitzt«, erklang Serafinas Stimme vom Springbrunnen. Eine Sekunde später schoss ein Wasserstrahl in die Luft und brachte Valmariana ins Trudeln.

»Glaubst du wirklich, dass man Merla vertrauen kann?«, flüsterte Blo in Lias Ohr.

»Genauso, wie du mir vertrauen kannst«, antwortete Lia.

Blo nickte. »Hab ich mir eh gedacht.« Dann pikste sie Dorient mit ihrem Akaziendornschwert in den Arm. »Tut mir leid, aber Freundschaft geht vor Krone.«

»Autsch.« Dorient zuckte zurück, sodass Lia sich aus seinem Griff befreien konnte. Im elfenmäßigen Turbogang lief sie zu Merla und schubste auf dem Weg den Mottenjungen zur Seite. Obwohl die Erdelfe zurückwich, legte Lia ihren Arm um Merlas Schultern, dann hob sie energisch das Kinn und blickte in die Runde.

Viele verängstigte, wütende, aber auch unentschlossene Elfenschüler sahen sie an.

Lia hoffte inständig, dass ihre Tiara wenigstens dieses eine Mal richtig auf dem Kopf saß, denn sie konnte den Anschein königlicher Ausstrahlung gebrauchen. »Merla hat jedes Recht, in Springwasser zu sein, genau wie alle anderen Elfenkinder. Sie hat sich als jemand ausgegeben, der sie nicht ist. Ob das die feine Art ist, darüber kann man sich streiten. Aber wenn ich mir so anschaue, was für einen Aufstand ihr probt, weil sie eine Erdelfe ist, kann ich ihre Entscheidung verstehen. Statt ihr eine Chance zu geben, habt ihr Angst und wollt sie einsperren. Das könnt ihr aber vergessen, das lasse ich nicht zu.«

»Falsch«, sagte Serafina, die ihren Platz beim Springbrunnen verlassen hatte und sich neben Merla stellte. »Das lassen *wir* nicht zu. Ich weiß, wir Undinen sind fast genauso unbeliebt wie die Erdelfen. Deshalb juckt es mich nicht, wenn ihr mir böse Blicke zuwerft, weil ich zu einer Erdelfe halte. Im Gegensatz zu Merla weiß ich nämlich, wie man sich wehrt. Damit habe ich bereits jede Menge Erfahrungen gemacht, legt euch also lieber nicht mit mir an.«

Blos Flügel klirrten aufgeregt, als sie in Angriffshaltung ging. »Genau, legt euch besser nicht mit der Nachtflugwabe an. Außer ihr wollt, dass ich die Schneide meines Schwertes an euch wetze.«

»Blo, also wirklich«, mahnte Lia.

»Einverstanden, das Schwert bleibt in der Scheide. Das brauche ich auch nicht, um euch den Kopf geradezustoßen, ich bin nämlich auch im Faustkampf geübt«, ließ die Pixie die zurückweichenden Elfenschüler wissen.

»Ich glaube, wir können auf eine Demonstration deiner Kampfkünste verzichten, meine liebe Blo. Wenn du also bitte eine entspannte Körperhaltung einnehmen würdest?«

Beim Klang von Madame Mab Nachtalbes Stimme zuckten sämtliche Elfenkinder im Speisesaal zusammen. Wie auf einen geheimen Befehl hin weitete sich der Kreis, denn der Lehrerin für Verdunklungs- und Entschleierungskunde wollte lieber niemand im Weg stehen. Vor allem nicht, wenn sie sichtlich aufgebracht war und Rauch unter ihren Mantelaufschlägen hervorquoll.

»Und du, Valmariana, komm sofort runter«, wies Madame Mab Nachtalbe die aufgeregt herumflatternde Luftelfe an. »Ich gehe davon aus, dass du als Neuling an der Schule noch nicht weißt, dass im Speisesaal striktes Flugverbot für Luftelfen ab der Körpergröße Junge Birke herrscht – was auf dich eindeutig zutrifft. Andernfalls musst du mit einem einwöchigen Schulverweis rechnen.«

Valmariana fiel quasi zu Boden, so hastig zog sie ihre Flügel ein. »Ich habe mich nur in Sicherheit bringen wollen, an dieser Schule ist man ja dank dieser Erdelfen-Spionin seines Lebens nicht sicher.«

»Verstehe ich das richtig«, fragte Madame Mab Nachtalbe scharf nach, »dass du von Merla angegriffen wurdest?«

»Noch nicht«, wich Valmariana aus. »Aber jeder weiß, wie Erdelfen so sind, besonders gegenüber Luftelfen eines herausragenden Adelsgeschlechts.«

»Ich habe das Gefühl, als ob sich hier eine Luft- und eine Erdelfe ausgezeichnet miteinander verstehen.« Madame Nachtalbe deutete auf Lia, deren Arm immer noch um die Schultern der zitternden Merla lag. »Wer von allen hier Anwesenden wurde von Merla bedroht, sodass ihr euch geballt wie ein aufgebrachter Hornissenschwarm gegen sie gestellt habt? Bitte vortreten.«

Niemand trat vor. Stattdessen traten alle einen weiteren Schritt zurück. Sogar Quadrophenia gelang es trotz ihrer massigen Gestalt, unauffällig zwischen den anderen unterzutauchen.

Nur Dorient blieb stehen. »Meine Eltern hätten darüber informiert werden müssen, dass eine Erdelfe nicht nur den gleichen Jahrgang wie meine kleine Schwester besucht, sondern sogar ihrer Wabeneinheit zugeteilt ist. Meine Familie versucht zwar gerade, wieder eine freundliche Verbindung zu den Erdelfen aufzubauen, aber ich weiß nicht, ob sie so etwas gutheißen würden.«

»Dann fragen wir das königliche Paar der Aurelianten am besten persönlich nach seiner Meinung. Wie gut, dass Ihre Eltern justament vorhaben, Springwasser eine Stippvisite abzustatten.«

Lia wurde ganz mulmig. Dorients Eltern, die ihm nichts durchgehen ließen, kamen zu Besuch. Und sie würden sie, ihre angebliche Tochter, auf jeden Fall sprechen wollen. Besonders nach den Ereignissen, die sich gerade im Speisesaal abgespielt hatten. Lia wusste nicht, was schrecklicher war: als Mensch überführt zu werden oder dem königlichen Elternpaar gegenübertreten und ihre Tochter spielen zu müssen. Dafür werde ich Asalia in ihren zarten Prinzessinnenhintern treten, sobald wir unsere Körper wieder getauscht haben, beschloss sie.

»Bis auf Weiteres schlage ich vor«, sagte Madame Nachtalbe, »dass Merla mich in die Garderobe begleitet, sie benötigt eine neue passende Ausstattung. Und für alle anderen gilt, dass ihr zusammen diesen Schweinestall aufräumt und euch danach sofort und ohne Getuschel auf eure Waben zurückzieht. Die Abendgestaltung fällt heute aus, ihr hattet genug Unterhaltung.« Damit hüllte die Lehrerin sich und Merla in Nebel und verschwand.

25.

Sturmgold

Eine unruhige Nacht lag hinter den drei Elfenmädchen aus der Nachtflugwabe. Zuerst waren sie so lange aufgeblieben, bis die Hausmutter, Frau Boskop, ein Machtwort gesprochen und das Licht gelöscht hatte. Widerwillig hatten sich die Mädchen ins Bett gelegt und darauf gewartet, dass Merla kam. Doch das Bett der entlarvten Erdelfe blieb bis zum Morgengrauen leer. Auch beim Frühstück erwartete sie keine Merla im Speisesaal, sondern nur ein Zeremonienmeister, der noch mürrischer als sonst dreinblickte. Zu Lias Erleichterung tauchte auch Valmariana nicht auf. Den Gerüchten nach lag die Luftelfe nach ihrem Dauerflug am letzten Abend ermattet mit Flügelzerrung auf der Krankenstation. Angeblich behauptete sie jedoch steif und fest, ihr ginge es so elend, weil sie sich durch Serafinas Wasserspritzerei eine Verkühlung zugezogen habe. Auch die Kesselglutelfe Razeiandra müsse noch im Kaminfeuer sitzen, um ihre Vernässungen auszudampfen. Die Tautropfensammlerin Dasolia und Quadrophenia, die beide zu Valmarianas

Freundeskreis zählten und bei der Auseinandersetzung gestern eifrig mitgemischt hatten, saßen mit dem Rücken zum Tisch der Nachtflugwabe und riskierten keinen einzigen Blick über die Schulter.

Lia war das recht, sie verspürte kein Verlangen nach noch mehr Streit. Lustlos löffelte sie in einer Portion Wolkenbrei, als ihr klar wurde, dass alles noch viel schlimmer war: Dorient war nicht beim Frühstück!

Lia ging zum Tisch von Dorients Einheit, an dem die großen Elfenjungen die Köpfe zusammensteckten, obwohl ihr dabei der Magen zwischen die Knie sackte.

Der Feuerelf Lofi stand sofort auf, als er Lia bemerkte. »Guten Morgen, ich wollte schon zu euch rüberkommen. Wir aus den oberen Jahrgängen haben nämlich gequatscht und ... na ja, wir wollen nur sagen, dass wir es gut finden, wenn eine Erdelfe Springwasser besucht. Gleiches Recht für alle – wie du gesagt hast. Wir stehen voll hinter euch und eurer Freundin Merla. Ich hätte euch gestern auch voll gern beim Fight unterstützt, aber wenn Serafina mit Wasser rumspritzt ...« Er grinste verlegen.

Lia tätschelte Lofi die Schulter, ohne darauf zu achten, dass ihre Hand dabei kochend heiß wurde. »Das ist echt super von euch, vielen Dank. Sag mal, weißt du, wo Dorient steckt?«

Lofi blinzelte. »Hat er dir denn nicht übers Fendrill Bescheid gesagt? Ach, du lieber Blitzfrost. Dann haben sie es gesperrt. Das ist nicht gut, gar nicht gut.«

»Wer hat Dorients Fendrill gesperrt?« Wenn der Feuerelf nicht so heiß gewesen wäre, hätte Lia ihn gepackt und vor lauter Sorge durchgeschüttelt.

»Der Rat von Springwasser«, sagte Lofi. »Sie haben Dorient gleich heute Morgen abholen lassen. Ich dachte, sie wollen nur herausbekommen, inwieweit er bei dem gestrigen Chaos seine Finger im Spiel gehabt hat. Du weißt schon: weil Dorient ja noch auf Bewährung hier ist, wegen letztem Jahr. Aber wenn sie sein Fendrill blockieren, dann muss es ernst sein. Das macht der Rat nicht leichtfertig.«

»Aber Dorient hat nichts getan!« Lia war außer sich.

»Sag das nicht mir, sag es dem Rat, wenn du vorgeladen wirst.«

Lia streckte entschlossen ihr Kinn vor. »So lange warte ich nicht. Am Ende versteht dieser Rat noch alles falsch und Dorient fliegt von der Schule. Wo tagt der Rat?«

Vor Aufregung stiegen kleine Funken aus Lofis Haar. »Du bist zwar eine Prinzessin, aber du willst da doch nicht wirklich uneingeladen aufschlagen?«

»Natürlich will ich das«, sagte Lia ohne Zögern. »Die machen meinen großen Bruder vielleicht gerade zum Sündenbock für etwas, das Valmariana mit ihrer Mobberei ausgelöst hat. Und das werde ich jedem sagen, der es hören will.«

»Aber … der Rat …«, hauchte Lofi.

»Mach dir keine Gedanken, den finde ich auch allein. Mein Fendrill ist nämlich noch nicht blockiert.« Mit diesen Worten stürmte Lia in Luftelfentempo davon, so schnell, dass der Zeremonienmeister ihr bloß verblüfft hinterherschaute.

Nachdem das Fendrill Lia in einen Teil von Springwasser geführt hatte, in dem lichte und hohe Gesteinshallen vorherrschten, schwand ihr Mut. Dieser Flügel sah sehr offiziell aus. Und sehr elegant. Gemacht für Hochelben in aufwendigen Gewändern, die keinen Blick an eine Luftelfe verschwenden, die vor lauter Sorgen kurz davor steht, sich in einen Kugelblitz zu verwandeln.

Als das Fendrill Lia vor eine hohe Tür, die mit Perlmutt beschichtet war, führte, hielt sie kurz inne.

Wer auch immer der Rat sein mochte, seine Mitglieder würden nicht begeistert sein, wenn eine der Hauptdarstellerinnen der abendlichen Rangelei ungefragt in ihre Besprechung platzte. An Lias Schule hätte sie sich von den Lehrern in so einem Fall jedenfalls ordentlich was anhören müssen und wäre anschließend mit einem Verweis weggeschickt worden. Das durfte ihr jetzt nicht passieren. Sie war es Dorient schuldig, dass sie für ihn einstand. Er hatte so viel für sie getan und sie nie mit ihren Problemen alleingelassen.

Entschlossen rückte Lia ihre Tiara zurecht. Sie war nicht einfach ein Schulmädchen, nein, für den Rat war sie Prinzessin Asalia Laliala Pergusta von Silberhaar, Tochter des Aureliantischen Königspaars. Auch wenn das ansonsten schnurzegal war, jetzt würde sie sich diesen Vorteil zunutze machen. Nebenbei würde sie auch noch eine Lanze für ihre Freundin Merla brechen. Bestimmt brachte es die Ratsmitglieder zum Nachdenken, wenn sie sich als Luftprinzessin für eine Erdelfe aussprach. Schließlich lagen gerade diese beiden Völker miteinander im Streit.

Lia öffnete die Tür und trat ein. Dabei streckte sie sich so majestätisch, wie es nur ging. »Entschuldigen Sie die Störung, aber ich denke, dass ich zu diesem Gespräch mehr beitragen kann als mein Bruder«, platzte es aus ihr heraus. Dann erst blickte sie sich um.

An einem langen Tisch saßen acht Elfen und staunten nicht schlecht.

Auf die Schnelle erkannte Lia Madame Mab Nachtalbe und in der Mitte des Tisches thronte der Gründer von Springwasser, der mehr Baum als Elf war. Die anderen Elfen kannte sie nicht. Halt, etwas abseits saß Frau Flatterfein und winkte ihr beim Eintreten freundlich zu. Lia winkte zurück, bis ihr klar wurde, dass fröhliches Handgewedel nicht zu einer von sich selbst eingenommenen Prinzessin passte.

Vor dem Tisch stand Dorient und wirkte kein Stück glücklich, sie zu sehen. »Was machst du denn hier, Lia?«, raunte er.

»Klarstellen, dass du unschuldig bist – und zwar in jeder Hinsicht.« Lia bemühte sich, laut zu sprechen, obwohl ihre Stimme einen Wackeltanz hinlegte. »Wenn überhaupt jemand Schuld hat, dann ist es die Möchtegern-Überfliegerin Valmariana. Und vielleicht auch ein bisschen meine Wenigkeit, weil ich sie dazu gebracht habe, Merla vor der versammelten Schülerschaft zu verraten. Obwohl ich das nicht gewollt habe. Ich hatte ja keine Ahnung, dass wir eine verkleidete Erdelfe unter uns haben. Was übrigens völlig okay ist, ich habe kein Problem mit Erdelfen und schon gar nicht mit Merla, die finde ich super, sie ist eine echte Bereicherung für Springwasser. Und du bist übrigens der beste große Bruder, den man sich vorstellen kann. Dieser Rat sollte dir einen Orden verpassen, anstatt dir das Fendrill abzuschalten. Es sei denn, sie wollen aus dir einen Sündenbock machen, aber das können sie sich abschminken, das lasse ich, meines Zeichens Prinzessin der Himmelsreiche, nicht zu. Und was Merla betrifft, so bestehe ich darauf, dass sie sofort wieder die Nachtflugwabe beziehen darf. Darauf bestehe ich übrigens nicht allein, das sieht der Rest der Einheit ebenso. Mal davon abgesehen, dass sehr viele Schüler es gut finden, endlich wieder Erdelfen in Springwasser zu haben. Wir brauchen sie nämlich!«

Mit erhobenem Kinn stampfte Lia mit dem Fuß auf. Ganz Asalia-Style, das stand mal fest. Als sie auch noch die Hände in die Hüften stemmte, war es jedoch zu viel des Guten: Ein paar Blitze lösten sich von ihren Fingern und versengten den Holzboden.

Während sich jene Art Schweigen ausbreitete, bei dem man eine Nadel fallen hörte, erhob sich eine Elfe in einem fließenden bodenlangen Mantel, so schön wie der Sommerhimmel. »Asalia Laliala Pergusta«, sagte die Elfe mit volltönender Stimme. »Welche Windböe reitet dich bloß, dass du dich vor dem Rat von Springwasser so unmöglich aufführst. Mein liebes Kind, so haben dein Vater und ich dich bestimmt nicht erzogen.«

Lia schluckte.

Erst jetzt bemerkte sie die mit unzähligen Diamanten geschmückte Krone, die im Silberhaar der Elfe saß. Das gleiche Silberhaar, das auch ihren eigenen Kopf schmückte. Vor ihr stand die Königin der Aurelianten, Fetania Salira Nox, besser bekannt als ihre Mutter, solange sie in diesem Elfenkörper feststeckte. Und der Elf mit dem sturmfarbenen Haar und den eindrucksvollen Augen, die sie gerade anfunkelten, war dann wohl ihr Vater Tetastis Rufur.

Dorient räusperte sich. »Unsere Eltern sind gerade erst in Springwasser angekommen, ein kurzer Zwischenstopp, bevor sie sich mit den Vertretern der Erdreiche zu einem Gespräch treffen. Sie haben mich gebeten, ihnen in Ruhe die gestrigen Ereignisse auseinanderzusetzen. Deshalb habe ich mein Fendrill blockiert. Wir sind nämlich davon ausgegangen, dass dich die Angelegenheit mit Merla als deine Zimmergenossin und Freundin mitnimmt. Danach wollten wir dich zu unserem Treffen dazurufen, aber nun bist du ja reingeplatzt wie ein Wirbelwind, Schwesterherz.«

»Grüner Trollpoppel aber auch«, quiekte Lia.

Im nächsten Moment stand die Elfenkönigin auch schon vor ihr und schloss sie in die Arme. Nur kurz, aber sehr liebevoll. »Mein verrücktes Windkind«, sagte Fetania Salira Nox, was jedoch nichts an ihrem strengen Gesichtsausdruck änderte. »Wie konntest du nur vor uns deine Fähigkeit, Blitze zu rufen, verbergen?«

»Ich habe gerade erst herausgefunden, dass ich es kann«, gestand Lia.

In den Augen der Königin der Himmelsreiche leuchtete es heller als jedes Feuerwerk. »Aber weißt du denn gar nicht, von welch großer Bedeutung die Blitzkunst für unser Volk ist! An sie ist sogar ein eigner Ehrentitel gebunden, du darfst dich ab heute Asalia Laliala Pergusta Sturmgold nennen. Das ist eine sehr große Ehre, mein Kind.«

Das mochte ja eine ganz tolle Sache sein, aber für Lia war erst einmal wichtig, dass Fetania Salira Nox vergaß, sauer auf sie zu sein wegen der Geschichte im Speisesaal. »Lia Sturmgold«, probierte sie ihren neuen Namen aus. »Klingt voll elfenmäßig.«

Die Königin lachte und drückte sie noch einmal liebevoll, bevor sie dem großen Elfen, Lias vermeintlichem Vater, Platz machte.

Tetastis Rufur, der Lia zur Begrüßung einen Kuss auf die Stirn hauchte, wirkte trotz aller Erhabenheit irgendwie belustigt. Vermutlich waren Asalias Eltern von ihr nur Unsinn gewohnt – und ihr Vater fand das offensichtlich ganz süß. »Deine Mutter war in deinem Alter auch so ein Wirrkopf, typisch Luftenergie«, flüsterte Tetastis Rufur ihr zu, bevor er wieder seine königliche Haltung annahm. »Du hast eine aufregende Zeit hinter dir: erst die Ankunft in Springwasser, was für ein Kind des Glaspalastes gewiss eine Herausforderung ist, und dann der Schreck gestern, als eine Wabengenossin sich als Erdelfe herausstellt. Trotzdem erwarten deine Mutter und ich Haltung von dir, selbst wenn der Sturm über dich hereinbricht. Das verlangt die Königsbürde.«

»Ich gebe mir Mühe«, sagte Lia wahrheitsgemäß.

Der Herrscher über die Himmelsreiche nickte hoheitsvoll, dann flüsterte er Lia noch rasch ins Ohr: »Sobald du nach Hause kommst, steht ein großes Fest an, das Himmelsreich begrüßt schließlich nicht jeden Tag eine Lia Goldsturm in seiner Mitte. Wir werden das mit Pomp und allem Trara offiziell verkünden, alle Völker von Andersreich werden sich darüber freuen. Ich bin sehr stolz auf dich, Windschneckchen.«

Puh, dachte Lia. Glück im Unglück. Diese Eltern waren zwar streng und erwarteten scheinbar einiges, aber sie liebten ihre Kinder auch. Damit kam Lia klar, ihre Mutter war da ganz ähnlich. Nur dass Andrea Dornmeier eher selten Kronen trug und Ehrentitel verlieh.

Wie aufs Stichwort rückte Asalias Mama mit einem Seufzen Lia die Tiara zurecht. »Als dein Vater und ich von den Ereignissen in Springwasser hörten, bangten wir um unsere diplomatischen Bemühungen mit dem Erdreich. Ein Erdelfenkind, das vor der gesamten Schule von einer Luftelfe überführt und gedemütigt wird, wäre ein Beweis dafür, dass unsere Völker ihren Streit noch lange nicht überwunden haben. Dass zu viel zwischen uns steht, um aufeinander zuzugehen. Aber dass du und dein Bruder geschlossen hinter dieser Merla steht, zeigt mir und deinem Vater, dass wir mit unserem Wunsch nach Versöhnung den richtigen Weg eingeschlagen haben. Es ist an der Zeit, dass Luft- und Erdelfen wieder Frieden schließen. Wenn unsere Kinder das können, können wir Erwachsenen das auch.«

»Dann kann Merla also in Springwasser bleiben?«, fragte Lia.

Der Gründer von Springwasser nickte, wobei ein Rauschen durch seinen Wurzelbart ging. »So lange, wie das Erdelfenkind es wünscht. Warum auch nicht? In Springwasser sind alle Elfenvölker willkommen. Das war schon immer so, und wird auch immer so bleiben.«

Lia hob die Arme. »Aber wenn das so ist, wo steckt Merla dann?«

Dieses Mal war es Madame Nachtalbe, die das Wort ergriff. »Deine Freundin Merla hat darum gebeten, die Schule verlassen zu dürfen. Ich habe ihr in meiner Funktion als Schulleiterin erklärt, dass sie mit keiner Bestrafung zu rechnen hat. In Merlas Adern fließt Wildlingsblut, deshalb gehört der Pelz zu ihr und ist weder Verkleidung noch Täuschung. Nach meinem Erachten hat Merla niemanden betrogen, als sie als Wildmädchen aufgetreten ist. Aber sie befürchtet, das Vertrauen ihrer Einheit verloren zu haben, und das ist für sie offenbar viel schlimmer als Schimpf und Schande.«

»Wir werden deine Freundin mit nach Gaia-Sama, dem Erdreich, mitnehmen, wenn sie es wünscht«, sagte Asalias Vater Tetastis Rufur.

»Das braucht ihr nicht!«, rief Lia. »Merla hat unser Vertrauen nicht verloren. Manchmal kann man eben nicht anders, als eine Rolle zu spielen. Aber damit hat sie niemandem geschadet. Für uns ist sie Merla und daran hat sich nichts geändert.«

»Dann solltest du ihr das sagen«, schlug Asalias Mutter vor. »Wir haben nicht mehr viel Zeit. Es wäre unhöflich, wenn wir uns zum Treffen mit den Erdelfen verspäten würden. Am besten stattest du deiner Freundin rasch einen Besuch auf der Krankenstation ab.«

Das ließ Lia sich nicht zweimal sagen und rannte los, so schnell sie ihre Elfenfüße trugen.

26.

Ein gut gehütetes Geheimnis

Im Krankenzimmer traf Lia auf Valmariana, die in einem Nest aus Kissen ruhte und sich das Schnupfennäschen putzte.

»Bist du gekommen, um mir den Rest zu geben?«, jammerte Valmariana. »Dabei haben du und deine schrecklichen Freundinnen schon genug Unheil angerichtet.«

Lia verdrehte die Augen. »Stell dir vor, Valmariana, aber Andersreich dreht sich nicht allein um dich. Außerdem hast du mit deiner Gemeinheit etwas Gutes bewirkt, nicht nur, was die Beziehungen zwischen unserem Volk und den Erdelfen angeht. Deinetwegen darf Merla nun sein, wer sie ist, und muss sich nicht länger verstecken.«

Valmariana setzte sich in ihrem Lager auf und wirkte plötzlich kein bisschen mehr krank. »Von wegen! Niemand außer dir und deinen verdrehten Freundinnen wird eine Erdelfe an unserer Schule akzeptieren. Du hast eindeutig zu viel Föhnwind abbekommen, wenn du so einen Unsinn glaubst.«

»Irrtum«, sagte Lia. »Die älteren Jahrgänge haben sich besprochen und werden Merla unterstützen. Falls du also mit deiner fiesen Mobbingtour weitermachst, bekommst du es nicht nur mit der Nachtflugwabe zu tun.«

So leicht ließ sich die selbstbewusste Valmariana nicht verunsichern. »Das werden wir ja sehen«, sagte sie so hochnäsig, wie Lia es selbst mit der Tiara auf dem Kopf niemals hinbekommen würde.

Wie du willst, dachte Lia. Dann legen wir eben eine härtere Gangart ein. »Du kannst von Glück sagen, dass meine Eltern sofort weitermüssen zu einem Freundschaftstreffen mit den Erdelfen. Ansonsten hätten sie dir bestimmt persönlich gesagt, was sie von deinen Versuchen halten, einen Keil zwischen unsere Völker zu treiben.«

Valmariana wurde bleich. »Das Aureliantische Königspaar ist in Springwasser?«

»Wenn du Glück hast, vergessen sie vor lauter Hektik, dass dein Name in diesem Zusammenhang gefallen ist. Aber falls du Merla noch mal zusetzt, werde ich meine Eltern persönlich daran erinnern, dass die Enkeltochter der Großfürstin des Monsuns ihre diplomatischen Bemühungen fast zunichtegemacht hätte. Wenn du mich jetzt entschuldigen würdest? Ich habe Besseres zu tun, als mich mit dir zu streiten.« Ohne sie eines weiteren Blickes zu würdigen, ging Lia an der plötzlich mucksmäuschenstillen Valmariana vorbei.

In einem höhlenartigen Krankenzimmer, das bis in den kleinsten Winkel von Grünpflanzen bevölkert war, hockte auf einem Findling eine Pelzkugel.

Merla hatte die Beine angezogen und ihren Kopf zwischen den Knien versteckt. Obwohl sie Lias Eintreten bestimmt gehört hatte, schaute sie nicht auf.

»So ein Pelz ist wirklich praktisch, in diesem Zimmer ist es nämlich etwas kühl.« Lia gab sich fröhlich, obwohl sie Angst hatte, ihre Freundin zu verlieren.

Zwei verweinte Bronzeaugen tauchten in dem Pelzwust auf. »Du hättest nicht extra vorbeikommen müssen, um dich zu verabschieden.«

»Bin ich ja auch gar nicht.« Lia quetschte sich neben Merla auf den Findling. »Ich bin gekommen, um dich zum Kristallgärtnern abzuholen. Das steht jetzt nämlich auf unserem Stundenplan. Ich sitze aber auch gern in dieser Grotte, dann muss ich mir wenigstens nicht die Finger staubig machen. Als Prinzessin bin ich bestimmt eine Niete im Kristallgärtnern.«

Beim Stichwort Gärtnern gab Merla ihre Deckung auf. »Bestimmt nicht! Diese Arbeit kann man einfach nur lieben, schließlich kannst du deine Lieblingssorte Kristall-Pops eigenhändig ziehen. Und von den großen Rosenquarzfeldern geht ein ganz herrlicher Duft aus, da bettelt man drum, sich um sie kümmern zu dürfen.«

Lia verkniff sich ein Grinsen. »Wenn du mir zeigst, wie das mit den Kristall-Pops geht, dann mache ich mit.«

»Moment mal«, stutzte Merla. »Das ist ein hinterhältiger Trick, mich mit meiner Gärtnerliebe aus der Reserve zu locken.«

Nun grinste Lia doch. »Ich bin mir für nichts zu schade, wenn ich dir damit klarmachen kann, dass du nach Springwasser gehörst. Was soll sonst aus mir werden? Oder aus Ludmilla?« Wie auf Kommando rankte das Efeu sich um einen Pelzzipfel von Merla.

Eine blasse Hand tauchte aus dem Zottelhaar auf und streichelte Ludmillas Blätter. »Du und dein Plantling versteht euch so gut, ihr beiden kommt auch ohne mich zurecht.«

So leicht gab Lia nicht auf. »Aber dass du an dieser Schule bist, ist *die* Chance für euch Erdelfen, wieder nach Springwasser zu kommen. Das wäre für uns alle gut, auch für die Schule. Das Erdreich mit seinen Stollen unten im Wurzelgeflecht verwahrlost ohne euch.«

»Ich weiß nicht.« Merla strich ihren Pelz von den Schultern, sodass die Edelsteinmuster auf ihrer Haut sichtbar wurden. »Dein Bruder Dorient hat recht, wir Erdelfen sind lebende Waffen. Die Edelsteine, die auf uns wachsen, geben uns viel Macht. Lass dich nicht täuschen, nur weil ich schüchtern bin. Dafür sorgt das Wildlingserbe in mir. Gewöhnliche Erdelfen sind kraftvoll, durchsetzungsstark und … ziemlich stolz.«

»Kein Wunder, dass deine Leute sich ständig durch uns Luftelfen beleidigt fühlen, wir sind nämlich ziemliche Hitzköpfe«, schmunzelte Lia.

»Eine gefährliche Mischung«, stimmte Merla zu. »Gaia-Sama, die Bronzestadt am Lavafluss, ist meine Heimat. Das Wildlingsblut in mir hat aber darunter gelitten, dass wir das Erdreich nicht mehr verlassen. Ich liebe alles Grüne. Meine Farn- und Flechtenzucht unter Tage hat mir auf die Dauer nicht gereicht, deshalb bin ich nach Springwasser gekommen. Ich wollte lernen und Freundinnen finden – und keinen Streit auslösen. Vielleicht sollten wir Erdelfen vorerst bleiben, wo wir sind.«

»Das sehen hier aber einige anders«, sagte Lia. »Nicht nur ich, Serafina und Blo stehen voll hinter dir, sondern auch ganz viele Schüler wollen, dass du bleibst.«

Merla klappte der Mund auf. »Wirklich?«

»Wirklich.« Lia hielt die Finger zum Schwur hoch. »Es gibt also absolut keinen Grund für dich abzureisen. Es sei denn, du willst dir deine einmalige Chance, Springwasser zu besuchen, von Schneckennapfsülzen wie Valmariana und ihren Freundinnen vermiesen lassen.«

In Merlas Gesicht tobte ein innerer Kampf. Offenbar wusste sie nicht, was sie nun tun sollte. »Ich kann nicht bleiben«, entschied sie. »Ich habe euch angelogen und getäuscht. Nicht nur, als ich mich als Wildmädchen ausgegeben habe, sondern auch als Valmariana anfing, mich mit ihren Fallen zu bedrohen. Da habe ich so getan, als wüsste ich nicht, worum es ging. Nur deshalb hat sie mir die Maske vor der ganzen Schule runtergerissen. Wir haben Glück gehabt, dass es so glimpflich ausgegangen ist. Stell dir vor, in dem Chaos hätte sich jemand ernsthaft verletzt oder die Magie in meinen Edelsteinen hätte sich von allein freigesetzt.«

»Das ist aber nicht passiert«, sagte Lia entschieden. »Wir sind nun mal nicht perfekt und es geschehen ständig Dinge, auf die wir keinen Einfluss haben. Wichtig ist, was wir draus machen. Du hast es trotz deiner Schüchternheit bis nach Springwasser geschafft, was seit langer Zeit kein Erdelf mehr gewagt hat. Du hast jedes Recht, diese Schule zu besuchen. Wir anderen sollten uns fragen, warum du dich deshalb verstecken musstest.«

Merla schenkte Lia ein trauriges Lächeln. »Das ist lieb

von dir, aber das ändert nichts daran, dass ihr mir als Freundin nicht mehr vertrauen könnt.«

Diese Elfe ist echt ein harter Brocken, dachte Lia. Wenn ich nicht alles auf eine Karte setze, dann wird Merla gehen. Das wollte Lia jedoch auf jeden Fall verhindern. »Ich vertraue dir. Ich vertraue dir, weil ich aus eigener Erfahrung weiß, dass man nicht immer zur Wahrheit stehen kann.« Lias Herz klopfte wie wild. Konnte sie es wirklich wagen, Merla ihr Geheimnis zu offenbaren? »Vielleicht bin ich ja auch nicht diejenige, die ich zu sein vorgebe.«

Merla schaute Lia so offen und freundlich an, wie es nur diese Elfe konnte.

Lia fasste ihren ganzen Mut zusammen und erzählte ihrer Freundin, dass sie vor Kurzem erst von einem missglückten Körperzauber ausgeknockt, wider Willen zur Prinzessin der Himmelsreiche und Schülerin von Springwasser geworden war und deshalb bestens verstehen konnte, warum Merla niemandem verraten hatte, wer sie in Wirklichkeit war.

»Fühlst du dich jetzt von mir verraten, weil nur meine äußere Hülle die einer Luftelfe ist, während das Innere einem Menschenmädchen gehört?«, schloss Lia ihre Geschichte.

Beim Nachdenken legte Merla ihren Kopf schief. »Ein Menschenkind«, sagte sie. »Wenn es etwas auf diesem Planeten gibt, das die Erdelfen noch mehr ablehnen als Luftelfen, dann sind das die Menschen. Sie zerstören, verseuchen und durchgraben unser Reich, nehmen keine Rücksicht auf andere Völker und schon gar nicht auf die Natur.«

»Vielleicht würden wir das ja ändern, wenn wir wüssten, dass es das Andersreich nicht nur in unserer Fantasie gibt«, sagte Lia. »Hasst du mich jetzt?«

Die Rubine auf Merlas Schultern begannen, rot zu schimmern. Welche Kraft ging wohl von diesen Edelsteinen aus?

Merla hob die Arme.

Lia war zu erstarrt, um zurückzuweichen.

Dann umarmte die Erdelfe sie.

»Natürlich hasse ich dich nicht, das könnte ich niemals!«, sagte Merla. »Schau dir meine Edelsteine an, die Rubine glühen, weil ich dich gernhabe. Du bist meine Freundin. Außerdem kann niemand, der so liebevoll wie du mit seinem Plantling umgeht, böse sein.«

Lia gönnte sich noch keinen Freudenjubel. »Wirst du mich verraten?«

»Nein, du hast nichts Falsches getan«, entschied Merla. »Vielleicht kannst du es Blo und Serafina eines Tages erzählen, aber lieber nicht heute, dafür war die Aufregung schon zu groß. Eine Entlarvung pro Schuljahr reicht. Und nebenbei: Wir sind ja nicht mit deinem Körper befreundet, sondern mit der Lia, die darin wohnt. Und ob die nun Luftelfe ist oder nicht, ist für mich unwichtig. In den alten Sagen heißt es außerdem, dass Menschen und Elfen früher Freunde waren und zusammengelebt haben. Vielleicht bricht jetzt ja eine neue Zeit an.«

Überglücklich drückte Lia ihre Freundin. Merla war halt die Liebste und Beste überhaupt!

»Dann bleibst du in Springwasser?«, vergewisserte sich Lia.

Die Erdelfe nickte. »Ich kann dich mit deiner schweren Bürde doch nicht alleinlassen.«

Bevor Lia vor Glück hoch zur Decke flog, öffnete sich die Tür zu Merlas Krankenzimmer.

Schlagartig wurde es kälter und feiner Silbernebel breitete sich zwischen den Pflanzen aus, als Madame Mab Nachtalbe eintrat. Ohne ein Geräusch zu verursachen, trat sie zu den Mädchen.

»Das Aureliantische Königspaar lässt anfragen, ob es bei deiner Abreise bleibt, Merla«, erkundigte sich die Lehrerin.

Für einen Augenblick wirkte es so, als wolle Merla ihren Pelz hochziehen und sich dahinter verstecken. »Ich habe mich entschieden zu bleiben, wenn es recht ist«, sagte sie mit Piepsstimme.

»Nun, das freut mich zu hören«, sagte Madame Nachtalbe. »In dem Fall solltest du rasch zur Reisegesellschaft gehen und ihr deine Entscheidung mitteilen. Die Windpferde der königlichen Kutsche stehen nämlich zum Abflug bereit und scharren so heftig mit den Hufen, dass einem draußen der Wind um die Ohren pfeift.«

»Bin schon unterwegs!« Merla lief los, ihren Pelz wie ein schönes Kleid tragend.

Lia wollte ihrer Freundin folgen, doch Madame Nachtalbe hielt sie zurück.

»Auf ein Wort noch, Prinzessin der Himmelsreiche. Oder darf ich dich ab jetzt Lia Sturmgold nennen?«

Lia bekam spontan einen Schluckauf. »Noch ist es nicht so richtig offiziell mit Feier und so«, wand sie sich heraus.

Madame Nachtalbe lächelte. »Jedenfalls hast du dich heute nicht nur für eine Freundin eingesetzt, sondern mit deiner Entscheidung auch eine Verantwortung übernommen. Merla steht jetzt unter deinem Schutz, denn auch wenn viele Schüler und Lehrer sich für ihr Bleiben ausgesprochen haben, wird es andere geben, die sich gegen sie stellen könnten.

Deine Aufgabe ist es, ihr in solchen Situationen beizustehen.«

»Das habe ich doch auch vor«, sagte Lia.

»Das glaube ich dir.« Madame Nachtalbe musterte Lia eindringlich mit ihrem einen Auge. »Allerdings können Luftprinzessinnen sehr wankelmütig sein: Den einen Tag sind sie beherzt und die beste Freundin, die man sich wünschen kann. Sie schleppen Gemeines Efeu herum, als wäre es der schönste und wertvollste Plantling überhaupt, und halten dicke mit ihrem großen Bruder zusammen. Aber schon morgen kann so eine Prinzessin ihr Interesse an Freundinnen verlieren und sich einen feuchten Kehricht um den Völkerfrieden scheren, weil sie sich plötzlich nur noch für ihre eigenen Ideen interessiert. Eine solche Luftprinzessin könnte sogar vergessen, ihren ach so geliebten Plantling zu wässern, weil sie nur ihren Spaß im Sinn hat. Die Möglichkeit besteht doch, nicht wahr?«

Lia lief es kalt den Rücken runter. Deutete Madame Nachtalbe etwa an, dass sie nicht nur über Lias Menschennatur Bescheid wusste, sondern auch ahnte, dass eines Tages die echte Asalia ihren Platz in Springwasser einnehmen und dann alles anders werden würde? Wenn jemandem nichts entging, dann der Lehrerin für Verdunklungs- und Entschleierungskunde, sie hatte schließlich auch gewusst, dass Merla eine Erdelfe mit Wildlingsblut ist.

»Ich versuche, mein Bestes zu geben«, sagte Lia.

»Mehr kann ich nicht von dir verlangen«, sagte Madame Nachtalbe. »Jetzt freuen wir uns erst einmal darüber, dass du mit deinem beherzten Eingreifen Gutes getan hast. Ich bin eine überzeugte Vertreterin des Schulmottos, nach dem alle

Kinder in Springwasser willkommen sind. Vielleicht ist es eines Tages sogar wieder an der Zeit, dass die Menschen ihre Kinder zu uns schicken, so, wie es früher schon einmal gewesen ist.«

Sprachlos stand Lia da. Es hatte menschliche Schüler in Springwasser gegeben?

Madame Nachtalbe blinzelte ihr zu. »Jetzt ab mit dir, sonst verpasst du noch deinen Unterricht im Kristallgarten. Streng dich an, ich will nur Gutes über dich hören.«

Lia lief zur Tür, blieb aber auf halben Weg stehen. »Vielen Dank«, sagte sie. »Vielen Dank für alles.«

»Springwasser dankt dir, Lia«, sagte die Lehrerin mit einem Schmunzeln.

27.

Pyjamaparty de luxe

»Ihhh, irgendeine Knallschote hat Blütenpollen in mein Kirschgelee getan!« Blo verzog das Gesicht.

»Nun sei nicht so eine Heulsuse«, knurrte Serafina, während sie sich ein Kissen in den Rücken stopfte. »Oder habe ich mich beschwert, als du bei deinem Zickzack-Niesanfall meinen Salzwasserdrink umgestoßen hast?«

»Dieser Niesanfall war erdrutschhaft sensationell, Blo. Ich dachte immer, es sei ein Märchen, dass sich so winzige Elfchen wie Pixies in lebende Kugelblitze verwandeln können.« Merla fischte sich eine Nuss aus der Tonschale, die auf Lias Bauch stand. Die Elfenmädchen der Nachtflugwabe lümmelten in Lias Himmelbett und feierten eine Pyjamaparty, wobei Merla als Einzige keinen Pyjama, sondern ihren Pelz trug. Oft, wenn sich die Erdelfe sicher genug fühlte, zeigte sie ihr Gesicht oder sogar ihre mit Edelsteinen besetzte Haut, aber in ihrem Pelz fühlte sie sich einfach sicherer. Im Fall dieser Party, bei der man eng nebeneinanderlag, war er vor allem schön kuschlig.

»Das mit dem Elfchen überhöre ich jetzt mal«, sagte die Pixie. »Ich bin dir viel zu dankbar, dass du so viele Snacks in den Tiefen deines Zottelkleids aus dem Speisesaal geschmuggelt hast.« Blo saß im Schneidersitz auf einem Kissenzipfel und betastete ihr kugelrundes Bäuchlein, das sich unter ihrem geblümten Pyjamahemd abzeichnete.

»Viel zu viele Snacks«, keuchte Lia, deren Bauch keinen Deut besser aussah.

Weil sie sich kaum rühren konnte, schmiss sie Ludmilla wie ein Lasso nach einer Tüte Minz-Pops. Ein neues Kunststück, das sie erst am Nachmittag mit dem Plantling eingeübt hatte. Dorient hatte mit einer hochgezogenen Braue danebengesessen und sein Himmelstor, ein stacheliges Zweiggewirr ohne jede Blüte, in einem Korb gehalten. Nach der Abreise des Aureliantischen Königspaars war Botanicus Shokubutsu erschienen, um den Plantling wieder in Dorients Obhut zu geben. Lia hatte sich darüber lustig gemacht, dass das Himmelstor Dorient mit seiner Strubbeligkeit ähnlich sah, aber der Elfenjunge war zu glücklich gewesen, um sie darauf hinzuweisen, dass Himmelstore zu den seltensten Plantlingen überhaupt gehörten.

Seit Merla gegen ihren Willen vor einer Woche als Erdelfe entlarvt worden war, war die Zeit nur so dahingerast. Ein paarmal hatte sich Heimweh in Lia breitmachen wollen, aber dann hatte Merla sie in die Erdstollen mitgenommen und ihr immer neue Schätze wie Tropfsteinhöhlen voller fluoreszierender Kristalle und Steinkrebse, die sich in Zeitlupentempo bewegten, gezeigt. Oder Blo hatte ihr ein paar Übungen zum Stärken der Flügelmuskulatur beigebracht und sie genervt, einen gemeinsamen Flug über Springwasser zu unternehmen. Ein anderes Mal hatte Lia sich, wenn sie vor Sorgen nicht einschlafen konnte, mit Serafina den Sternenhimmel über Andersreich angeschaut und sich erzählen lassen, wie es war, durch endloses Wasser zu gleiten und Walgesängen zu lauschen. Oder sie hatte Experimente mit der Blitzkunst betrieben, bis allen um sie herum die Haare zu Berge standen. Die meiste Zeit jedoch war der Unterricht so spannend, dass Lia kaum ins Grübeln kam. Zu Plantlingspflege, Flugunterricht, Wortzauberkunde und Kristallgärtnerei waren noch Alchemie für Ahnungslose, die glorreiche Andersreich-Historie und die »Schule der Düfte« – angeblich ein Spezialgebiet der Luftelfen – hinzugekommen. An Ablenkung herrschte in Springwasser wirklich kein Mangel, zumal sich herumgesprochen hatte, dass Lia demnächst offiziell den Ehrentitel Sturmgold verliehen bekommen sollte, was wohl ein großes Ding war. Warum, wusste Lia nicht, nur dass Sturmgold ein echt schicker Name war und sich toll in Schnörkelschrift auf ihren Schulheften machte. Bei der nächsten Gelegenheit würde sie Dorient ausfragen.

»Meine liebe Lia, wenn du diese Tüte Minz-Pops auch noch verputzt, müssen wir anderen das Bett leider verlassen, weil nicht mehr genug Platz für uns da ist«, sagte Serafina.

»Das sagt ausgerechnet die Undine, die vollgefuttert aussieht wie ein gestrandeter Wal«, neckte Lia zurück.

Inzwischen konnte Lia mit Serafinas Sticheleien umgehen – die Meereselfe hatte zwar eine scharfe Zunge, davon durfte man sich aber nicht täuschen lassen. Wenn jemand für Lias Heimweh Verständnis hatte, dann Serafina. Nicht umsonst trafen die beiden sich nachts auf dem Balkon, um den Sternenhimmel anzuschauen. Serafina, weil sie die Sterne über ihrer Heimat beobachtete, und Lia, weil sonst ihre Höhenangst unerträglich wurde.

Merla kicherte über den Walvergleich. »Oder wie ein aufgeblasener Kugelfisch«, setzte sie noch einen drauf.

Serafina hob drohend den Zeigefinger, zu mehr war sie nicht imstande. »Wenn du frech wirst, drehe ich dir heute Nacht Lockenwickler in deinen Pelz und der Prinzessin klebe ich ein paar Stinkealgen an ihre Tiara.«

»Und was ist mit mir?« Blo sah empört aus. »Ich möchte auch undinenmäßig bedroht werden.«

Nachdenklich legte Serafina die Stirn in Falten. »Wenn du morgen aufwachst, besteht deine gesamte Garderobe aus Rüschchenkleidern und anstelle deines Schwertes steckt ein Geschwätziges Gänseblümchen an deinem Gürtel.«

Angesichts von so viel Schrecken schauderte Blo genüsslich.

Lia überlegte gerade, ob sie es schaffte, sich auf die Seite zu drehen, ohne dass ihr übel wurde, als sie ein Kribbeln auf dem Unterarm bemerkte. Das Muster ihres Fendrills veränderte sich. Wie gut, dass sie es auf lautlos geschaltet hatte.

Mit einem Satz, den sie eben noch für unmöglich gehalten hätte, war Lia aus dem Bett. »Ich brauch mal ein bisschen Frischluft!«

Lia hatte gerade die Balkontür hinter sich geschlossen, als das Fendrill einen Mund bildete und wie ein Wasserfall zu reden begann. Allerdings ohne einen Laut.

»Ton bitte ganz leise an«, hauchte Lia.

»... es tut mir echt superheftig leid für dich, übel, übel. Mir ist auch klar, dass du mich jetzt voll hasst, aber was sollte ich machen? Es ist halt passiert. Totaler Wolkenmatsch. Bist du mir windschneidenmäßig böse?«, rhabarberte Asalia ohne Punkt und Komma.

Trotzdem gelang es Lia, sich aus dem Gehörten einen Reim zu machen: Asalia war zur Probestunde bei den KnallGirrrlz angetreten – und hatte es, wie erwartet, versemmelt. Damit hatte Lia schon gerechnet, es jetzt zu hören, tat trotzdem weh.

»Was soll's?«, sagte Lia ins Fendrill. »Es gibt Wichtigeres im Leben als Hockey.«

Auf Asalias Seite herrschte Schweigen.

»Du kannst dich entspannen, ich bin dir nicht böse«, sagte Lia.

»Etwas Wichtigeres als Hockey?«, echote Asalia. »Was soll das denn bitte schön sein? Ich habe dich eben voll ins Team der KnallGirrrlz reingepunktet, die sind vor Freude ausgeflippt, weil ich so atemberaubend bin. Okay, zugegeben, dein Menschenkörper weiß offenbar, worum es bei diesem Spiel geht, und hat einfach das Kommando übernommen. Aber meine blitzschnellen Elfenreflexe und meine luftschnellen Ausweichmanöver waren entscheidend. Ich dachte, du bist sauer, weil ich dich um dieses astralfeurige Erlebnis gebracht habe. Und jetzt erzählst du mir was von wegen ›Hockey ist unwichtig‹? Weißt du was? Mit dir Schwarzhimmelguckerin verschwende ich doch nicht meine Zeit. Ich geh jetzt wieder zu meinen Fans und lass mich feiern, statt mir in dieser muffigen Umkleidekabine so einen Unsinn anzuhören.« Asalia stoppte ihren Redefluss. »Ach, da fällt mir noch was ein: Haben Dorient und du die Taukristalle inzwischen gefunden?«

»Ist eine lange Geschichte«, sagte Lia.

Asalia schnalzte ungeduldig mit der Zunge. »Ich sagte schon, dass es in der Kabine eklig riecht, oder?«

»Okay, dann die Kurzfassung: Ich muss bis zur Reise zu den Wasserfällen im Zaarz-Tal in Springwasser bleiben.«

»War ja klar«, schnaubte Asalia. »Ich reiße hier in der Menschenwelt die großen Sachen, während du ein dröges Schulleben in Springwasser führst und nicht mal ein paar verschwundene Kristalle an Land ziehst. Na ja, passt schon, oder?«

»Passt schon«, bestätigte Lia Sturmgold mit einem Schmunzeln.

»Ist eine lange Geschichte«, sagte Lia.

Asalia schnalzte ungeduldig mit der Zunge. »Ich sagte schon, dass es in der Kabine eklig riecht, oder?«

»Okay, dann die Kurzfassung: Ich muss bis zur Reise zu den Wasserfällen im Zaarz-Tal in Springwasser bleiben.«

»War ja klar«, schnaubte Asalia. »Ich reiße hier in der Menschenwelt die großen Sachen, während du ein dröges Schulleben in Springwasser führst und nicht mal ein paar verschwundene Kristalle an Land ziehst. Na ja, passt schon, oder?«

»Passt schon«, bestätigte Lia Sturmgold mit einem Schmunzeln.